KB123557

활자본 고전소설의
기초 연구

활자본 고전소설의 기초 연구

최호석

보고사
BOGOSA

이 저서는 2013년 정부(교육과학기술부)의 재원으로 한국연구재단의 지원을 받아 수행된 연구임
(NRF-2013S1A6A4A02017785)

책머리에

〈옥린몽〉 연구로 박사학위를 받은 이후 고전소설의 생산과 유통에 관심을 갖게 되었다. 그래서 방각본에서 시작한 공부가 활자본 고전소설에 대한 공부로 이어졌다. 그러면서 신구서림과 재전당서포와 같은 주요 출판사의 출판 활동에 대해 연구도 하게 되었다. 이 과정에서 활자본 고전소설을 총체적으로 이해하기 위해서는 그 대상 자료를 확정하는 것이 필요하다고 생각하여 10여 년 전부터 활자본 고전소설 서지 데이터베이스를 작성하기 시작하였다.

애초에 활자본 고전소설 서지 데이터베이스는 2004년도에 한국연구재단에서 지원받은 '19세기 말 ~ 20세기 초 안성지역의 출판문화연구'라는 공동 연구 과제에서 시작되었으나, 기간 내에 완성하지 못하였다. 이후 부경대학교에 부임하면서 본격적으로 데이터베이스를 작성하기 시작하였다. 그러던 중 2010년에 '활자본 고전소설의 출판에 대한 실증적 연구'라는 주제로 3년간 한국연구재단의 지원을 받은 것이 활자본 고전소설에 대한 이해를 깊이 하고, 데이터베이스를 작성하는 데에 큰 도움이 되었다. 이후 그 성과를 토대로 2013년에는 '활자본 고전소설의 기초 연구'라는 주제로 저술지원사업에 선정되어 연구서를 저술하게 되었다. 그래서 활자본 고전소설의 생산과 유통에 대한 그간의 호기심을 이 연구서에서 일단 정리하였다.

본 연구서에 수록된 내용이 처음으로 발표된 것은 아래와 같다.

최호석, 「활자본 고전소설의 유형에 대한 연구」, 『우리문학연구』 38, 우리문학회, 2013.

최호석, 「활자본 고전소설에 대한 통계적 고찰」, 『어문연구』 159, 한국어문교육연구회, 2013.

최호석, 「활자본 고전소설의 총량에 대한 연구」, 『고전문학연구』 43, 한국고전문학회, 2013.

최호석, 「활자본 고전소설의 인쇄소와 인쇄인」, 『동양고전연구』 59, 동양고전학회, 2015.

최호석, 「활자본 고전소설 서지 데이터베이스 구축의 실제」, 『2016년 여름 제114차 정기 학술대회 자료집』, 한국고소설학회, 2016.7.

최호석, 「활자본 고전소설 판본의 제 문제」, 『열상고전연구회 2016년 겨울 제20차 동계학술발표회 자료집』, 2016.12.

그러나 위의 논문이 발표된 이후에도 지속적으로 활자본 고전소설 서지 데이터베이스가 수정, 보완되었다. 그래서 수정, 보완된 활자본 고전소설 서지 데이터베이스의 내용을 반영하다 보니 논문 또한 대폭적으로 수정, 보완하게 되었다. 그리고 여러 편의 논문을 일관된 형식의 연구서로 고치는 과정에서도 많은 수정이 있었다.

이 연구서는 활자본 고전소설에 대한 관심의 끝맺음이 아니라 새로운 시작이 될 것이라고 생각한다. 활자본 고전소설 서지 데이터베이스를 보면 볼수록 새로운 궁금증과 앎이 새록새록 생기는 것을 느

낀다. 아마도 몇 년 후에 다시 이런 궁금증과 앎을 정리할 기회가 있을 것으로 보인다. 본 연구서와 같이 출간되는 『활자본 고전소설 서지 데이터베이스』(보고사, 2017)를 잘 활용하여 활자본 고전소설에 대한 새로운 이해의 시각을 얻을 수 있기를 기대한다. 그리고 저자의 연구에 후원을 아끼지 않은 여러 선생님들과 정성껏 책을 만들어 주신 보고사의 김흥국 사장님께 감사를 드린다.

2017.4.
최호석

차례

I
서론

19세기 후반부터 본격적으로 도입되기 시작한 서구의 문물은 조선 사회의 전 분야에 걸쳐 큰 변화를 일으켰다. 문학 분야의 경우 내적으로는 새로운 문학 양식이 도입되어 신문예가 발생, 촉진되었으며 외적으로는 근대적 인쇄 기술을 통한 서적의 대량 생산이 가능해지면서 문학 작품은 본격적인 상품으로 유통되기 시작하였다.

다른 문학 장르에 비하여 이른 시기부터 상품으로 소비되기 시작한 고전소설은 이러한 분위기 속에서 종래의 필사, 목판 인쇄의 생산 방식을 고집하기보다는 활판 인쇄를 통하여 대량 생산, 유통되기 시작하였다. 그리하여 오랜 기간 민중들과 함께 호흡하며 향유되어 온 고전소설은 활자본으로 간행되면서 당대 신문예와의 경쟁에서 뒤처지지 않고 당시 독서 시장을 주도한 최고의 상품으로 자리하게 되었다. 활자본 고전소설의 성행은 다음과 같은 신문기사에서도 확인할 수가 있다.

"조선출판계에 어울리지 안흘 만치 박이는 것은 구소설 중의 〈춘향전〉, 〈조웅전(趙雄傳)〉, 〈류충렬전(劉忠烈傳)〉, 〈심청전〉, 〈사씨남정긔(謝氏南征記)〉, 〈삼국지〉, 〈수호지(水滸志)〉, 〈옥루몽(玉樓夢)〉, 〈구운몽(九雲夢)〉 가튼 것으로 그 중에는 한 판에 칠판만 부가 인쇄되는 것도 잇다고 한다"[1]

인용문은 '古代小說이 依然히 首位'라는 제목 아래 실린 신문기사로, 당대 고전소설이 출판계의 규모에 어울리지 않을 정도로 많이 팔리는 현상을 지적하고 있다. 그리고 그 중에는 한 판에 7, 8만 부가 인쇄되는 것도 있었다고 하니, 활자본 고전소설의 인기를 능히 짐작할 만하다. 이처럼 독자들로부터 사랑을 받았던 활자본 고전소설은 정작 연구자들로부터는 그 자료적 가치를 인정받지 못하는 경우가 많았다.[2]

그렇지만 활자본 고전소설에 대한 서지적 검토를 바탕으로 하여 그것의 가치에 대한 재평가가 이루어지면서 이에 대한 연구가 활발하게 이루어졌다. 활자본 고전소설에 대한 연구는 활자본 고전소설의 목록 작성과 출판에 대한 연구, 그리고 활자본 고전소설의 소종래와 관련한 이본의 생성과 그 관계, 당대 신문예와 대비되는 활자본 고전소설의 특성 등에 대한 연구로 나눌 수 있다. 여기에서는 본서와 밀접한 관계가 있는 첫째의 것을 중심으로 연구 동향을 살펴보기로 하겠다.[3]

1 『동아일보』, 1928.07.17, 2면. 띄어쓰기와 기호 표시는 필자가 함.

2 이주영은 연구자들이 활자본 고전소설에 대해 자료적 가치를 인정하지 않은 이유에 대하여 다음과 같이 정리하였다. 첫째, 당시 활자본 고전소설에서 문학사적 의의를 찾기 어려우며, 둘째, 활자본 고전소설이 다수의 독자를 확보할 목적으로 저급한 통속소설류에 머물렀으며, 셋째, 활자본 고전소설은 텍스트 자체가 연구 대상으로서 결함을 가지고 있다. 이주영, 『구활자본 고전소설 연구』, 월인, 1998, 10~16면.

3 활자본 고전소설의 연구 경향과 그 성과는 다음에 잘 정리되어 있기 때문에 여기에서 다시 서술하지 않았다. 이주영, 앞의 책, 15~21면; 김성철, 「활자본 고소설의

주지하다시피 활자본 고전소설의 말미에는 판권지가 있기 때문에 작품의 출판과 관련한 서지 정보를 정확하게 파악하는 것이 가능하다. 그렇기 때문에 활자본 고전소설의 총량 및 목록에 대한 연구는 비교적 이른 시기부터 있었다. 이능우가 활자본 고전소설 202종의 서지를 밝힌 이래,[4] 소재영이 활자본 고전소설 246종의 목록을 정리하였다.[5] 그리고 우쾌제는 활자본 고전소설 249종의 서적상과 출판연도 등을 밝혔으며,[6] 권순긍은 초판본 275종의 서적상과 발행일을 정리하였다.[7] 이후 이주영이 이능우, 우쾌제, 권순긍, 스킬렌드의 조사 결과를 토대로 379종의 서지사항을 정리하였으며,[8] 조희웅이 2회에 걸쳐 고전소설의 이본 목록을 정리하는 과정에서 활자본 고전소설의 서지사항을 기록하였다.[9] 그리고 이와 같은 선행 연구를 바탕으로 필자에 의하여 활자본 고전소설의 총량이 정리되면서[10] 활자본 고전소설에 대한 전체적인 윤곽이 드러났다. 그중 조희웅의 연구 성과는 활자본 고전소설과 관련한 기본적인 정보를 대량으로 제공함으로써 이 방면의 연구에 큰 도움을 주고 있다.

존재 양태와 창작 방식 연구」, 고려대학교 박사학위논문, 2011, 4~8면.

4 이능우, 「'고대소설' 구활판본 조사목록」, 『논문집』 8, 숙명여대, 1968, 59~93면.

5 소재영, 『고소설통론』, 이우출판사, 1983, 517~548면.

6 우쾌제, 「구활자본 고소설의 출판 및 연구 현황 검토」, 『고전소설연구의 방향』, 새문사, 1985, 113~143면.

7 권순긍, 「1910년대 활자본 고소설 연구」, 성균관대 박사논문, 1990. 본고에서는 『활자본 고소설의 편폭과 지향』, 보고사, 2000에 재수록된 것을 이용하였다.

8 이주영, 『구활자본 고전소설 연구』, 월인, 1998.

9 조희웅, 『고전소설 이본 목록』, 집문당, 1999; 조희웅, 『고전소설 연구 보정』 上·下, 집문당, 2006.

10 최호석, 「활자본 고전소설의 총량에 대한 연구」, 『고전문학연구』 43, 한국고전문학회, 2013.

한편 권순긍과 이주영은 활자본 고전소설의 전반적인 출판 양상에 대하여 살펴보았으며,[11] 김성철은 활자본 고전소설의 출판 현황과 경향 등에 대하여 살펴보았다.[12] 그리고 주요 출판사와 출판업자에 대한 연구도 각론 형식으로 여러 차례 이루어졌는데, 최남선의 신문관,[13] 신태삼의 세창서관,[14] 고제홍·고유상 부자의 회동서관,[15] 지송욱의 신구서림,[16] 강의영의 영창서관,[17] 김기홍의 대구 재전당서포[18] 등에 대해서는 그 면모가 비교적 소상하게 밝혀졌다. 그 외에 박건회의

---

11 권순긍, 앞의 책; 이주영, 앞의 책.

12 김성철, 앞의 글.

13 김정숙, 「출판인 최남선 연구」, 중앙대학교 석사학위논문, 1992; 이태화, 「신문관 간행 판소리계 소설의 개작 양상」, 고려대학교 석사학위논문, 2003; 박진영, 「창립 무렵의 신문관」, 『사이』 7, 국제한국문학문화학회, 2009; 최호석, 「신문관 간행 육전소설에 대한 연구」, 『한민족어문학』 57, 한민족어문학회, 2010; 권두연, 「신문관(新文館)의 '문화운동' 연구」, 연세대학교 박사학위논문, 2011; 박진영, 「신문관의 출판 대장정과 청년 편집자 최남선의 초상」, 『근대서지』 7, 근대서지학회, 2013.

14 이창경, 「세창서관과 신태삼」, 『문화예술』 통권 113호, 한국문화예술진흥원, 1987; 최호석, 「영창서관의 고전소설 출판에 대한 연구」, 『우리어문연구』 37, 우리어문학회, 2010; 엄태웅, 「세창서관의 활자본 고전소설 간행 양상과 의미」, 『동양고전연구』 64, 동양고전학회, 2016.

15 방효순, 「일제시대 민간 서적발행활동의 구조적 특성에 관한 연구」, 이화여자대학교 박사학위논문, 2001; 이종국, 「개화기 출판 활동의 한 징험」, 『한국출판학연구』 49, 한국출판학회, 2005; 엄태웅, 「회동서관의 활자본 고전소설 간행 양상」, 『고소설연구』 29, 한국고소설학회, 2010.

16 방효순, 앞의 글; 최호석, 「지송욱과 신구서림」, 『고소설연구』 19, 한국고소설학회, 2005; 엄태웅, 「활자본 고전소설의 근대적 간행 양상」, 고려대학교 석사학위논문, 2006.

17 방효순, 앞의 글; 최호석, 「영창서관의 고전소설 출판에 대한 연구」, 『우리어문연구』 37, 우리어문학회, 2010.

18 최호석, 「대구 재전당서포의 출판 활동 연구」, 『어문연구』 132, 한국어문교육연구회, 2006.

조선서관,[19] 김동진의 덕흥서림,[20] 노익형의 박문서관,[21] 현공렴과 한양서적업조합소,[22] 경성서적업조합,[23] 조선도서주식회사,[24] 한성도서주식회사[25] 등의 출판 활동에 대해서도 연구가 이루어졌다.

앞에서 살펴본 것처럼 활자본 고전소설의 목록과 출판 등에 대한 연구는 질적, 양적으로 상당한 성과를 거두고 있다. 그러나 종이책으로 작성된 목록 등은 개별 작품에 대한 연구를 할 때에는 도움이 되지만, 활자본 고전소설의 총량을 비롯하여 그것의 전체상과 경향, 그리고 활자본 고전소설 출판의 역동적 실상을 파악하기가 어렵다. 이는 자료에서 제시하는 것만 수동적으로 받아들일 수 있을 뿐, 다양한 조건을 주어 자료를 능동적으로 재배열하는 것이 불가능하기 때문이다. 또한 기존의 목록에는 활자본 고전소설의 출판과 관련한 서지 정보가 부족하거나 부정확한 것도 있어 이에 대한 수정과 보완이 필요한 형편이다.

이에 저자는 활자본 고전소설의 서지 정보를 디지털화한 '활자본 고전소설 서지 데이터베이스'를 작성하여 왔다. 이는 선행 연구를

---

19 이주영, 『구활자본 고전소설 연구』, 월인, 1998.

20 방효순, 앞의 글.

21 방효순, 앞의 글; 김종수, 「일제 식민지 문학서적의 근대적 위상 - 박문서관의 활동을 중심으로」, 『우리어문연구』 41, 우리어문학회, 2011.

22 방효순, 「일제 강점기 현공렴의 출판활동」, 『근대서지』 8, 근대서지학회, 2013.

23 방효순, 「근대 출판문화 정착에 있어 경성서적업조합의 역할에 관한 고찰」, 『한국출판학연구』 38, 한국출판학회, 2012.

24 방효순, 「조선도서주식회사의 설립과 역할에 대한 고찰」, 『근대서지』 6, 근대서지학회, 2012.

25 김종수, 「일제강점기 경성의 출판문화 동향과 문학서적의 근대적 위상」, 『서울학연구』 35, 서울시립대학교 서울학연구소, 2009.

충분히 반영하는 한편, 부족하거나 부정확한 정보는 수정 보완하였기 때문에 자료의 신뢰도가 높다고 할 수 있다. 본서에서는 저자가 작성한 '활자본 고전소설 서지 데이터베이스'를 충분히 활용하여, 활자본 고전소설 출판과 관련한 전반적인 사항에 대하여 살펴보고자 한다. 이와 같은 대용량 자료를 작품명, 발행소, 발행 시기 등의 다양한 조건을 주어 정렬하면 이전에 잘 드러나지 않던 현상들이 드러나기도 한다는 점에서 활자본 고전소설 서지 데이터베이스를 활용한 연구는 활자본 고전소설에 대한 새로운 이해의 시각을 제시할 수가 있다. 이에 본서에서는 활자본 고전소설 서지 데이터베이스를 활용하여 활자본 고전소설과 그것의 출판에 대한 기초적이며 실증적인 이해를 돕고자 한다.[26]

26 활자본 고전소설 서지 데이터베이스의 구체적인 내용은 다음의 책을 참고할 것. 최호석, 『활자본 고전소설 서지 데이터베이스』, 보고사, 2017.

II
활자본 고전소설의 정의와 범위

1. 활자본 고전소설의 정의

'이야기책', '딱지본', '육전소설' 등의 다양한 이름으로도 불렸던 '(구)활자본 고전소설'은 서양식 인쇄 문화의 도입과 함께 들어온 연활자(鉛活字)로 인쇄, 간행된 고전소설을 말한다.[1] '울긋불긋한 표지에 4호 활자'[2]의 단행본 형식이라는 특유의 외형적 공통점을 가지고 있었던 활자본 고전소설은 단행본으로 발행되어 행상인들에 의해 싼 값으로 직접 독자들에게 제공되었던 것들이 주류를 이루었다.[3]

---

1 이주영, 『구활자본 고전소설 연구』, 도서출판 월인, 1998, 9면.

2 김기진, 「대중소설론」, 『동아일보』, 1929.4.14. 여기서 '4호 활자'는 단순히 활자의 크기에 따른 것만은 아니다. 1884년 일본의 도쿄츠키지활판제조소에서 제작되어 1886년 1월 25일 『한성주보』 발간에 최초로 사용되었기에 '한성체', 혹은 '한성체 4호 활자' 등으로도 불리는 4호 활자는 근대 신식 납활자 중에서 가장 많이 사용된 활자의 하나로 꼽히는 해서체 활자이다. 이후 4호 활자는 각종 잡지와 신문, 그리고 단행본 출판에 지속적으로 사용되었다. 한글 4호 활자에 대해서는, 류현국, 『한글 활자의 탄생』, 홍시, 2015, 182~187면, 479~482면 참고.

3 김교봉, 「구활자본 고소설의 출현과 그 소설사적 의의」, 『성오 소재영 교수 환력기념논총 고소설사의 제문제』, 집문당, 1993, 828면.

그런데 이러한 외형적 공통점과는 달리 활자본 고전소설들의 내용적 성격은 단일하지 않아서 활자본 고전소설의 다양한 성격에 대한 지적은 일찍부터 있어왔다. 설성경은 활자본 고전소설의 이본 생성의 관점에서 당시 간행된 활자본 고전소설에는 전대의 고전소설이 그대로 정착된 것도 있지만, 전대의 고전소설이 활자본이 간행되던 당시의 개작자에 의해 변개되거나 당대에 처음으로 창작된 것도 있다고 하였다.[4] 그리고 이주영이 '1920년대에 집중적으로 출판된 〈도술이 유명한 서화담〉 류의 소설은 엄밀한 의미에서 고전소설과는 계통이 다른 것임을 지적'[5]한 것 또한 활자본 고전소설의 다양한 성격을 지적한 것이라고 하겠다.

한편 한국 문학에서 말하는 '활자본 고전소설'이란 용어는 본디 우리의 선조가 창작, 향유한 고전소설을 의미한다고 하겠다. 이런 작품에는 전래의 고전소설을 활자화한 〈사씨남정기〉와 〈유충렬전〉, 〈홍길동전〉 등을 들 수가 있다. 그런데 그간 우리가 관행적으로 불러온 활자본 고전소설 가운데에는 중국의 고전소설인 〈삼국지연의〉와 〈서유기〉, 그리고 교술적 성격의 교훈서인 『열녀전』과 같은 작품도 적지 않다. 이처럼 그간 우리가 활자본 고전소설이라고 부른 각 작품의 내용을 살펴볼 때, 이들을 '활자본 고전소설'이란 용어로 수렴하는 것은 어려워 보인다.

그럼에도 불구하고 그간 연구자들이 이들을 '활자본 고전소설'로 다룬 것은 각 작품의 국적이나 장르적 성격보다는 고전소설의 유통과 향유의 관점에서 독자를 염두에 둔 결과라고 할 수 있다. 즉 활자본 고전소설의 별칭이 '이야기책'이라는 데서도 알 수 있듯이 당대의

---

4 설성경, 「구활자본 고소설의 소설사적 의의」, 『고전소설 1』, 민족문화사, 1983, 5면.
5 이주영, 앞의 책, 32면.

독자들은 해당 작품의 소종래(所從來)를 따지지 않고, 활자본 고전소설을 이야기책으로서 인식하였던 것이다. 다시 말해 그들은 일정한 서사적 내용이 담긴 읽을거리를 고전소설로 간주하였던 것이다.

또한 활자본 고전소설의 상업적 속성도 빼놓을 수는 없다. 주지하다시피 활자본 고전소설은 출판 자본가들이 상품으로 판매하기 위하여 만든 것이다. 그렇기 때문에 출판 자본가들은 독자의 구매를 유도하고자 전래의 고전소설을 그대로 옮기기도 하였지만, 때로는 적극적인 변개나 개작을 하기도 하였던 것이다. 그리고 그들이 연활자 인쇄를 채택한 것도 빠른 시간 내에 상품을 대량 생산함으로써 방각본 고전소설 간행보다 더 많은 경제적 이익을 얻을 수 있었기 때문이다.

앞에서 살펴본 것처럼 활자본 고전소설은 특유의 외형적 공통점과 함께, 하나의 기준으로 재단할 수 없는 다양한 성격의 작품을 포괄하고 있다. 또한 이전의 고전소설과는 달리 활자본 고전소설은 경제적 이익을 얻기 위하여 대량 생산되었다는 특성도 있다. 따라서 활자본 고전소설로 불리는 서적 전부를 아우르기 위해서는 그 외연을 넓혀 활자본 고전소설의 개념을 재정립할 필요가 있다. 이러한 점을 고려할 때 활자본 고전소설은 다음과 같이 정의할 수 있다.

즉 활자본 고전소설은 20세기 초에 출판 자본가들이 경제적 이익을 얻기 위하여 연활자를 활용하여 대량 출판한 단행본으로, 그 내용은 국내외의 고전소설과 그것의 개작, 고전이나 역사에서 유래한 서사적 이야기를 담고 있는 책이라고 정의할 수 있다.

위의 정의에 따르면 다음과 같은 작품은 활자본 고전소설의 범위에서 제외된다고 할 수 있다. 먼저 발행자 및 발행 목적과 관련하여 출판 자본가들이 아닌 다른 사람들이 기타의 목적으로 발행한 것은 제외된다. 그리고 단행본의 체재를 갖추지 못한 신문이나 잡지에 게재된 것 또한 활자본 고전소설에 포함되지 않는다. 또한 서사적 이야기의 성격을 갖추지 못한 역사서나 위인전류도 제외한다.

2. 활자본 고전소설의 범위

활자본 고전소설을 위와 같이 정의할 때, 활자본 고전소설의 시작 또한 달라진다. 권순긍은 이에 대하여 다음과 같이 서술하였다.

> "단행본으로서의 첫 작품은 唯一書館에서 1912년 8월 19일 발행한 「不老草」다. 「獄中花」보다 7일 앞선다. 「토끼전」의 개작인 이 작품은 李海朝의 작품은 아니다. 하지만 「兎의 肝」 연재가 끝나자 바로 출판되었다는 점에서 신문 연재 소설의 인기에 편승하여 나타났다고 볼 수 있다. 뒤이어 「獄中花」와 「江上蓮」이 출판됐다."[6]

인용문에 따르면 유일서관에서 〈불로초〉가 발행된 것은 1912년 8월 19일이며, 〈옥중화〉의 발행일은 그보다 7일 뒤인 1912년 8월 26일이라고 하겠다. 그런데 그는 같은 곳에서 〈옥중화〉가 박문서관에서 1912년 8월 17일에 발행되었다고 하였다.[7] 이는 앞서의 것과는 모순된 진술인데, 이는 권순긍의 실수에서 발생한 것으로 보인다. 〈그림 1〉을 살펴보기로 하자.

---

6 권순긍, 『활자본 고소설의 편폭과 지향』, 도서출판 보고사, 2000, 22면.
7 권순긍, 같은 곳.

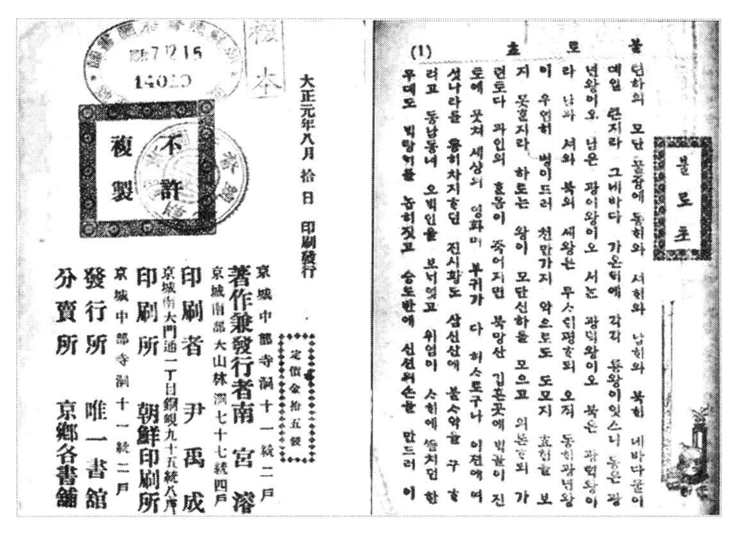
불로초

(1)

大正元年八月拾日 印刷發行

定價金拾五錢

不許複製

著作兼發行者 南宮濬 京城中部寺洞十一統二戶

印刷者 尹禹成 京城南部大山林洞七十七統四戶

印刷所 朝鮮印刷所 京城府大門通一丁目銅峴九十五統八戶

發行所 唯一書館 京城中部寺洞十一統二戶

分賣所 京鄕各書舖

〈그림 1〉 〈불로초〉(유일서관, 1912)

〈그림 1〉은 권순긍이 최초의 활자본 고전소설로 지적한, 유일서관에서 발행한 〈불로초〉의 1면과 판권지이다. 그런데 왼쪽에 있는 판권지를 보면 '大正 元年 八月 什日 印刷發行'이라고 기록되어 있다. 이 같은 판권지의 기록을 볼 때, 〈불로초〉는 1912년(大正 元年) 8월 10일에 유일서관에서 발행된 것이 분명하다. 그리고 〈옥중화〉는 그보다 7일 뒤인 같은 해 8월 17일에 발행된 것이 맞다고 하겠다. 권순긍 또한 활자본 고전소설의 연도별 출판 목록에 〈불로초〉의 발행일을 1912년 8월 10일로 제시한 것을 보면,[8] 그 발행일을 8월 19일로 잘못 기록한 것은 단순한 실수라고 하겠다. 이주영 또한 유일서관에서 발행한 〈불로초〉가 1912년 8월 10일에 발행된 최초의 활자본 고전소설로 지목하였다.[9]

8 권순긍, 앞의 책, 325면.

그런데 필자가 조사한 결과 〈불로초〉보다 먼저 간행된 것이 있어 주목을 요한다. 〈그림 2〉를 통하여 살펴보기로 하자.

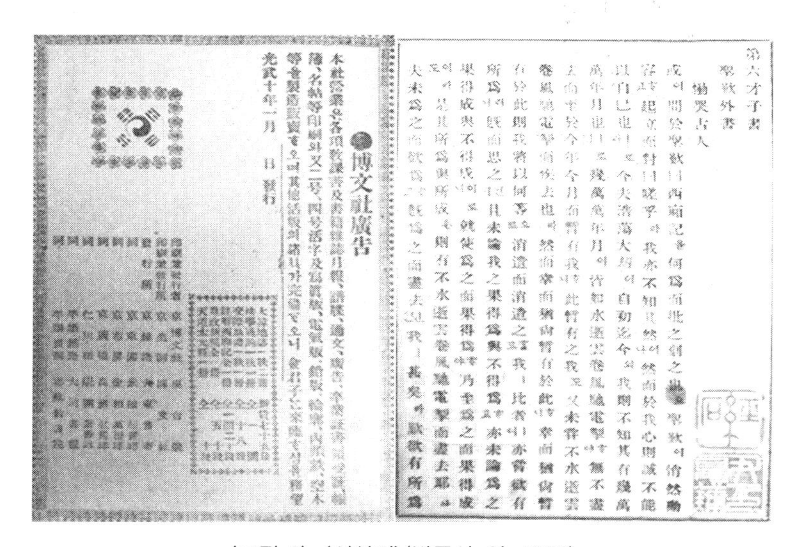

第六才子書
聖歎外書
慟哭古人

博文社廣告

光武十年一月 日 發行

〈그림 2〉 〈서상기〉(박문사 외, 1906)

〈그림 2〉는 중국 원대(元代) 잡극(雜劇)인 〈서상기(西廂記)〉의 서문과 판권지이다. 판권지의 상단에는 '光武 十年(=1906) 一月 發行'이라고 기록되어 있으며, 왼쪽에는 '印刷兼發行所 京 美洞 博文社'라고 기록되어 있다. 그리고 그 옆으로 공동 발행소 7곳의 이름이 지명(地名)과 함께 기록되어 있다. 이러한 사실은 1906년(光武 十年) 1월에 박문사에서 대동서시 등과 같이 〈서상기(西廂記)〉를 공동 발행하였으며, 그 발행일이 〈불로초〉보다 앞서기 때문에 이것이 바로 우리나라 최초의 활자본 고전소설이라는 것을 의미한다.[10]

9 이주영, 앞의 책, 165면.

이같은 사실은 그간 신소설이 활자본 고전소설보다 먼저 발행되었다는 일반적인 상식과는 어긋나는 것이다. 즉 〈혈의누〉가 1906년 7월 22일부터 같은 해 10월 10일까지 『만세보(萬歲報)』에 연재된 후 광학서포에서 활자본으로 발행된 것은 1907년 3월인데, 이는 박문사에서 〈서상기〉를 발행한 1906년 1월보다 뒤의 일이다. 따라서 고전소설이 신소설보다 먼저 활자본으로 발행되었다고 하겠다.

한편 국내에 연원을 두고 있는 활자본 고전소설 가운데에도 유일서관에서 1912년 8월에 발행한 〈불로초〉보다 이른 시기에 발행된 것이 있다. 〈그림 3〉을 통하여 이에 대하여 살펴보기로 하자.

---

10 〈서상기〉는 우쾌제, 권순긍, 이주영, 조희웅 등 활자본 고전소설의 목록을 정리한 연구자들이 공히 활자본 고전소설로 인정한 작품이다. 그러나 권순긍과 이주영이 찾은 것은 1913년 유일서관에서 발행한 것으로, 이는 〈불로초〉보다 늦게 간행된 것이었다. 반면 조희웅은 1906년 박문사에서 간행한 〈서상기〉를 발견하였으나 이러한 사실이 널리 사실이 알려지지는 못하였다. 이기현 또한 1906년에 박문사에서 발행한 〈서상기〉에 대해 논의하면서도 이를 1910년대에 활발하게 간행된 활자본 고전소설의 하나로 다룰 뿐, 그것이 최초의 활자본 고전소설이라는 것에 대해서는 언급하지 못하였다. 권순긍, 『활자본 고소설의 편폭과 지향』, 도서출판 보고사, 2000, 327면; 이주영, 『구활자본 고전소설 연구』, 도서출판 월인, 1998, 215면; 조희웅, 『고전소설연구보정』 上, 도서출판 박이정, 2006, 399면; 이기현, 「구활자본 〈서상기〉 연구」, 『우리문학연구』 26, 우리문학회, 2009.

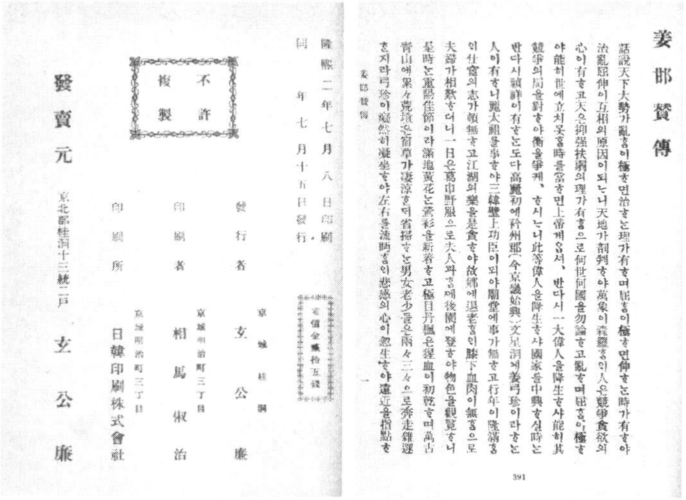

隆熙二年七月八日印刷
同年七月十五日發行

定價金貳拾五錢

不許複製

發行者 京城桂洞 玄公廉
印刷者 京城明治町三丁目 相馬叔治
印刷所 京城明治町三丁目 日韓印刷株式會社

發賣元 京北部桂洞十三統二戶 玄公廉

姜邯贊傳

話說天下大勢가亂홈이極ᄒᆞ면治ᄒᆞᄂᆞᆫ理가有ᄒᆞ며屈홈이極ᄒᆞ면伸ᄒᆞᄂᆞᆫ時가有ᄒᆞ야治亂屈伸이互相의原因이되ᄂᆞ니天地가剖判ᄒᆞ야萬象이森羅홈이人은競爭貪欲의心이有ᄒᆞ고天은抑强扶弱의理가有홈으로何世何國을勿論ᄒᆞ고亂ᄒᆞ며屈홈이極ᄒᆞ야能히世에立치못홀時를當ᄒᆞ면上帝께ᄋᆞ셔、반다시一大偉人을降生ᄒᆞ샤能히其競爭의局을對ᄒᆞ야衡을爭케、ᄒᆞ시ᄂᆞ니此等偉人을降生ᄒᆞ샤國家를中興ᄒᆞ실時ᄂᆞᆫ반다시禎祥이有ᄒᆞᄂᆞᆫ도다高麗初에衿州郡(今京畿始興)文星洞에姜弓珍이라ᄒᆞᄂᆞᆫ人이有ᄒᆞ니麗太祖를事ᄒᆞ야三韓壁上功臣이되야廟堂에事가無ᄒᆞ고行年이隆滿홈의仕宦의志가頓無ᄒᆞ고江湖의樂을是貪ᄒᆞ야故鄕에退老홈이膝下血肉이無홈으로夫婦가相歎ᄒᆞ더니一日은葛巾野服으로夫人과홈께後園에登ᄒᆞ야物色을觀覽ᄒᆞ니是時ᄂᆞᆫ重陽佳節이라滿地黃花ᄂᆞᆫ黨彩을新着ᄒᆞ고極目丹楓은猩血이初乾ᄒᆞ며萬古靑山에累々荒塡은宿草가凄凉ᄒᆞ며省掃ᄒᆞᄂᆞᆫ男女老少들은兩々三々으로奔走絡繹ᄒᆞᆫ지라弓珍이凝然히凝坐ᄒᆞ야左右를流眄홈이悲感의心이忽生ᄒᆞ야遠近을指點ᄒᆞ

姜邯贊傳 一

391

〈그림 3〉〈강감찬전〉(광동서국, 1908)

〈그림 3〉은 광동서국에서 발행한 〈강감찬전〉의 1면과 판권지이다. 이 작품은 표지에 '禹基善 編輯 朴晶東 校閱'이라는 기록을 따라 우기선이 창작한 것으로 알려진 작품이다.[11] 그런데 왼쪽에 있는 판권지의 기록을 따르면 이 책은 융희 2년(=1908) 7월 15일에 발행되었다. 따라서 광동서국에서 발행한 〈강감찬전〉 또한 유일서관에서 발행한 〈불로초〉보다 앞서서 간행된 활자본 고전소설이라고 하겠다.

한편 활자본 고전소설이 1906년 박문사 등에서 공동으로 발행한 〈서상기〉에서 시작되었다면, 그 마지막은 1978년에 향민사에서 발행한 〈박씨전〉 등에서 찾을 수 있다. 〈그림 4〉를 살펴보기로 하자.

11 〈그림 3〉에서 보듯이 판권지에는 발행소가 없이 발매원(發賣元)만 기록되어 있다. 그런데 1914년에 발행된 2판의 판권지에 광동서국을 발행소로 기록하고 있어, 이 작품 또한 광동서국에서 발행한 것으로 보는 것이 옳을 듯하다.

박 씨 전 1

박씨전

이조(李朝) 중엽 초(中葉初) 인조(仁祖) 즉위 초(卽位初)에 중성요 금문밖 멀
지않은 이화동(李花洞)에 한 명사(一名士) 있었으니 성(姓)은 이(李)요 이름은 득춘
(得春)이요 자는 문재(文哉)니 대대명문거족(代代名門巨族)이요 교목세가(喬木世家)라
일즉 홍문(紅門)에 올라 벼슬이 이조참판 홍문관부제학에 이르
니 공에 위인(爲人)이 충효공검하고 인후활달(仁厚豁達)하니 명망(名望)이
일국에 진동하더라. 그 부인(夫人) 강씨(姜氏)는 집금오 강창문의 딸이라
일즉이 소년결발(少年結髮)로 부부화락(夫婦和樂)하여 금슬지락(琴瑟之樂)이 무궁
(無窮)하나 공의 부부 동주 삼십년에 일개혈육(一個血肉)이 없음을 매양 우
려하여 명산대천(名山大川)에 기도(祈禱)하였으나 종시(終是) 사속(嗣續)이
없으니 공이 부인보고 한탄하기를 우리 망자 기박(奇薄)하여 늦도록 후사(後
嗣)를 이을 자식(子息)이 없으니 일후지하(日後地下)에 돌아가나 무슨 면목(面目)으
로 선조(先祖)를 뵈오리오 언파(言罷)에 눈물이 옷깃을 적시니 부인이 사죄하
기를 첩이 존문(尊門)에 들어와 위로 시부모(媤父母)에 총애하시는 은혜 입사옴
이 태산 같고 군자(君子)의 후대극진(厚待極盡)하시니 감사무석이오나
다만 슬하(膝下) 적막(寂寞)함은 첩의 죄니 군자는 첩의 불민함을 용서하시고
명문거가(名門巨家)에 요조숙녀(窈窕淑女)를 재취(再娶)하사 요행이 아들을 얻으시
면 첩의 몸이 칠거지악(七去之惡)을 면할가 하나이다 공이 청파에 위로하기를

〈그림 4〉 〈박씨전〉(향민사, 1978)

향민사는 1962년 10월 24일 〈춘향전〉 발행을 시작으로 활자본 고전소설을 활발하게 발행하였다. 이후 1978년 9월 5일에 〈그림 4〉의 〈박씨전〉과 함께 〈권익중전〉, 〈박씨전〉, 〈명사십리(보심록)〉, 〈초한전(서한연의)〉, 〈어룡전〉, 〈춘향전〉, 〈홍길동전〉을 마지막으로 발행하였다. 그런데 1970년대에 향민사에서 발행한 고전소설을 활자본 고전소설에 포함할 수 있을 것인가가 문제가 될 수도 있다. 활자본 고전소설이 활발하게 생산되면서 신소설 및 현대소설과 경쟁을 벌이며 시장에서 소비되던 20세기 전반에 비하면 1970년대는 이미 고전문학의 소비마저 완연하게 쇠퇴한 시기이며, 또한 20세기 전반에 고전소설이 감당했던 사회적 소명 또한 20세기 중반 들어 퇴색하였기 때문이다.

그러나 비록 활자본 고전소설 출판과 소비의 환경이 달라지고 활자본 고전소설의 사회적 소명이 달라졌을지는 몰라도, 그것의 발행 목적이나 내용은 이전과 다를 것이 없기 때문에 항민사에서 발행한 고전소설을 활자본 고전소설에 포함시키는 것이 타당할 것이다.

한편 연활자로 인쇄된 고전소설 가운데 다음과 같은 것은 본서에서 말하는 활자본 고전소설에 포함되지 않는다. 먼저 〈그림 5〉를 살펴보기로 하자.

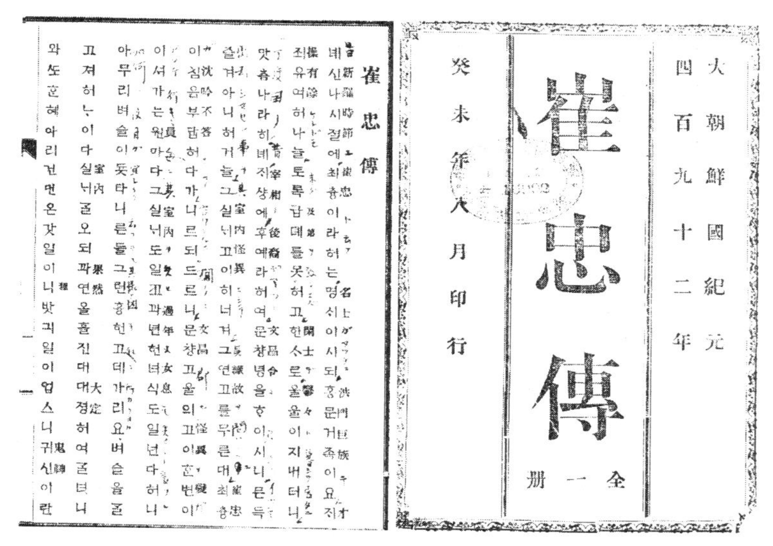

〈그림 5〉 〈최충전〉(1883)

〈그림 5〉는 1883년에 66면으로 발행된 〈최충전〉의 표지와 1면이다. 이 책에는 판권지가 없어 발행사항을 정확히 알 수가 없다. 그러나 표지에 '大朝鮮國紀元 四百九十二年 癸未年 八月 印行'이라고 기록되어 있어 이것의 발행연도가 1883년임을 알 수 있다. 따라서 이 책을 활자본 고전소설로 간주할 수 있다면 1906년에 발행된 〈서상기〉보다 먼저 발행된 이 작품을 최초의 활자본 고전소설로 인정해야 한

다. 그러나 유탁일에 따르면 이 책은 일본인통역관들이 한국어 학습 교재로 삼기 위하여 발행한 것이다.[12] 따라서 발행자나 발행 목적 등이 앞서 제시한 활자본 고전소설의 정의에 부합하지 않으므로 이 책은 활자본 고전소설에 포함되지 않는다.

그런데 다음과 같은 책은 쉽게 판단하기가 어렵다. 〈그림 6〉과 〈그림 7〉을 살펴보기로 하자.

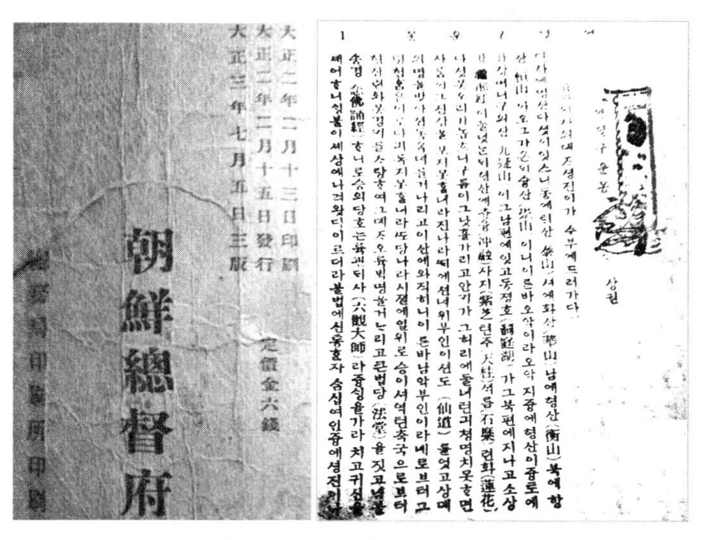

〈그림 6〉 《(연정)구운몽(3판)》(조선총독부, 1914)

12 유탁일, 「일본인 간행 한글 활자본 최충전」, 『한국문헌학연구』, 아세아문화사, 1990(재판), 373~383면.

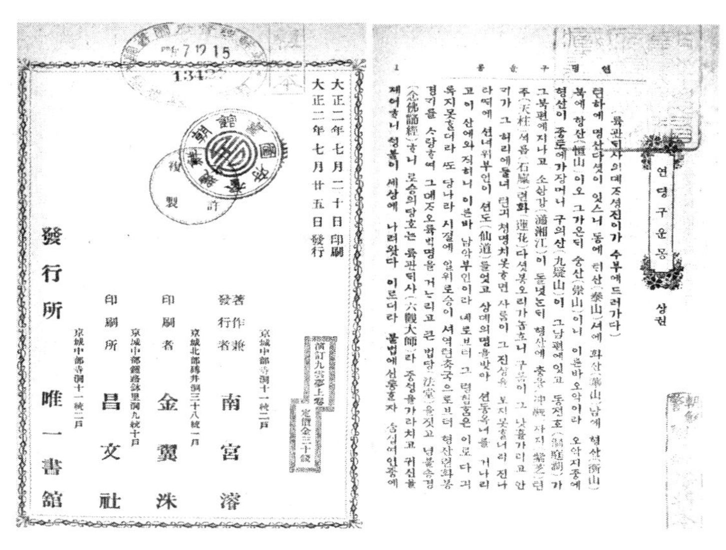

大正二年七月二十日印刷
大正二年七月廿五日發行

演訂九雲夢上卷
定價金三十錢

著作兼發行者 南宮濬 京城中部寺洞十一統二戶
印刷者 金翼洙 京城北部藤井洞三十八統一戶
印刷所 昌文社 京城中部鐵路鉢里洞九統十戶
發行所 唯一書舘 京城中部寺洞十一統二戶

연뎡구운몽 1

연뎡구운몽 상권

(륙관대사의대ᄌᆞ셩진이가 수부에드러가다)

텬하에 명산다섯이 잇ᄉᆞ니 동에 ᄐᆡ산(泰山)서에 화산(華山)남에 형산(衡山)북에 항산(恒山)이오 그가온ᄃᆡ 숭산(嵩山)이니 이른바 오악이라 오악지즁에 형산이 즁토에가장머니 구의산(九疑山)이 그남편에잇고 동뎡호(洞庭湖)가 그북편에지나고 소상강(瀟湘江)이 둘녓ᄂᆞᆫᄃᆡ 형산에 츙융(沖融) ᄌᆞ지(紫芝)텬주(天柱)셕름(石廩)련화(蓮花)다섯봉오리가 놉흐니 구름이 그 낫흘가리고 안ᄀᆡ가 그 허리에둘너 텬긔 쳥명치못ᄒᆞ면 사ᄅᆞᆷ이 그 진샹을 보지못ᄒᆞᄂᆞ니라 진나라ᄯᆡ에 션녀위부인이 션도(仙道)를엇고 상뎨의명을밧아 션동옥녀를 거나리고 이 산에와 직히니 이른바 남악부인이라 녜로브터 그 령험ᄒᆞᆷ은 이로 다 긔록지못ᄒᆞ더라 또 당나라 시졀에 일위로승이 셔역텬츅국으로브터 형산련화봉 경긔를 ᄉᆞ랑ᄒᆞ여 그졔ᄌᆞ오륙ᄇᆡᆨ명을 거ᄂᆞ리고 큰 법당(法堂)을짓고 념불송경(念佛誦經)ᄒᆞ니 로승의당호ᄂᆞᆫ 륙관대사(六觀大師)라 즁ᄉᆡᆼ을가라치고 귀신을 졔어ᄒᆞ니 셩불이 세상에 나려왓다 이르더라 불법에 션호ᄒᆞ자 ᄉᆞᆷ신여인즁에

〈그림 7〉 〈(연정)구운몽〉(유일서관, 1913)

〈그림 6〉은 조선총독부에서 1914년(대정3년) 7월 5일에 발행한 〈(연정)구운몽〉의 1면과 판권지이다.[13] 그리고 〈그림 7〉은 유일서관에서 1913년 7월 25일에 발행한 〈(연정)구운몽〉의 1면과 판권지이다. 그림에서 보듯이 두 작품의 1면이 거의 동일하며, 외형적 특징 또한 동일하다. 그리고 조선총독부에서 발행한 〈구운몽〉의 판권지에 '定價 金六錢'이라는 가격이 제시된 것을 보아 이 또한 경제적 이익을 얻기 위하여 상품으로 제작된 것이라는 것을 알 수 있다. 이러한 사항을 고려할 때, 출판 자본가가 아닌 조선총독부에서 발행한 〈구운몽〉도 활자본 고전소설에 포함시키는 것이 합리적이라고 하겠다.

13 판권지에 기록된 조선총독부 발행 〈(연정)구운몽〉 1판의 발행일은 1913년 2월 15일로, 이것은 활자본 〈구운몽〉의 발행일 가운데 가장 빠른 것이다.

III
활자본 고전소설 서지 데이터베이스의 설계와 구축

1. 대상 자료

활자본 고전소설 서지 데이터베이스는 활자본 고전소설에 대한 기초 연구 자료를 축적하기 위하여 계획되었다.[1] 그래서 이 데이터베이스는 활자본 고전소설 각각의 판권지에서 얻을 수 있는 내용을 중심으로 40여 가지의 서지 정보를 입력하도록 구성하였다. 여기에 수록된 작품들 가운데에는 활자본 고전소설의 실물이나 후행하는 판본의 판권지 등을 통하여 출판된 것을 확인한 작품도 있지만, 그 중의 일부는 각종 목록이나 광고로만 존재하는 작품도 있다. 이처럼 출판 여부가 확인되지 않은 작품도 활자본 고전소설 서지 데이터베이스에 포함된 것은 활자본 고전소설의 총량을 살펴보기 위하여 활자본 고전

---

1 저자는 이전에 조선시대 실경산수화를 대상으로 데이터베이스를 설계, 구축하고 그것을 분석한 적이 있다. 활자본 고전소설 서지 데이터베이스의 설계와 구축, 그리고 그것의 분석은 이 경험을 토대로 하였다. 최호석・강신애, 「조선시대 실경산수화의 시공간적 분포와 그 의미」, 『민족문화연구』 42, 고려대학교 민족문화연구원, 2005.

소설의 외연을 확대하였기 때문이다.

고전소설 활자본 고전소설 서지 데이터베이스를 구축하기 위하여 직접 참고한 목록과 영인본, 그리고 실물로 확인한 활자본 고전소설의 주요 소장처와 소장자는 다음과 같다.

(1) 목록

이능우, 「'고대소설' 구활판본 조사목록」, 『논문집』 8, 숙명여대, 1968, 『고소설연구』, 3판, 이우출판사, 1978, 재록.

소재영·민병삼·김호근 엮음, 『한국의 딱지본』, 범우사, 1996.

우쾌제, 「구활자본 고소설의 출판 및 연구 현황 검토」, 『고전소설연구의 방향』, 새문사, 1985.

이주영, 『구활자본 고전소설 연구』, 월인, 1998.

권순긍, 『활자본 고소설의 편폭과 지향』, 보고사, 2000.

조희웅, 『고전소설 이본 목록』, 집문당, 1999.

조희웅, 『고전소설 연구 보정』 上·下, 집문당, 2006.

W. E. Skillend, Kodae sosˇol : a survey of Korean traditional style popular novels, London : School of Oriental and African Studies, 1968.

(2) 영인본

김기동 편, 『활자본고전소설전집』 1~12, 아세아문화사, 1976~1977.

김용범 편, 『구활자소설총서』 1~12, 민족문화사, 1983.

대조사편집부, 『고대소설집』 1~4, 대조사, 1959.

신소설전집편집부, 『신소설전집』 1~21, 계명문화사, 1987.

인천대 민족문화연구소편, 『구활자본고소설전집』 1~33, 은하출판사, 1983~1984.

조동일 편, 『조동일소장국문학연구자료』 20~30, 도서출판박이정, 1999.

현실문화 편, 『아단문고고전총서』 1~10, 현실문화, 2007.

(3) 주요 도서관 및 박물관 소장본
고려대학교 중앙도서관 소장본
국립중앙도서관 소장본
국회도서관 소장본
디지털한글박물관 소장본
서울대학교 중앙도서관 소장본
연세대학교 중앙도서관 소장본
영남대학교 중앙도서관 소장본

(4) 개인 소장본[2]
김종철 소장본
박순호 소장본
소인호 소장본
양승민 소장본
유춘동 소장본
정명기 소장본

위에서 제시한 자료들은 활자본 고전소설 서지 데이터베이스를 구축하는 데에 가장 근간으로 한 것이다. 그 외에도 학술 논문과 개인이나 기관에서 발행한 목록, 그리고 개인이 조금씩 소장하고 있는 자료들도 참고하였으나 그 양이 많지 않아서 위에서는 제시하지 않았다.[3]

---

2 자료의 열람과 사진 촬영을 흔쾌히 허락해 주신 모든 분께 감사드린다. 이분들의 적극적인 호응이 없었다면 활자본 고전소설 서지 데이터베이스에 빈 구석이 아주 많았을 것이다.

3 그러나 실제 활자본 고전소설 서지 데이터베이스에는 저자가 활용한 자료의 출처

2. 활자본 고전소설 서지 데이터베이스의 설계와 구축

1) 설계 및 구축의 기본 원칙

첫째, 데이터베이스 구축 및 사용에 편리한 프로그램 선택

활자본 고전소설 서지 데이터베이스는 구축 및 사용의 편의를 도모하기 위하여 'MS Office Access' 프로그램으로 작성되었다. 'MS Office Access' 프로그램은 다양한 방식으로 자료의 입력이 가능하며, 하나의 데이터베이스에 여러 사용자가 동시에 접속하여 작업이 가능하다는 점에서 유용하다. 그리고 'MS Office Excel'로 전환하는 것도 간편하여 자료의 총량이나 분포 등을 그래프로 나타내기에도 적합하다. 또한 다른 프로그램에 비하여 저장 공간을 적게 차지하기에 PC로도 대용량 자료의 집적이 가능하다는 장점이 있다.

둘째, 데이터베이스의 항목 및 내용의 변경 가능

데이터베이스를 구축하다 보면 건축물을 건축하는 과정에 설계 변경이 일어나는 것과 마찬가지로 중간에 데이터베이스의 항목이나 그 내용이 변경되는 일이 자주 일어난다. 활자본 고전소설 서지 데이터베이스를 구축하는 데에도 수차례에 걸쳐 항목 및 내용의 변경이 있었다. 이는 애초에 저자가 활자본 고전소설 서지 데이터베이스의 최종 지향점과 대상 자료의 특성을 명확히 인식하지 못하였기 때문이다. 이때 데이터베이스의 항목이 고정되었다면 새로운 내용을 담을 수 없으므로, 활자본 고전소설 서지 데이터베이스는 항목 및

를 일일이 다 기록하였다.

그 내용의 변경과 확장이 가능하도록 설계하였다.

셋째, 정확성

활자본 고전소설 서지 데이터베이스의 내용은 최대한 정확하게 기록하였다. 각 서적의 판권지에 기록된 내용을 포함하여 해당 자료의 소장정보 등을 가능한 직접 확인하였다. 그리고 누구나 활자본 고전소설 서지 데이터베이스에 기록된 내용을 검증할 수 있도록 최대한의 정보를 제공하였다. 특히 도서관과 박물관에 소장된 작품들의 경우 홈페이지의 URL(Uniform Resource Locator)을 기록함으로써 그것을 클릭할 경우 바로 해당 작품의 검색 결과 창으로 이어지도록 하였다. 이는 기존의 종이책 목록으로는 제공할 수 없는 디지털 자료의 장점이라고 하겠다.

넷째, 편의성

누구든지 쉽게 활자본 고전소설 서지 데이터베이스를 활용할 수 있도록 하였다. 애초에 검색 프로그램을 개발하여 인터넷으로 서비스하거나 아니면 MS Office Access 프로그램으로 된 파일 자체를 공개할 예정으로 작성되었다. 추후 인터넷으로 활자본 고전소설 서지 데이터베이스를 서비스할 경우 누구나 사용 방법을 직관적으로 알 수 있도록 이용자의 편의를 고려하는 한편, 대용량 자료가 가진 장점을 최대한 활용할 수 있도록 할 것이다.

2) 활자본 고전소설 서지 데이터베이스의 구축 과정

활자본 고전소설 서지 데이터베이스는 다음과 같은 과정을 거쳐 구축되었다.

먼저 활자본 고전소설의 서지 정보를 충실하게 담을 수 있도록 41종의 항목을 설계한 뒤에, 각 항목의 필수 입력 사항을 규정하였다. 이후 앞에서 제시한 각종 목록을 참고하는 한편, 조희웅의 『고전소설이본목록』을 중심으로 활자본으로 발행되었을 것으로 추정되는 고전소설의 목록을 작성하였다. 이때 각 이본군의 대표 제목이라고 할 수 있는 '작품명'은 조희웅의 『고전소설이본목록』의 표제를 따랐다. 이후 MS Office Access 프로그램으로 작성된 데이터베이스에 각 작품의 서지 정보를 입력하였다. 이때 각 도서관 소장 자료와 활자본 고전소설을 영인한 전집류에 실린 작품의 서지 정보를 우선적으로 입력하였으며, 그 후에 개인이 소장한 자료의 서지 정보를 입력하였다. 이때 각 작품은 직접 열람하는 것을 원칙으로 하였으며, 직접 열람할 경우에는 작품의 표지와 첫 장, 그리고 마지막 장과 판권지 부분을 디지털 사진기로 촬영하여 추후에라도 검토할 수 있도록 하였다. 그리고 국립중앙도서관에 소장된 대다수의 작품과 같이 이미지 파일이 제공되는 경우에는 그것의 실물을 직접 확인하지는 않았다. 또한 수시로 데이터베이스 항목의 적절성을 고민하면서 각 항목이나 항목의 내용을 수정, 보완하였다.

3) 활자본 고전소설 서지 데이터베이스의 구축 사례

위와 같은 방식으로 구축된 활자본 고전소설 서지 데이터베이스의 사례를 들면 〈표 1〉과 같다.

〈표 1〉 활자본 고전소설 서지 데이터베이스 구축 사례

항목	사례
(1) 고유번호	회동-옥루-03-04-권3
(2) 발행지	서울
(3) 작품명	옥루몽
(4) 표제	옥루몽 卷三
(5) 한자 서명	玉樓夢 卷之三
(6) 한글 서명	옥루몽 권지삼
(7) 표기 문자 1	한글
(8) 표기 문자 2	순한글
(9) 면수	180면
(10) 인쇄일 1	대정11.02.05.
(11) 인쇄일 2	1922-02-05
(12) 발행일 1	대정11.02.10.
(13) 발행일 2	1922-02-10
(14) 판 차	4
(15) 작가 1	
(16) 작가 2	
(17) 발행자 1	高裕相
(18) 발행자 2	고유상
(19) 발행자 주소	경성부 남대문통 1정목 17번지
(20) 인쇄자 1	金聖杓
(21) 인쇄자 2	김성표
(22) 인쇄자 주소	경성부 견지동 80번지
(23) 인쇄소	계문사
(24) 인쇄소 주소	경성부 견지동 80번지
(25) 발행소	회동서관
(26) 발행소 주소	경성부 남대문통 1정목 17번지

(27) 공동 발행 1	
(28) 공동 발행 1 주소	
(29) 공동 발행 2	
(30) 공동 발행 2 주소	
(31) 판매소	
(32) 가격	2원(전4책)
(33) 영인본	
(34) 소장처 및 청구기호	국립중앙도서관(3634-2-92(2))
(35) URL	http://www.dibrary.net/search/dibrary/SearchDetail.nl?category_code=ct&service=KOLIS&vdkvgwkey=15114209&colltype=DAN_HOLD&place_code_info=000&place_name_info=%EB%94%94%EC%A7%80%ED%84%B8%EC%97%B4%EB%9E%8C%EC%8B%A4&manage_code=MA&shape_code=B&refLoc=portal&
(36) 총서사항	조선고대소설총서 92
(37) 기타	64회 4책(권1 1회~16회, 권2 17~32회, 권3 33회~50회, 권4 51회~64회). 초판 발행일 기록.
(38) 출판	0
(39) 원문	0
(40) 목록	
(41) 광고	

위에서 제시한 활자본 고전소설 서지 데이터베이스의 각 항목은 다음과 같은 내용으로 이루어졌다.

(1) 고유번호 : 회동-옥루-03-04-권3

'고유번호'는 활자본 고전소설 각각에 붙어 있는 것으로, 사람으로 치면 주민등록번호와 같은 것이다. '회동–옥루–03–04–권3'에서 '회동'은 발행소인 회동서관의 첫 두 글자를 약자로 제시한 것이다. 이때 발행소의 첫 두 글자가 겹칠 경우에는 가나다 순으로 뒤에 해당하는 발행소의 첫 세 글자를 제시하였다. '옥루'는 작품명인 〈옥루몽〉의 첫 두 글자를 약자로 제시한 것이다. 이때 작품명은 해당 작품의 이본군 전체를 대표하는 명칭을 말하며, 작품명의 첫 두 글자가 겹칠 경우 발행소의 경우와 마찬가지로 첫 세 글자를 제시하였다. 그리고 '03'은 회동서관에서 발행한 〈옥루몽〉이 여러 종류가 있는데, 그중 3번째 종이라는 것을 의미하며, '04'는 4판이라는 것을 의미한다. 그리고 '권3'은 여러 책으로 구성된 작품의 3권이라는 것을 말한다. 참고로 회동서관에서는 3종의 〈옥루몽〉을 발행하였으며, 6판까지 발행된 '회동–옥루–03'은 4권 4책으로 이루어졌다.

(2) 발행지 : 서울

'발행지'는 판권지에 기록된 발행소가 위치한 지역을 말한다. 활자본 고전소설은 서울에서 가장 많이 발행되었으며, 그 외에 대구와 평양에서도 일부가 발행되었다.

(3) 작품명 : 옥루몽

'작품명'은 해당 작품의 이본군 전체를 대표하는 명칭을 말한다. 작품명은 조희웅의 『고전소설이본목록』과 『고전소설연구보정』에서 제시한 것을 기준으로 하였다. 그리고 최신의 연구 성과에 따라 이본군을 대표하는 작품명을 변경하는 것이 타당하다고 생각할 경우에는 새로운 작품명을 제시하였다.

(4) 표제 : 옥루몽 卷三

'표제'는 해당 작품의 표지에 기록된 제목을 말한다. 도서관에 소장된 작품의 경우에는 도서관 서지 정보에서 제공하는 표제를 따랐다.

(5) 한자 서명 : 玉樓夢 卷之三

'한자 서명'은 해당 작품의 표지나 첫 장에 한자로 기록된 제목을 말한다.

(6) 한글 서명 : 옥루몽 권지삼

'한글 서명'은 해당 작품의 표지나 첫 장에 한글로 기록된 제목을 말한다. 그런데 때로는 여기에서처럼 한자 서명의 한글 표기로도 썼다.

(7) 표기 문자 1 : 한글

'표기 문자 1'은 해당 작품에서 주로 쓰인 문자를 말하는데, 여기에는 한문과 한글의 두 종류가 있다. 그리고 '회동-03-04-권4'는 한글로 기록되었다.

(8) 표기 문자 2 : 순한글

'표기 문자 2'는 해당 작품에서 주로 쓰인 문자의 세부 표기 방식을 말한다. 즉 이는 "각셜연왕이젹소에온후로뎐애만리에고국이창망ᄒᆞ고광음이훌훌ᄒᆞ야졀셰밧귀임을보미"(1면)와 같이, 본문이 순전히 한글로 인쇄된 것을 말한다. 여기에서는 한글본인 경우 '순한글' 외에 '한자(괄호)병기' 등으로 기록하였으며, 한문본의 경우에는 '현토본' 등으로 기록하였다. 그런데 한자 괄호 병기의 경우 작품 전반에 걸쳐 한자를 괄호 안에 병기하기도 하지만, 때론 극히 부분적으로 한자를 괄호 안에 병기하기도 하여 작품에 따라 표기에 큰 편차가 있다.

(9) 면수 : 180면

'면수'는 작품의 분량을 말한다. 이는 기본적으로 서문이나 목차, 광고 등을 제외한 본문만의 분량을 말하는데, 작품에 따라 서문이나 목차 등을 포함하여 페이지 수를 매긴 것도 있다.

(10) 인쇄일 1 : 대정11.02.05.

'인쇄일 1'은 판권지에 기록된 연호(年號)로 된 인쇄일을 그대로 기록한 것이다. 그중 인쇄일이 서기(西紀)로 된 것은 서기로 기록하였다.

(11) 인쇄일 2 : 1922-02-05

'인쇄일 2'는 판권지에 기록된 연호(年號)로 된 인쇄일을 서기(西紀)로 기록한 것이다. 활자본 고전소설 가운데에는 인쇄 연도를 서기로 기록한 것도 있지만, 대부분은 연호로 기록하였기 때문에 이용자의 편의를 고려하여 서기로 변환하여 기록하였다. 위의 인쇄일은 '회동-03-04-권4'의 판권지에 '大定十一年 二月 五日'로 기록된 것을 서기로 전환한 것이다.

(12) 발행일 1 : 대정11.02.10.

'발행일 1'은 판권지에 기록된 연호(年號)로 된 발행일을 그대로 기록한 것이다. 그중 발행일이 서기(西紀)로 된 것은 서기로 기록하였다.

(13) 발행일 2 : 1922-02-10

'발행일 2'는 판권지에 기록된 연호(年號)로 된 발행일을 서기(西紀)로 기록한 것이다. 발행일 또한 인쇄일과 마찬가지로 연호로 기록된 것이 많기 때문에 이를 서기로 변환하여 기록하였다. 위의 발행일은 '회동-03-04-권4'의 판권지에 '大定十一年 二月 十日'로 기록된 것을 서기로 전환한 것이다.

(14) 판 차 : 4

'판 차'는 판권지에 기록된 해당 판본의 판 차를 말한다. '회동-03-04-권4'는 4판이기 때문에 판 차에 '4'라고 기록하였다. 그리고 자료 활용의 편의상 초판의 경우에는 '초'라고 하지 않고 '1'로 하였다.

(15) 작가 1

'작가 1'은 판권지에 기록된 작가의 한자 이름을 그대로 기록한 것이다. 활자본 고전소설의 대부분은 작가의 이름이 기록되지 않았는데, 일부의 작품에 작가의 이름이 기록되었다. 한편 '著作兼發行者'의 이름은 작가 항목에 기록하지 않고 발행자 항목에 기록하였다.

(16) 작가 2

'작가 2'는 판권지에 기록된 작가의 이름을 한글로 기록한 것이다.

(17) 발행자 1 : 高裕相

'발행자 1'은 판권지에 기록된 발행자의 한자 그대로 적은 것이다. 판권지에는 대부분 '著作兼發行者'로 기록되어 있는데, 이는 저작권을 가진 발행자를 의미한다. 그런데 발행자 가운데에는 저작권을 갖고 타인 소유의 발행소에서 서적을 발행하는 경우도 많기 때문에 발행자가 곧 발행소의 사주(社主)가 아닐 수도 있다. 발행자의 이름을 한글로 바꾸어 적지 않은 것은 발행자 가운데 유사한 이름도 있기 때문이다.

(18) 발행자 2 : 고유상

'발행자 2'는 판권지에 기록된 발행자의 이름을 한글로 기록한 것이다.

(19) 발행자 주소 : 경성부 남대문통 1정목 17번지

'발행자 주소'는 판권지에 기록된 발행자의 주소를 한글로 기록한 것이다. 발행자의 주소는 대부분 발행소의 주소와 일치하는데, 이를 시기별로 살펴보면 발행소에 따라 그 위치가 달라지는 경우도 있음을 알 수 있다.

(20) 인쇄자 1 : 金聖杓

'인쇄자 1'은 판권지에 기록된 인쇄자의 이름을 한자 그대로 적은 것이다. 여기에 기록된 인쇄자는 인쇄소의 경영자이거나 실무 책임자로 보인다.

(21) 인쇄자 2 : 김성표

'인쇄자 2'는 판권지에 기록된 인쇄자의 이름을 한글로 기록한 것이다.

(22) 인쇄자 주소 : 경성부 견지동 80번지

'인쇄자 주소'는 판권지에 기록된 인쇄자의 주소를 한글로 기록한

것이다. 때로는 인쇄자의 주소가 인쇄소의 주소와 일치하기도 한다.

(23) 인쇄소 : 계문사

'인쇄소'는 판권지에 기록된 인쇄소의 이름을 한글로 기록한 것이다.

(24) 인쇄소 주소 : 경성부 견지동 80번지

'인쇄소 주소'는 판권지에 기록된 인쇄소의 주소를 한글로 기록한 것이다.

(25) 발행소 : 회동서관

'발행소'는 판권지에 기록된 발행소의 이름을 한글로 기록한 것이다.

(26) 발행소 주소 : 경성부 남대문통 1정목 17번지

'발행소 주소'는 판권지에 기록된 발행소의 주소를 한글로 기록한 것이다.

(27) 공동 발행 1

'공동 발행 1'은 판권지에 기록된 첫 번째의 공동 발행소 이름을 한글로 기록한 것이다. '회동-옥루-03-04-권3'은 회동서관에서 단독으로 발행한 것인데, 작품에 따라 여러 발행소가 공동으로 발행한 것도 있다. 이런 경우에는 첫 번째 공동 발행소의 이름을 한글로 기록하였다.

(28) 공동 발행 1 주소

'공동 발행 1 주소'는 판권지에 기록된 첫 번째 공동 발행소의 주

소를 한글로 기록한 것이다.

(29) 공동 발행 2

'공동 발행 2'는 판권지에 기록된 두 번째의 공동 발행소를 한글로 기록한 것이다.

(30) 공동 발행 2 주소

'공동 발행 2 주소'는 판권지에 기록된 두 번째 공동 발행소의 주소를 한글로 기록한 것이다.

(31) 판매소

'판매소'는 판권지에 기록된 판매소나 발매소를 한글로 기록한 것이다.

(32) 가격 : 2원(전4책)

'가격'은 판권지에 기록된 가격을 한글과 아라비아숫자로 기록한 것이다. 보통의 경우 1책으로 되어 있으나 '회동-옥루-03-04-권3'은 4책으로 된 것이기 때문에 '2원(전4책)'이라고 기록되었다. 여러 책으로 된 것 가운데에는 각 권의 가격을 기록한 것도 있다.

(33) 영인본

'영인본'은 해당 작품이 영인되었을 경우, 그것의 영인본에 대한 간략한 서지 정보를 기록한 것이다. 예를 들어 1925년에 신구서림에서 발행한 〈황부인전〉의 '영인본' 항목은 "[조동일소장국문학연구자료 23](도서출판박이정)"과 같이 기록하였다.

(34) 소장처 및 청구기호 : 국립중앙도서관(3634-2-92(2))

'소장처 및 청구기호'는 해당 작품의 소장 정보를 기록한 것이다. 개인 소장본의 경우 "정명기 소장본"과 같이 소장자의 이름을 제시하며, 각 도서관 소장본의 경우 해당 도서관의 이름과 청구기호를 위와 같이 기록하였다.

(35) URL : http://www.dibrary.net/search/dibrary/SearchDetail.nl?category_code=ct&service=KOLIS&vdkvgwkey=15114209&colltype=DAN_HOLD&place_code_info=000&place_name_info=%EB%94%94%EC%A7%80%ED%84%B8%EC%97%B4%EB%9E%8C%EC%8B%A4&manage_code=MA&shape_code=B&refLoc=portal&

'URL'은 도서관에 소장된 작품의 검색 결과 창을 기록한 것이다. 예를 들어 위의 URL을 클릭할 경우 〈그림 1〉과 같은 화면이 나오게 된다. 〈그림 1〉은 해당 화면의 일부만을 제시한 것인데, 이것은 '회동-옥루-03-04-권3'을 국립중앙도서관에서 검색한 결과이다. 이처럼 활자본 고전소설 서지 데이터베이스에서는 해당 서적을 소장하고 있는 도서관의 검색 결과 창의 URL을 기록하였다. 국립중앙도서관과 대부분의 대학 도서관 소장본은 이와 같은 방식으로 직접 연결이 되나, 국회도서관과 영남대학교 도서관 등 일부의 도서관에서는 검색 결과 창의 URL이 검색 화면 창의 URL과 동일하기 때문에 직접 연결할 수가 없으므로, 이들 도서관의 URL은 제시하지 않았다.

〈그림 1〉 '회동-옥루-03-04-권3'의 검색 결과 창

(36) 총서 사항 : 조선고대소설총서 92

'총서 사항'은 국립중앙도서관과 서울대학교 도서관 소장본의 서지 정보에 기록된 총서 사항을 한글로 기록한 것이다.

(37) 기타 : 64회 4책(권1 1회~16회, 권2 17~32회, 권3 33회~50회, 권4 51회~64회). 초판 발행일 기록.

'기타'는 앞의 항목에 해당하지 않는 내용 가운데 해당 작품의 서지 정보를 이해하는 데에 도움이 되는 서문이나 목차, 장회 등에 대한 정보 등을 기록하였다. 위의 사례에서는 '회동-옥루-03-04-권3'이 4권 4책으로 된 전집(全集)의 제3권이라는 것과 권별 회 차 현황, 그리고 초판인 '회동-옥루-03-01'의 발행일이 판권지에 기록되었다는 내용을 담고 있다. 특히 판권지에 다른 판의 발행일이 기록된 경우 이를 빠짐없이 입력하도록 하였는데, 이는 현전하지 않는 판본의 발행일에 대한 근거가 되기 때문에 중요하다고 하겠다.

(38) 출판 : 0

'출판'은 실물이 전하는 것과 관계없이 출판되었는지, 아니면 출판되지 않았는지를 표시하는 것이다. 즉 출판된 것이 분명할 경우에 '0'으로 기록하고, 분명하지 않을 경우에는 아무런 표시를 하지 않도록 하였다. 예를 들어 어떤 작품의 5판 실물이 있다면 그 이전에 발행한 초판~4판은 실물이 없더라도 출판된 것으로 간주하여 여기에서는 '0'으로 기록하였다.

(39) 원문 : 0

'원문'은 활자본 고전소설로 발행되어서 실물이 전하는지를 표시하는 것이다. 즉 실물이 전하는 경우에 '0'으로 기록하고, 출판된 것은 분명하나 실물이 전하지 않으면 아무런 표시를 하지 않도록 하였다. 여기에 '0' 표시된 것은 필자가 직접 실물을 확인한 것이 대부분인데, 일부는 직접 보지 못한 것도 있다. 그러나 작품의 대략적인 서지 정보와 소장자에 대한 정보가 기록되어 실물을 확인할 수 있는 경우에도 '0' 표시를 하였다.

(40) 목록

'목록'은 해당 작품이 목록에만 전하는지를 표시하는 것이다. 즉 실물도 전하지 않으며 출판된 것도 불분명한 것 가운데 각종 목록에 해당 작품의 이름이 있으면 '0' 표시를 하였다.

(41) 광고

'광고'는 해당 작품이 광고에만 전하는지를 표시하는 것이다. 즉 실물도 전하지 않으며 출판된 것도 불분명한 것 가운데 활자본 고전소설의 말미에 있는 광고란에 해당 작품의 이름이 있으면 '0' 표시를 하였다.

3. 활자본 고전소설 서지 데이터베이스의 과제

활자본 고전소설 서지 데이터베이스를 구축하면서 제시하였던 원칙은 어느 정도 지켜진 듯하다. 각종 목록의 부정확한 점은 보완하였으며, 틀린 내용은 수정하였다. 예를 들어 연세대학교 도서관에 소장된 〈강태공전〉(이석호(O)811.93 강태공 17가)의 경우 발행일이 1917년으로 되어 있다. 그런데 연세대학교 도서관에 소장된 〈강태공전〉은 초판이 아니라 3판이며, 발행일 또한 1917년이 아니라 1922년이다. 그래서 활자본 DB에서는 연세대학교 도서관에 실제로 소장하고 있는 3판의 내용을 기록하였다.

그리고 앞서 언급하였듯이 활자본 고전소설 서지 데이터베이스에 기록된 내용은 직접 확인하였으며, 인터넷 상으로 이미지 파일을 제공하지 않는 경우에는 발표자가 서지정보와 관련된 부분의 사진을 찍어서 이를 관리하고 있다. 그런데 인터넷 상으로 이미지 파일을 제공하지 않으면서도 사진 찍는 것을 거부하는 도서관에 있는 것은 필자가 직접 확인하고 입력하였다.

그런데 정확성과 관련한 문제는 여전히 존재하고, 발생하고 있다.

활자본 고전소설 서지 데이터베이스에서는 단순한 이본의 경우에는 동일한 '작품명' 아래 서지 정보를 입력하고 있는데, 개작이나 변용의 경우에는 '작품명'을 달리하여 새로운 작품명을 부여하고 있다. 예를 들어 〈창선감의록〉을 변용한 것으로 알려진 〈강남화〉[4]의 경우, 선행 연구를 존중하여 활자본 고전소설 서지 데이터베이스에서는 〈창선감의록〉의 이본이 아니라 별개의 작품으로 간주하여 작품명 자체도 '강남화'로 기록하고 있다. 그런데 이처럼 선행연구의 도움을 받을 수 있는 경우에는 문제가 없으나, 이에 대한 연구가 없거나 연구자 사이에 의견이 엇갈리는 경우에는 그것의 처리 방법이 문제가 된다. 이는 향후의 과제로 남긴다.

한편 각 도서관에 소장된 활자본 고전소설의 서지 정보에 직접 연결되는 URL이 변경되는 경우도 있어 문제가 되기도 한다. 예를 들어 몇 년 전에 서울대학교 도서관과 연세대학교 도서관의 홈페이지 주소가 변경되었다. 그런데 두 곳의 홈페이지를 자주 확인하지 않다 보니 최근에서야 이 사실을 알게 되었다. 이런 경우에 다시 각 도서관에 소장된 작품의 URL을 일일이 다시 수정해야 하는 어려움이 있다. 그런데 이미 작성한 정보 전체를 주기적으로 점검하는 것은 사실 불가능에 가깝다. 결국 이러한 사항은 활자본 고전소설 서지 데이터베이스가 공개된 이후에 사용자들의 제보가 있을 경우에 수정할 수밖에 없을 듯하다.

저자가 작성하고 있는 활자본 고전소설 서지 데이터베이스는 디지털화한 자료라는 점에서 강점이 있다. 이와 같은 자료의 장점은

---

4 차충환 · 김진영, 「활자본 고소설 〈강남화〉 연구」, 『고전문학과교육』 22, 한국고전문학교육학회, 2011.

다양한 조건의 검색과 정렬이 가능하며, 이를 이용한 통계가 가능하다는 데에 있다. 또한 접근성과 활용 가능성이 뛰어나다는 데에 있다. 이와 같은 장점을 고려할 때, 추후 일반에 공개되는 활자본 고전소설 서지 데이터베이스의 인터넷 검색 내용은 다음에 가까울 것으로 기대한다.[5]

〈표 2〉 활자본 고전소설 서지 데이터베이스의 예정 서비스 내용

1	고유번호	신구-홍부-02-01
2	출판지	서울
3	작품명	홍부전
4	표제	홍부가
5	표기문자	한글
6	면수	89면
7	작가	
8	발행자	池松旭
9	발행자 주소	경성부 봉래정 1정목 77번지
10	발행소	신구서림
11	발행소 주소	경성부 봉래정 1정목 77번지
12	발행일	1916-11-05
13	인쇄자	沈禹澤
14	인쇄자 주소	경성부 효자동 103번지
15	인쇄소	성문사

5 활자본 고전소설 서지 데이터베이스를 인터넷으로 서비스하기 전에 일단 부족하나마 『활자본 고전소설 서지 데이터베이스』(보고사, 2017)라는 종이책의 형태로 선을 보이게 되었다. 여기에서는 활자본 고전소설의 주요 서지 정보 22항목을 '작품별 목록', '발행소별 목록'의 두 가지 방식으로 제시하였다.

16	인쇄소 주소	경성부 공평동 55번지
17	인쇄일	1916-10-30
18	판 차	1
19	공동 발행	
20	판매소	
21	가격	25전
22	영인본	
23	소장처 및 청구기호	국립중앙도서관(3634-2-94(5))
24	URL	http://www.dibrary.net/search/dibrary/SearchDetail.nl?category_code=ct&service=KOLIS&vdkvgwkey=15115119&colltype=DAN_HOLD&place_code_info=000&place_name_info=%EB%94%94%EC%A7%80%ED%84%B8%EC%97%B4%EB%9E%8C%EC%8B%A4&manage_code=MA&shape_code=B&refLoc=portal&
25	기타	2판과 5판에 초판 발행일 기록.
26	출판	○
27	원문	○
28	목록	
29	광고	

활자본 고전소설 서지 데이터베이스에서 작품명인 '흥부전'이나 표제인 '흥부가' 등으로 검색하면 수십 가지의 결과가 나올 텐데, 〈표 2〉는 그 중 1916년에 신구서림에서 발행한 〈흥부전〉에 해당하는 내용을 정리한 것이다. 〈표 2〉에 있는 내용은 해당 작품에 대한 기초적인 서지 정보라고 할 수 있다.

그러나 활자본 고전소설 서지 데이터베이스는 아직도 미진한 점이 많다. 실물을 찾거나 확인하지 못하여 데이터베이스에 빈칸으로 남아 있는 것도 많으며, 또 데이터베이스에 전혀 수용하지 못한 새로운 작품도 많이 남아 있을 것이다. 그리고 입력 과정에서 잘못된 내용을 입력하였을 수도 있다. 또한 판본간의 관계에 대한 설명이나, 실물을 직접 보기 힘든 작품들의 원문 이미지 파일도 제공할 필요가 있다. 앞으로 활자본 고전소설 서지 데이터베이스가 인터넷 서비스를 시작하면, 사용자들의 도움을 받아 수정 보완 사항을 주기적으로 업데이트할 예정이다. 따라서 저자가 구축한, 그리고 앞으로도 계속해서 수정, 보완해야 할 활자본 고전소설 서지 데이터베이스는 늘 진행형의 작업이라고 하겠다.

IV
활자본 고전소설의 총량

본장에서는 '활자본 고전소설 서지 데이터베이스'에 입력된 자료를 토대로 활자본 고전소설의 총량을 제시하고자 한다. 이는 활자본으로 발행된 고전소설에는 어떤 것이 있으며, 또 그것의 양은 얼마나 되는지를 살펴보려는 것이다. 여기서 활자본 고전소설의 '총량'은 그간 활자본으로 발행되어 현전하는 것만을 의미하지는 않는다. 즉 활자본 고전소설의 총량에는 현전 여부와 관계없이 활자본으로 발행된 것이 분명한 것, 그리고 출판사의 출판 목록이나 서적 광고 등에 기록되어 발행되었을 것으로 추정되는 것도 포함된다. 이와 같이 활자본 고전소설의 총량을 밝히려는 시도는 연구 대상으로서 활자본 고전소설의 양적 범위를 제시하는 것이라고 하겠다. 그리고 이를 통하여 활자본 고전소설이 당대에 상품으로서 활발하게 소비된 현황을 실증적으로도 확인할 수 있을 것이다.

1. 자료 제시 방식

Ⅲ장에서 소개한 바와 같이 활자본 고전소설 서지 데이터베이스에서는 각각의 출판 현황을 '출판, 원문, 목록, 광고'로 나누었는데, 본장에서는 '출판, 목록, 광고'의 셋으로 나누어 총량을 제시하고자 한다. 먼저 '출판'은 활자본 고전소설 서지 데이터베이스의 '출판'과 '원문'을 합한 것으로, 실물이 전하지 않더라도 출판된 것이 확실한 것을 말한다. 예를 들어 어떤 작품의 5판이 실물로 전한다면, 그 이전에 발행한 초판~4판은 실물이 없더라도 '출판'으로 분류한다는 것이다. 또한 선행 목록에서 해당 작품의 서지 정보를 제시하여 실물을 확인한 것으로 인정되는 것과 서지 정보는 거의 없다하더라도 소장처가 분명하게 제시되어 추후에라도 확인 가능한 것도 '출판'에 분류하였다.

그리고 '목록'은 실물이 전하지 않는 것 가운데 출판사에서 발행한 목록이나 연구자들이 작성한 목록에 전하는 것을 말한다. 예를 들어 1921년에 경성서적업조합에서 발행한 『도서분류목록』이나 영창서관에서 발행한 『출판목록』 등에 전하는 것은 '목록'으로 분류하였다. 그리고 연구자들이 작성한 활자본 고전소설의 목록 등에 전하기는 하지만 서지 정보가 거의 없고 소장처도 제시하지 않아 그 작품의 실제 출판 여부가 불분명한 것 또한 '목록'에 분류하였다.

한편 '광고'는 활자본 고전소설의 말미에 있는 광고란에 기록된 것으로, 실물도 전하지 않고 각종 목록에도 없는 것을 말한다. 이러한 광고에 실린 작품은 출판보다는 판매 광고의 성격이 더욱 짙기 때문에, 이를 실제 작품의 출판과 연결하기에는 어려운 점이 있다. 그렇기 때문에 이를 '출판'이나 '목록'에 분류하지 않고 '광고'로 분류하였다.

그리고 그것을 광고한 해가 바로 작품을 출판한 해인지에 대해서도 의문의 여지가 있지만, 일단은 광고한 해를 출판한 해로 기록하였다.[1]

이처럼 출판 현황을 '출판, 목록, 광고'의 셋으로 구분한 다음에는 각 작품별 현황을 제시하였다.[2] 이때 초판만 발행한 경우에는 '발행소의 약어-초판의 발행연도' 순으로 기록하였다. 예를 들어 광한서림에서 1928년에 초판만 발행한 〈곽해룡전〉의 경우, '광한(1928)'과 같이 발행소의 약어와 초판의 발행연도를 기록하였다. 그리고 여러 판을 발행한 경우에는 '발행소의 약어-초판의 발행연도-초판의 판 차-최종판 발행연도-최종판의 판 차' 순으로 제시하였다. 예를 들어 신구서림에서는 1913년에 〈곽분양전〉의 초판을 발행한 이후 1917년에 2판, 1921년에 3판, 1923년에 4판을 발행하였다. 이런 경우에는 2판과 3판의 발행연도는 제시하지 않고 '신구(1913①, 1917④)'와 같이 초판과 최종판의 발행연도와 판 차를 제시하였다. 그리고 이처럼 4판까지 발행된 기록이 있으면 1판~3판 가운데 현전하지 않는 것이 있어도 발행 횟수는 4회로 기록하였다.

한편 한 발행소에서 같은 작품을 2종 이상의 판본으로 출판한 경우에는 발행소 약어 뒤에 숫자를 붙여 구분하였다. 예를 들어 광동서국에서는 표제가 〈(신소설)강상련〉, 〈(증상연정)심청전〉으로 기록된

---

1 이처럼 '출판, 목록, 광고'로 분류하여 제시하는 것이 활자본 고전소설 출판의 실상을 정확하게 반영하지는 못한다는 문제가 있기는 하다. 각종 목록과 광고에 기록된 것이 과연 출판되었는지 확인하기가 어렵기 때문이다. 그렇지만 이와 같은 방식으로 활자본 고전소설의 출판 현황을 제시한 것은 활자본 고전소설의 외연을 최대한 넓히는 것이 일단 필요하며, 그 다음에 각각의 것을 세밀하게 검토하는 것이 효과적이라고 생각한다.

2 작품명은 활자본 고전소설 서지 데이터베이스에서 제시한 것과 같이 해당 작품의 이본군 전체를 대표하는 제목으로 하였다.

〈심청전〉의 이본을 2종 발행하였다. 그중 〈(신소설)강상련〉은 1912년에 초판이 발행된 후 1913년에 3판이 발행되었으며, 〈(증상연정)심청전〉은 1915년에 초판이 발행된 후 1922년에 10판이 발행되었다. 이런 경우에는 앞의 것을 '심청1(1912①, 1913③)', 뒤의 것을 '심청2(1915①, 1922⑩)'과 같이 제시하였다.

그리고 외견상 동일한 판본으로 보이는데도 불구하고 연속되는 판차를 기록하지 않고 초판인 것처럼 발행일만 기록한 것도 있는데, 이런 경우에는 발행일이 다르기 때문에 궁극적으로는 별개의 출판행위라고 판단하고 이를 별개의 건으로 처리하였다.[3] 예를 들어 세창서관에서는 판 차를 제시하지 않고 〈권용선전〉을 1952년과 1957년에 발행하였는데, 이런 경우에는 '세창1(1952)', '세창2(1957)'과 같이 제시하였다. 그리고 1952년 8월과 12월에도 판 차를 기록하지 않고 〈강태공전〉을 발행하였는데, 이런 경우에는 '세창1(1952.8)', '세창2(1952.12)'와 같이 제시하여 각각을 구별할 수 있도록 하였다.

한편 활자본 고전소설의 발행소는 110여 곳에 달하였는데 활자본 고전소설 서지 데이터베이스의 '고유번호'에서 사용한 발행소의 약자(略字)와 원래의 이름, 그리고 발행 시기와 횟수를 제시하면 〈표 1〉과 같다.

---

3 특히 세창서관에서 발행한 활자본 고전소설 가운데 2판, 3판 등의 기록 없이 여러 차례에 걸쳐 동일한 판본으로 발행한 것이 많았다.

〈표 1〉 활자본 고전소설 발행소의 약자

번호	약자	발행소 이름	발행 시기	발행 횟수
1	경성	경성서관	1915~1940	15
2	경성서	경성서적업조합(소)	1912~1927	297
3	계몽	계몽서원	1929	1
4	고금	고금서해	1918	1
5	공동	공동문화사	1954	9
6	공진	공진서관	1916~1917	2
7	광동	광동서국	1908~1931	89
8	광명	광명서관	1916	7
9	광문	광문서시	1917~1924	19
10	광문사	광문사	1922	2
11	광문책	광문책사	1914~1916	10
12	광익	광익서관	1912~1935	24
13	광학	광학서포	1917~1926	6
14	광한	광한서림	1914~1944	10
15	국제	국제문화관	1950	1
16	국제신	국제신보사출판부	1958	1
17	근흥	근흥인서관	1946	1
18	금광	금광서림	1924	3
19	김재홍	김재홍가	1921	1
20	대동	대동서원	1914~1928	10
21	대동성	대동성문사	1924	1
22	대산	대산서림	1924~1926	12
23	대성	대성서림	1923~1947	29
24	대조	대조사	1956~1960	34
25	대창	대창서원	1914~1929	152
26	덕흥	덕흥서림	1912~1938	177

27	동명	동명서관	1915, 1917	2
28	동문	동문서림	1913, 1918	3
29	동미	동미서시	1913~1954	59
30	동아	동아서관	1916~1935	8
31	동양대	동양대학당	1915~1935	23
32	동양서	동양서원	1913~1932	24
33	동일	동일서관	1929	1
34	동창	동창서국	1917	1
35	동창서	동창서옥	1917~1923	5
36	만상	만상회	1949	1
37	명문	명문당	미상	1
38	문광	문광서림	1930	1
39	문선	문선당	1926	1
40	문성	문성당서점	미상	1
41	문언	문언사	미상	1
42	문연	문연사	1948	1
43	문익	문익서관	1914	1
44	문정	문정당출판부	1946	1
45	문창	문창사	1926	2
46	문화	문화서림	1929	1
47	미상	발행소 미상		12
48	박문	박문서관	1912~1938	280
49	박문사	박문사	1906	1
50	박학	박학서원	1913, 1924	8
51	백인	백인사	1961	1
52	백합	백합사	1936, 1937	2
53	보급	보급서관	1912~1924	32
54	보문	보문출판사	1953	2

55	보성	보성사	1916~1918	6
56	보성관	보성관	1913	1
57	보성서	보성서관	1938	2
58	보신	보신서관	1917	1
59	불교	불교시보사	1932~1936	3
60	삼광	삼광서림	1927	1
61	삼문	삼문사	1918~1953	16
62	서적	서적업조합	1925, 1926	3
63	선진	선진문화사	1959	5
64	선학	선학원	1932	1
65	성문	성문당(서점)	1914~1952	42
66	성문사	성문사	1914, 1918	2
67	성우	성우사	1917	3
68	세계	세계서림	1923, 1925	7
69	세창	세창서관	1912~1969	337
70	송기	송기화상점	1913	3
71	시문	시문당서점	1928	1
72	신구	신구서림	1912~1939	304
73	신명	신명서림	1915~1930	25
74	신문	신문관	1912~1925	25
75	신흥	신흥서관	1936	1
76	아성	아성출판사	1958	1
77	영창	영창서관	1915~1942	188
78	영풍	영풍서관	1913~1919	26
79	영화	영화출판사	1951~1963	60
80	오거	오거서창	1915, 1918	4
81	오성	오성서관	1915	1
82	우문	우문관서회	1921~1927	5

83	유일	유일서관	1912~1926	108
84	이문	이문당	1917~1936	38
85	일한	일한주식회사	1908	1
86	재전	재전당서포	1929~1934	6
87	적문	적문서관	1924	3
88	조선	조선도서주식회사	1914~1929	95
89	조선복	조선복음인쇄소	1917, 1925	2
90	조선서	조선서관	1912~1925	101
91	조선총	조선총독부경무국	1913~1924	5
92	중앙	중앙출판사	1945, 1948	5
93	중앙서	중앙서관	1908~1920	21
94	중앙인	중앙인서관	1937, 1940	3
95	중흥	중흥서관	1933~1938	4
96	진흥	진흥서관	미상	1
97	진흥서	진흥서림	1948	1
98	창문	창문사	1927~1961	4
99	천일	천일서관	1918	2
100	청송	청송당서점	1916	1
101	태산	태산서림	1925~1926	2
102	태학	태학서관	1916~1918	6
103	태화	태화서관	1915~1948	86
104	한남	한남서림	1917~1924	6
105	한성	한성서관	1912~1925	87
106	한성도	한성도서주식회사	1922	1
107	해동	해동서관	1918	1
108	향민	향민사	1962~1978	63
109	홍문	홍문서관	1933~1950	10
110	화광	화광서림	1916~1935	12

111	환학	환학사	1945	1
112	회동	회동서관	1912~1937	263
113	휘문	휘문관	1913	1
114	희망	희망출판사	1966	1
		계		3,405

2. 활자본 고전소설의 총량

앞에서 서술한 방식으로 활자본 고전소설의 총량을 제시하면 〈표 2〉와 같다.

〈표 2〉 활자본 고전소설 총량표

순번	작품명	출판		목록		광고		횟수
		현황	횟수	현황	횟수	현황	횟수	
1	가실전	세창(1956), 회동(1930①, 1937②)	3		0		0	3
2	간택기	미상(미상)	1		0		0	1
3	강감찬 실기	광동(1908①, 1914②), 영창(1928), 일한(1908), 조선서(1913)	5	경성서(미상)	1		0	6
4	강남 홍전	경성서(1926①, 1926②), 조선(1916①, 1926②), 회동(1926)	5		0		0	5
5	강남화	성문(1934)	1		0		0	1
6	강릉 추월	광한(1928), 덕흥(1915①, 1928⑧), 박문(1925), 세창1(1952.8), 세창2(1952.12), 조선(1925), 향민1(1969), 향민2(1971)	15	경성서(1920)	1		0	16

7	강상월	경성서(1926), 미상(미상), 성문(1926), 회동(1913①, 1916②)	5		0	조선서(1913)	1	6
8	강유실기	경성서(1927), 대창(1922), 세창1(1952), 세창2(1956), 영창(1922), 한성도(1922), 회동(1922)	7		0	신명(1930)	1	8
9	강태공전	경성서(1926), 대창(1920), 동미(1913①, 1916③), 문선(1926), 박문(1917①, 1925④), 세창1(1952.8), 세창2(1952.12), 세창3(1956), 세창4(1962), 신구(1917①, 1922③), 영화1(1953), 영화2(1958), 조선서(1913①, 1915②), 회동(1925)	22	영창(1925)	1	이문(1918)	1	24
10	개소문전	덕흥(1935)	1		0		0	1
11	검중화	박문(미상①, 1924⑤)	5		0		0	5
12	결초보은	대성(1930)	1		0		0	1
13	계명산	대창(1919), 태화(1928)	2		0		0	2
14	계화몽	대창(1922)	1		0		0	1
15	고금 기담집	회동(1923)	1		0		0	1
16	고금 열녀집	세계(미상)	1		0		0	1
17	고려태조	대창(1921)	1		0		0	1
18	공부자 동자문답	신구(미상①, 1918②)	2		0		0	2
19	곽분양전	경성서(1926), 광문(미상), 박문(1913①, 1923②), 세창(1952), 신구(1913①, 1923④), 회동(1925)	10	영창(미상)	1		0	11
20	곽해룡전	광한(1928), 덕흥(1925), 박문(1917①, 1924②), 세창1(1952), 세창2(1957), 신구(1917①, 1924②), 영창1(1925), 영창2(1925), 영창3(1929), 조선서(1917)	12	경성서(1921)	1		0	13

21	관운장 실기	경성서(1926.1①, 1926.12②), 광동(1917①, 1918③), 박문(1926) 세창(1952)	7		0	영창(1925), 이문(1918)	2	9
22	광해주 실기	대성(미상)	1		0		0	1
23	괴똥전	영창(1923)	1	경성서(1921)	1	광명(1916)	1	3
24	구운몽	경성서(1916①, 1927⑥), 대산(1925), 대조(미상), 동문(1913), 동양서(1925), 박문1(1917), 박문2(1917①, 1918②), 박문3(1917①, 1918②), 성문(1934), 세창1(1952), 세창2(1952), 세창3(1957), 신구(1913①, 1920④), 영창(1925), 영화(1960), 유일1(1913①, 1917③), 유일2(1916), 유일3(1916①, 1920④), 조선1(1916①, 1925⑤), 조선2(1925), 조선총(1913①, 1914③), 향민(1971)	43		0	회동(1927)	1	44
25	권용선전	대산(1926), 대창(1918), 세창1(1952), 세창2(1957), 신구(1918, 1920②), 회동(1926)	7	경성서(1921), 영창(미상)	2		0	9
26	권익중전	공동(1954), 대조(1959), 박문(1926), 세창1(1956), 세창2(1962), 신흥(1936), 영화1(1954①, 1956②), 영화2(1958.3), 영화3(1958.10), 재전(1931), 향민1(1962), 향민2(1964), 향민3(1978)	14		0		0	14
27	권장군전	덕흥(1930①, 1936②)	2		0		0	2
28	금강문	박문(1914①, 1922⑤)	5		0		0	5
29	금강취유	동미(1915), 회동(1915①, 1918②)	3	경성서(1921)	1		0	4
30	금고기관	성문(1918), 신구(1918)	2	경성서(1921), 광동(1916)	2		0	4
31	금방울전	경성서(1925①, 1926②), 경성서(1926), 대조(1959),	20		0	동미(1917)	1	21

		덕흥(1925), 박문(1925), 성문1(1932), 성문2(1936), 세창1(1917), 세창2(1952), 세창3(미상), 신구(1916①, 1921③), 영창(1926), 조선서1(1916), 향민1(1962), 향민2(1964), 회동1(1925.11), 회동2(1925.12)						
32	금산사 몽유록	세창1(1952.3), 세창2(1952.12), 회동1(1915), 회동2(1925)	4	경성서(1921)	1	대창(1921)	1	6
33	금상첨화	신구(1913①, 1924⑧)	8	경성서(1921)	1		0	9
34	금송 아지전	동미(미상), 신구1(1923), 신구2(1929)	3		0		0	3
35	금수기몽		0	경성서(1921)	1		0	1
36	금옥연	동미(1914①, 1917③)	3		0		0	3
37	금향정기	동미(1916), 신구(1916①, 1924②)	3	경성서(1921)	1	박문(미상), 세창(1915), 조선서(1915)	3	7
38	김덕령전	덕흥(1926)	1		0		0	1
39	김부식전		0		0	보급(1918)	1	1
40	김씨 열행록	공동(1954), 대창(1919), 세창(미상), 태화(1928①, 1947②)	5		0		0	5
41	김원전	동아(1917), 이문(1917)	2	경성서(1921)	1		0	3
42	김응서 실기	세창(미상)	1		0		0	1
43	김인향전	대조(미상), 박문(1938), 세창1(1952), 세창2(미상), 중흥(1938), 창문(1961)	6		0	대창(미상)	1	7
44	김진옥전	광학(1926), 대창(1920), 덕흥(1916①, 1923⑦), 동양(미상①, 1925②), 박문(1917), 세창1(1952.1), 세창2, 3(1952.12), 세창4(1953①, 1961②), 신구(1914), 영창(1925), 태화(1929), 향민(1964)	21	경성서(1921), 이문(1923)	2		0	23

45	김학공전	세창1(1951), 세창2(1952), 세창3(1961), 신구1(1912), 신구2(1932), 영창(1923)	6		0		0	6
46	김희경전	광문1(1917①, 1922③), 광문2(1917①, 1919②), 박문(1925), 세창(1962), 신구1(1914①, 1920③), 신구2(1918), 조선(1925)	12		0		0	12
47	꼭두 각시전	광명(1916), 영창(1923)	2		0	대창(미상), 동미(1917)	2	4
48	난봉기합	동양서(1913)	1	경성서(1921)	1	박문(미상), 유일(1916), 한성(1915),	3	5
49	남강월	덕흥1(1915), 덕흥2(1922)	2	경성서(1921)	1	동미(1917)	1	4
50	남무아미 타불	광동(1922)	1		0		0	1
51	남이장군 실기	덕흥(1926①, 1935②)	2		0		0	2
52	남정 팔난기	경성서1(1926), 동미(1915), 세창(1962), 신구1(1915), 신구2(1917), 조선서(1915)	6	영창(미상)	1	박문(1938)	1	8
53	노처녀가	조선서(1913)	1		0		0	1
54	녹두장군	신구(1930)	1		0		0	1
55	녹처사 연회	동미(1918)	1		0		0	1
56	논개실기	덕흥(미상)	1		0		0	1
57	다정다한	영창(미상①, 1931②)	2		0		0	2
58	단장록	유일(1917)	1	경성서(1921)	1		0	2
59	단종대왕 실기	계몽(1929), 덕흥(1929①, 1935③), 세창(1952)	5		0	박문(1928)	1	6
60	달기전	광동(1917)	1	경성서(1921)	1		0	2
61	당태종전	대산(1926), 동미1(1913), 동미1(1915①, 1917②), 동양대(1929), 동양서(1915①, 1927②), 세창1(1951), 세창2(1952), 세창3(1961), 신구(1917), 영창(1925),	13	경성서(1921)	1	이문(1918), 조선서(1916)	2	16

		회동(1926)						
62	도깨비말	세계(미상)	1		0		0	1
63	동상기	보성(1918), 한남(1918)	2	경성서(1921)	1		0	3
64	동서야담	성문(1934)	1		0		0	1
65	동선기	박문(1915)	1		0		0	1
66	동정의루	영창(미상①, 1925②)	2		0		0	2
67	동정호	회동(미상①, 1925②)	2		0		0	2
68	등하 미인전		0	경성서(1921)	1		0	1
69	만강홍	회동(1914①, 1921②)	2		0		0	2
70	명주기봉		0		0	한성(1915)	1	1
71	무릉도원	영창(1924①, 1928②)	2		0		0	2
72	무목왕 정충록		0		0	회동(1915)	1	1
73	무정한 동무	화광(1931)	1		0		0	1
74	무학 대사전	신구(1929)	1		0		0	1
75	미인계	덕흥(1919①, 1920②)	2		0		0	2
76	미인도	대조(1956), 동미(1915①, 1916②), 세창1(1951), 세창2(1952), 세창3(1957), 향민1(1962), 향민2(1972), 회동(1913①, 1925⑨)	17	경성서(1921)	1	이문(1918)	1	19
77	박문수전	경성서(1926), 대조(1959), 덕흥(1933), 박문(1919①, 1921②), 세창1(1952.8), 세창2(1952.12), 신구(1919①, 1921②), 유일(1917), 이문(1933), 진흥(미상), 향민(1964), 홍문(1936)	14	영창(미상)	1		0	15
78	박씨전	경성서(1917①, 1923②), 광학(1925), 대조(1959), 대창1(1917), 대창2(1920), 덕흥(1925), 동양대(1929), 박문(1917①, 1923②),	30		0	유일(1917), 태화1(1918), 태화2(1929)	3	33

		성문(1933), 세창1(1950), 세창2(1952.1), 세창3 (1952.8), 세창4(1952.12), 세창5(1957①, 1961②), 영창(1925), 조선(1917①, 1923②), 중앙인(1937①, 1940②), 중흥(미상), 한성1(1915), 한성2(1917), 향민1(1964), 향민2(1978), 홍문(1934), 회동(1925), 희망(1966)						
79	박안경기		0		0	대창(1921)	1	1
80	박천남전	조선서(1912)	1		0		0	1
81	박태보전	덕흥(1916)	1	경성서(1921)	1		0	2
82	박효낭전	재전(1934)	1		0		0	1
83	반씨전	대창(1918), 덕흥(1928)	2	경성서(1921)	1	보급(1918)	1	4
84	배비장전	공진(1916), 국제(1950), 세창1(1956), 세창2(1962), 신구(1916①, 1923⑧), 영창(1925), 진흥서(1948), 회동(1925)	15	경성서(1921)	1		0	16
85	백년한	경성서(1926), 회동1(1913①, 1917②), 회동2(1913), 회동3(1917①, 1924④), 회동4(1926①, 1929④)	12		0		0	12
86	백련화	조선(1926)	1		0		0	1
87	백학선전	경성(1926), 세창(1952), 신구(1915)	3	경성서(1921), 조선서(미상)	2		0	5
88	백학진전	보신(1917)	1		0		0	1
89	범저전		0		0	이문(1918)	1	1
90	벽란도 용녀기	동미(1918)	1		0		0	1
91	벽부용	회동(1912)	1		0		0	1
92	벽성선	신구(1922)	1		0		0	1
93	병인양요	덕흥(1928)	1		0		0	1
94	병자록	영화(1957)	1		0		0	1

95	병자 임진록	성문(1934)	1		0		0	1
96	보심록	경성서1(1926.1①, 1926.12②), 경성서2(1926), 광동(1923), 광익(1912①, 1924⑥), 근흥(1946), 대창1(1920.1), 대창2(1920.12①~1921②), 덕흥(1925), 동아(1918), 박문(1926①, 1928②), 서적(1925①, 1926②), 성문1(1922), 성문2(1936), 세창1(1934), 세창2(1952), 세창3(1952), 신구1(1918①, 1920②), 신구2(1923), 신구3(1925), 영창1(1925), 영창2(1925), 영화1(1953), 영화2(1958), 영화3(1959), 영화4(1963), 향민1(1964), 향민2(1978), 회동1(1912), 회동2(1912①, 1915②), 회동3(1925), 회동4(미상)	42		0	조선서(1915), 태화(1918)	2	44
97	봉선루기	동양대(1923)	1		0		0	1
98	봉황금	성문(1929), 세창(1952), 신구(1925), 영창(1921), 회동1(미상①~1918③), 회동2(1922 ①, 1923②)	9		0	동미(1915)	1	10
99	부설전	불교(1932①, 1936③), 선학(1932)	4		0		0	4
100	부용 상사곡	신구1(1913①, 1923④), 신구2(1914①, 1921④)	8	경성서(1921)	1		0	9
101	부용전		0	경성서(1921)	1		0	1
102	부용헌	동미(1914)	1	경성서(1921)	1		0	2
103	불가 살이전	광동(1921①, 1931⑤), 동양대(1935), 명문(미상), 우문(1921①, 1927⑤)	12	경성서(1921)	1		0	13
104	사각전	대창(1918①, 1921②), 박문(1918), 세창(1952), 신구(1927), 신명(1918①, 1924③), 회동(1927)	9	경성서(1921)	1	세창2(1952), 태화(1918)	2	12
105	사대장전	광학(1926)	1	경성서(1921)	1	대창(1918)	1	3

106	사명당전	대조1(1958), 대조2(1959), 세창1(1952), 세창2(1959), 영화1(1954), 영화2(1956), 영화3(1957), 영화4(1959), 영화5(1961), 향민1(1964), 향민2(1977), 회동(1928)	12	영창(미상)	1		0	13
107	사씨 남정기	경성(1925), 경성서(1927), 대산(1925), 대창(1920), 덕흥(1925), 박문1(1917), 박문2(1925), 성문(1934), 세창1(1952), 세창2(1957①, 1961②), 신문(1914), 영창(1925), 영풍1(1913), 영풍2(1914①, 1918⑥), 영풍3(1914①~1919④), 한성(1916①, 1917②), 향민(1964), 회동(1914 ①, 1923⑤)	32		0	유일(1916), 태화(1918), 회동②(1927)	3	35
108	사육신전	신구1(1929①, 1935②), 신구2(1934)	3		0		0	3
109	사천년 야담	성문(미상)	1		0		0	1
110	산양대전	경성서1(1916①, 1926⑧), 광동(1917①, 1918②), 광문(1917), 대창1(미상①, 1920②), 대창2(1922), 덕흥1(1926), 동양대(1925), 동양서(1925), 박문1(1922), 박문2(1925), 박문3(1926), 보급(1918), 세창1(1918), 세창2(1952), 세창3(1952.8), 세창4(1952.12), 세창5(1953), 세창6(1956), 세창7(1961), 영창1(1918), 영창2(1925), 영창3(미상①, 1926②), 유일(1916①, 1917②), 이문(1935), 조선1(1916①, 1922⑤), 조선2(1926), 태화1(1929①, 1947②) 한성(1916①, 1920⑤), 회동(1925)	49	경성서2 (1921)	1	덕흥2(1935)	1	51
111	삼국대전	대산(1926), 덕흥(1912), 동양서(1925), 세창1(1935), 세창2(1952), 세창3(1957),	14	경성서(1921)	1		0	15

		영창1(1918①, 1923⑥), 영창2(1925), 중앙(1948)						
112	삼국지	경성(1915), 대창1(1919), 대창2(1922), 박문1(1917), 박문2(1920①, 1928③), 박문3(1935), 백인(1961), 보급1(1918), 보급2(1920), 보성관(1913), 선진(1959), 성우(1917), 세창1(1952), 세창2(1962), 세창3(1965), 영창1(1928), 영창2(1941), 영풍1(1916①, 1918②), 유일1(1915), 유일2(1916), 조선서1(1913①, 1915④), 조선서2(1913), 향민1 (1965.1), 향민2(1965.6) 회동1(1915①, 1922③), 회동2(1916①, 1920③)	36	경성서1 (1921), 경성서2 (1921)	2	태화(1929)	1	39
113	삼문 규합록	신구(1918)	1	경성서(1921)	1		0	2
114	삼사횡입 황천기	회동(1915), 세창(1952)	2		0		0	2
115	삼선기	이문(1918)	1		0		0	1
116	삼설기	신구(1913), 신문(1913), 조선서1(1913)	3		0	박문(1916)	1	4
117	삼성기	천일(1918)	1	경성서(1921)	1	대창(1921)	1	3
118	삼쾌정	동미(1915), 성문(1919①, 1924④), 세창1(1952.8), 세창2(1952.12), 세창3 (1962), 중앙(1948), 향민(1962), 회동(1919①, 1924④)	14	경성서(1921), 영창(미상)	2	태화(1918)	1	17
119	생육신전	신구(1929①, 1935②)	2		0		0	2
120	서대주전	동미(1918)	1		0		0	1
121	서동지전	대창(1918①, 1921②), 박문(1925), 세창(1953①, 1961②), 영창1(1918①, 1922③), 영창2(1922①, 1924④), 회동(1925)	13	경성서(1921)	1		0	14
122	서산	국제신(1958), 대조1(1958),	9		0		0	9

	대사전	대조2(1959), 덕흥(1926①, 1928③), 세창(1952), 아성(1958), 영화(1959)						
123	서상기	광한(1914), 대산(1925), 박문사(1906), 박문(1913①, 1923④), 세창1(1951), 세창2(1961), 신구(1913①, 1923④), 영창(1935), 유일(1916①, 1919②), 조선(1916①, 1922③), 조선서(1913), 회동(1914①, 1930④)	24	경성서1(1921), 경성서2(1921), 경성서3(1921)	3		0	27
124	서시전	광한(1929), 회동(1919)	2		0		0	2
125	서유기	박문(1913①, 1921②), 신구(1913①, 1921②), 조선서(1913), 미상1(미상), 미상2(1913)	7		0	유일(1916), 한성(1915)	2	9
126	서정기	박문(1923), 세창1(1952), 세창2(1961), 신구1(1923.12.23.), 신구2(1923.12.25.), 조선서(1925)	6		0		0	6
127	서태후전	광문사(1922), 덕흥(1936)	2		0	회동(1922)	1	3
128	서한연의	경성서1(1915①, 1926⑥), 공동(1954), 광동(1917), 대성(1929), 대조(1959), 박문(1925), 성문(1915①, 1923②), 세창2(1957), 영창(1925), 영풍(1917), 영화1(1957), 영화2(1961), 한성2(1917①, 1918②), 향민1(1962), 향민2(1964), 향민3(1978), 홍문(1934)	24	경성서2(1915), 경성서3(1921), 이문2(1926)	3	세창1(1915), 이문1(1918), 한성1(1915), 회동(미상)	4	31
129	서화담전	광동(1926)	1		0		0	1
130	석중옥		0	경성서(1921)	1		0	1
131	석화룡전	대창1(1919)	1	경성서1(1921), 경성서2(1921), 대창2(1921)	3	태화(1918)	1	5
132	선죽교	덕흥(1929), 세창(1952), 회동(1930)	3		0		0	3

133	설인귀전	경성서(1926), 덕흥(1934), 동미(1915), 박문(1926), 성문1(1915), 성문2(1936), 세창1(1931), 세창2(1952), 세창3(1961), 신구1(1913), 신구2(1915①, 1917②), 신구3(1917①, 1925⑤), 신구4(1926), 신구5(1916), 조선서(1915)	20		0	이문(1918)	1	21
134	설정산 실기	박문1(1929), 박문2(1930), 세창1(1952), 세창2(1961), 세창3(1962), 신구1(1929), 신구2(1930)	7		0		0	7
135	설홍전	동일(1929), 영창(1929)	2		0		0	2
136	섬동지전	경성서(1925①, 1926②), 대조1(1959), 대조2(1960), 대창(1920), 덕흥(1914①, 1920⑥), 박문(1925①, 1926②), 세창1(1922①, 1924②), 세창2(1952), 영창(1918①, 1924②), 향민(1964)	19		0		0	19
137	섬처사전	박문(1917), 삼광(1927)	2		0		0	2
138	성산명경	박문(1922)	1		0		0	1
139	성삼문	세창1(1952), 세창2(1956)	2		0		0	2
140	성종대왕 실기	덕흥(1930)	1		0		0	1
141	세종대왕 실기	세창1(1933), 세창2(1952), 세창3(1961)	3		0		0	3
142	소강절	광동(1926)	1		0		0	1
143	소대성전	경성서(1917①, 1920②), 공진(1917), 광문책(1914①, 1916②), 동미(1914), 동양서(1925), 박문1(1917. 2①, 1920②), 박문2(1917. 9), 삼문(미상), 세창(1952), 신구(1917. 1①, 1917. 9②), 신명(1917①, 1922③), 영창(1925), 이문(1936), 조선(1925) 회동(1925)	21		0	대창(1921), 태화(1929)	2	23

144	소약란 직금도	신구(1916)	1	경성서(1921)	1	광명(1916), 동미(1917), 조선서(1916)	3	5
145	소양정	신구(1912①, 1923⑦)	7		0		0	7
146	소운전	덕흥(1916), 박문(1917), 보성(1918), 세창1(1937), 세창2(1952), 세창3(1957), 세창4(1969), 영화(1953), 회동(1925)	9	경성서(1921)	1		0	10
147	소진장 의전	광동(1918①, 1921②), 보성서(1938), 세창(1952), 영창(1932), 태학(1918)	6	경성서(1921)	1		0	7
148	손방연의	회동(1918)	1	경성서(1921)	1	세창(1915)	1	3
149	손오공	유일(1917), 회동(1922)	2		0		0	2
150	수당연의	신구(1918), 회동(1918)	2	경성서1(1921), 경성서2(1921), 조선서(1916)	3	광명(1916)	1	6
151	수호지	광학(1917), 박문1(1929), 박문2(1930), 박문3(1938), 세창(1942), 신문(1913), 영창(1929①, 1942②), 조선서1(1913), 조선서3(1918), 조선(1929), 향민(1966)	12	경성서(1921)	1	대창(1921), 동미(1917), 유일(1916), 조선서2(1916), 태화(1918), 한성(1916), 회동(1916)	7	20
152	숙녀지기	박문(1924), 성문(1916), 유일1(1912①, 1916③), 유일2(1916)	6	경성서(1921)	1		0	7
153	숙영 낭자전	경성서(1921①, 1923④), 대동(1915①, 1918⑥), 대조(1959), 대창(1920), 박문(1921), 백합(1937), 세창1(1952), 세창2(1962), 신구(1915①, 1916③), 영화1(1958), 영화2(1961), 조선(1921①, 1924④), 중앙(1945), 태화(1928), 한성1(1915①, 1916②), 향민(1964), 회동(1925)	31	영창(미상)	1	유일(1916), 한성2(1916)	2	34
154	숙종대왕 실기	대성(미상), 덕흥(1930)	2		0		0	2

155	숙향전	대조(1959), 대창(1920), 덕흥(1914①, 1920⑦), 박문(1924), 세창1(1914), 세창2(1951), 세창3(1952), 세창4(1961), 세창5(1962), 신구(1926), 영창(1925), 회동1(1916), 회동2(1925), 회동3(1926)	20	경성서1(1921), 경성서2(1921)	2	태화(1918)	1	23
156	신계후전	대창(1920), 신구(1926①, 1928②)	3		0	세창(1952)	1	4
157	신립신대장실기	태화1(1927)	1		0	태화2(1929)	1	2
158	신미록	경성서(1926), 광학(1917), 박문(1929), 세창1(1917), 세창2(1962), 신문(1917)	6		0		0	6
159	신숙주부인전	세창1(1952), 세창2(1956), 회동(1930①, 1937②)	4		0		0	4
160	신유복전	경성서2(1927), 광문(1917①, 1918②), 대조(1959), 대창(1921), 삼문(1936), 성문(1935), 세계(1923), 세창1(1925), 세창2(1928), 세창3(1936) 세창4(1951), 세창5(1952.1), 세창6(1952.8), 세창7(1962), 영창(1928), 영화1(1960), 영화2(1961), 조선(1925), 향민1(1964), 향민2(1971), 홍문(1945), 회동(1927)	23	경성서1(1921)	1		0	24
161	심부인전	광동(1915①, 1920⑨)	9		0		0	9
162	심청전	광동1(1912①, 1913③), 광동2(1915①, 1922⑩), 대성(1928①, 1929②), 대조(1959), 대창1(1920), 동양서1(1913), 동양서2(1914), 문성(미상), 미상(1920①,1924②), 박문1(1916), 박문2(1922), 세창1(1929), 세창2(1952.8), 세창3(1952.12), 시문(1928), 신구1(1912①, 1923⑫), 신구2(1912①, 1919⑨), 신구3(1929),	65	경성서1(1921), 경성서2(1921), 영창2(미상)	3	대창2(1921), 덕흥(1915), 이문(1918), 한성(1915)	4	72

		신구4(1939), 신문(1913), 영창1(1925), 영화1(1954), 영화2(1958), 영화3(1962), 중흥(미상), 태화(1928①, 1931③), 향민1(1964), 향민2(1968), 향민3(1971), 홍문(1933), 회동(1925)						
163	심향전		0	경성서(1921)	1		0	1
164	십생구사	경성서(1926), 대성(1923①, 1930⑥), 박문(1925), 삼문(1933), 성문(1935), 세창1(1934), 세창2(1952.8), 세창3(1952.12), 세창4(1961)	14	영창(미상)	1		0	15
165	쌍련몽	한남(1922)	1		0		0	1
166	쌍렬옥소삼봉	대창(1922), 보급(1922)	2		0		0	2
167	쌍미기봉	회동(1916)	1		0		0	1
168	쌍주기연	유일(1914), 한성(1915)	2	경성서(1921)	1		0	3
169	악의전	광익(1918)	1		0	태화(1918)	1	2
170	애원성	박문(1921①, 1922②)	2		0		0	2
171	약산동대	광동(1913), 박문(1915①, 1921④)	5		0		0	5
172	양귀비	경성서(1926), 광문사(1922)	2		0		0	2
173	양산백전	덕흥(1925), 박문(1917), 세창1(1952.1), 세창2(1952.12), 신구(1925), 신명(1917), 영창(1925①, 1928②), 유일(1915), 조선(1915), 한성(1915①, 1920④), 회동(1925)	15	경성서(1926)	1		0	16
174	양주봉전	동양대(1929), 성문(1918), 세창(1961), 신구(1918), 영창(1925), 유일(1917①, 1920②), 조선(미상①, 1923③), 회동(1925)	11	경성서(1921)	1	태화(1929)	1	13
175	양풍전	덕흥(1926), 보문(1953), 성문(1937), 세창1(1952), 세창2(1956), 신문(1925), 영화(1961), 재전(1929),	23	경성서(1921), 영창(미상)	2	대창(1921), 태화(1918)	2	27

		조선(1915①, 1925⑥), 조선복(1925), 한성1(1915 ①, 1916②), 한성2(1915), 한성3(1915①, 1918④), 회동(1925)						
176	어룡전	광동(1923①, 1924②), 대동(1928), 대조1(1958), 대조2(1959), 박문1(1918), 박문2(1925), 세계(1925), 세창1(1951), 세창2(1952), 세창3(1953), 영화(1957), 이문(1931), 태화(1928①, 1931②), 향민1(1962), 향민2(1964), 향민3(1978), 회동(1925)	19	영창(미상)	1		0	20
177	연단의 한	문창(1926)	1		0		0	1
178	연화몽	회동(1928)	1		0		0	1
179	열국지	대성(1930)	1		0	한성(1915)	1	2
180	열녀전	경성서(1926), 대창(1918①, 1922③), 세계(미상), 신명(1917①, 1924⑤), 태화(1918), 회동(1917①, 1924⑤)	16		0	보급(1918)	1	17
181	염라왕전		0		0	광명(1916), 대창(1922), 한성(1916)	3	3
182	영산홍	덕흥(1922①, 1927③), 성문사(1914)	4		0		0	4
183	영웅호걸	세창(미상), 영창(1930)	2		0		0	2
184	영조대왕 야순기	대성(1929)	1		0		0	1
185	오관 참장기	대창(1918①, 1921②)	2	경성서(1921)	1	태화(1918)	1	4
186	오동추월	영창(1923①, 1928④)	4		0		0	4
187	오백년 기담	박문(미상①, 1923⑤)	5		0		0	5
188	오선기봉	광동(1917)	1	경성서(1921)	1		0	2
189	오성과	문광(1930), 세창1(1952),	7		0		0	7

	한음	세창2(1953), 신구(1930①, 1934③), 회동(1927)						
190	오자서전	대창(1918①, 1921②)	2	경성서(1921)	1		0	3
191	옥난기연		0		0	한성(1915)	1	1
192	옥난빙	회동(1918)	1	경성서(1921)	1	대창(1921)	1	3
193	옥낭자전	대조1(1959), 대조2(1960), 대창(1925①, 1929④), 세창(1952)	7		0		0	7
194	옥단춘전	경성서(1925①, 1926②), 공동(1954), 대성(1928①, 1929②), 대조1(1958), 대조2(1959), 대창(1925), 덕흥(1926), 동양대(1929), 박문(1916①, 1922④), 세계(1925), 세창1(1934), 세창2(1952.8), 세창3(1952.12), 세창4(1961), 신구(1931), 영창(1925), 영화1(1953), 영화2(1956), 영화3(1957), 영화4(1958), 영화5(1961), 재전(1929), 청송(1916), 태화(1928①, 1946②), 향민(1963), 화광(1935), 회동(1925)	33		0	한성(1915)	1	34
195	옥련몽	광동1(1916①, 1920④), 광동2(1918), 광익(1935), 박학(1913), 삼문(1918), 중앙서(1917①, 1920④), 태학(1916), 회동(1916①, 1926⑥), 휘문(1913)	20	경성서(1921)	1		0	21
196	옥루몽	경성서1(1920), 광익(1918), 금광(1924), 대창(1927), 덕흥(1918①, 1938⑤), 문연(1948), 박문1(1920①, 1925②), 박문2(1925.11), 박문3(1926), 박학(1924), 보급1(1913), 보급2(1924), 성문(1938), 세창1(1938), 세창2(1952), 세창3(1957), 세창4(1962), 신문(1912①, 1916②), 영창1(1925①, 1941③), 영창2(1936), 영창5(1936), 적문(1924),	40	경성서2(1921)	1		0	41

		향민(1965), 홍문(1950), 회동1(1915), 회동2(1916), 회동3(1917①, 1925⑥)						
197	옥린몽	광익(1918), 송기(1913), 회동1(1918)	3	경성서1(1921), 경성서2(1921)	2	광문책(1914), 조선서(1913), 회동2(1924)	3	8
198	옥소기연	신구(1915)	1		0		0	1
199	옥주호연	회동(1925)	1	경성서(1921), 미상(1917①, 1919②)	3	한성(1915)	1	5
200	옥포동 기완록	동양서(1925)	1		0		0	1
201	왕경룡전	박문(1917), 신구(1917)	2	경성서(1921)	1		0	3
202	왕소군새 소군전	광동(1918), 조선서(1914), 태화(1930)	3	경성서(1921)	1		0	4
203	왕장군전	박문(1928), 세창1(1933), 세창2(1961)	3		0		0	3
204	왕태자전		0		0	세창(1915)	1	1
205	용문전	광문책(1915), 대창(미상①, 1920②), 박문(1925), 세창(1952), 신구(1917), 신명(1917①, 1924④), 영창(1925), 이문(1935), 중앙(1945)	13	경성서1(1921), 경성서2(1921)	2	유일(1916), 조선서(1916), 한성(1916)	3	18
206	우미인	영창(1928), 중앙서(1908)	2		0		0	2
207	운영전	영창(1925①, 1928②)	2		0		0	2
208	울지경 덕전	세창(1952), 신구(1925), 유일(1915①, 1918②), 조선서(1915)	5	경성서(1921)	1	대창(1921)	1	7
209	원두표 실기	세창(1962), 태화(1930)	2		0		0	2
210	월봉기	경성서(1926), 광문책(1916), 덕흥(1915), 박문(1916①, 1924④), 세창(1953①, 1961②), 신구(1916①, 1924④), 유일(1916①, 1917②), 조선서1, 2(1916), 회동(1926)	18	영창(미상)	1	동미(1916)	1	20

211	월세계	대창(1922)	1		0		0	1
212	월영 낭자전	한성(1916①, 1920③), 회동(1925)	4	경성서(1921)	1		0	5
213	월왕전	광동(1926)	1	동미(미상), 조선서(1915)	2		0	3
214	유검필전	대창(1918)	1		0		0	1
215	유록전	신구(1914①, 1918②)	2	경성서(1921)	1	박문(미상)	1	4
216	유문성전	경성서(1925①, 1926②), 광문(1918.2①, 1918.3②), 동양서(1922), 보문(1953), 세창1(1952), 세창2(1964), 조선(1925), 영창(1928), 영화(1961), 향민1(1962), 향민2(1964)	13		0		0	13
217	유백아전		0	대창1(1918), 대창2(1919)	2		0	2
218	유충렬전	경성서(1925①, 1926②), 광동(1917①, 1918②), 광한(1929), 대조(1959), 대창1(1919①, 1929⑤), 대창2(1920①, 1921③), 덕흥(1913①, 1922⑬), 동미(1913①, 1915③), 동양서(1925), 박문(1938), 보급2(1919), 삼문(1929①, 1932②), 세창1(1913), 세창2(미상), 세창3(1952), 세창4(1962), 신구(1930), 영화1(1954), 영화2(1956), 영화3(1961), 유일(1913), 이문(1930), 재전(미상), 중흥(1933), 태화(1928), 향민1(1963), 향민(1971), 홍문(1947), 회동1(1913), 회동2(1925)	53	영창(미상)	1	보급1(1918)	1	55
219	유화기연	대창1(1918.10①, 1921②), 대창2(1918.12)	3		0		0	3
220	유황후	대창(1926)	1		0		0	1
221	육미당기	경성서(1926), 박문(1928), 유일1(1915①, 1920③),	6		0	한성(1915)	1	7

		조선(1925)						
222	육선기		0		0	한성(1915)	1	1
223	육효자전	광한(미상), 동미(1916①, 1917②), 박문(미상①, 1919③), 보성(1916), 세창1(1952), 세창2(1961), 신구(1912①, 1919③), 조선서(1916), 회동(1926)	14	경성서(1921), 영창(미상)	2		0	16
224	윤효자		0		0	이문(1918)	1	1
225	을지문덕전	박문(1929), 세창(1962)	2		0		0	2
226	음양옥지환	박문(1914), 신구(미상①, 1924③)	4	경성서(1921)	1		0	5
227	의인의무덤	문창(1926), 성문(1916)	2		0		0	2
228	이대봉전	경성서2(1925①, 1926②), 대산(1925), 대창1(1916), 대창2(미상), 덕흥(1914), 동양서(1925), 박문1(1914①, 1920④), 박문2(1916), 박문3(1916.11①, 1916.12②), 박문4(1921①, 1922③), 박문5(1925), 박문6(1926), 성문(1952), 세창1(1952.8), 세창2(1952.12), 세창4(1962), 영창1(1923), 영창2(1925), 유일1(1912①, 1916③), 유일2(1916), 유일3(1916), 이문(1934), 조선(1914①, 1923⑤), 한성(1918), 회동1(1916), 회동2(1925)	39	경성서1(1921)	1	세창3(1952), 태화1(1918), 태화2(1929)	3	43
229	이두충렬록	문익(1914)	1		0		0	1
230	이린전	동창서(1919)	1	경성서(1921)	1		0	2
231	이몽선전	이문(1918)	1		0		0	1
232	이봉빈전	경성1(1922), 경성2(1925), 대창(1925), 세창(1933)	4		0		0	4
233	이순신전	박문(1925), 영창1(1925.12.10.①, 1925.12.31.②),	7		0		0	7

		영창2(1925①, 1926②), 영화(1954), 회동(1927)						
234	이진사전	세창1(1952), 세창2(1961), 신구(1915①, 1923③), 회동(1925)	6	경성서(1921), 영창(미상)	2		0	8
235	이춘풍전	광문(1919)	1	경성서(1921)	1		0	2
236	이태경전	경성서(1926), 동아(1916), 조선서(1917), 한성1(1915), 회동(1926)	5	한성2(1917)	1		0	6
237	이태백 실기	세창(1915), 신구(1925), 회동(1928)	3	경성서(1921)	1		0	4
238	이태왕 실기	세창(1952), 신구1(1930), 신구2(1930), 화광(1931①, 1933②)	5		0		0	5
239	이학사전	대창(1918), 보급(1918), 이문(1917), 회동(1925)	4	경성서(1921)	1	동미(1917)	1	6
240	이해룡전	유일(미상)	1	경성서(1921)	1		0	2
241	이화몽	성문사(1918), 신구(1914①, 1923④)	5	경성서(1921)	1	박문(미상)	1	7
242	이화정 서전	세창1(1952), 세창2(1961), 신구(1931①, 1932②)	4		0		0	4
243	인조대왕 실기	세창(1961), 영화(1957)	2		0	박문(1928)	1	3
244	인현 왕후전	대동성(1924), 대산(1924①, 1925②)	3		0		0	3
245	일당백	세창(1930)	1		0		0	1
246	일지매 실기	대성(1929), 조선(1926)	2		0		0	2
247	임거정전	태화(1931)	1		0		0	1
248	임경업전	공동(1954), 광명(1916), 동미(1954), 동양서(1925), 박문(1924), 백합(1936), 세창1(1952), 세창2(1962), 신구(1924), 영창(1926), 유일(1925), 이문2(1936), 조선(1923), 태화1(1928①, 1947⑤), 한성1(1915), 한성2(1925), 회동1(1925),	22	경성서(1921)	1	이문1(1918)	1	24

		회동2(1926)						
249	임오 군란기	덕흥(1930)	1		0		0	1
250	임진록	세창1(1952), 세창2(1961), 세창3(1964), 세창4(1969), 신구1(1929), 신구2(1930), 창문(1961), 향민1(1962), 향민2(1964), 향민3(1968), 환학(1945)	11		0		0	11
251	임호은전	대성(미상), 덕흥(1926), 박문1(1925), 박문2(1926), 세창1(1950), 세창2(1952), 세창3(1957), 영창1(1926), 영창2(1932), 유일(1915), 한성(1915), 회동(1926)	12	경성서(1921)	1	이문(1918)	1	14
252	임화정연	경성서(1923①, 1926②), 박문(1923), 세창(1916), 유일1(1913), 유일2(1915), 조선(1923①, 1928②)	8		0	한성(1915)	1	9
253	장경전	박문(1916), 세창(1952), 회동(1925)	3	경성서(1921)	1	태화(1918)	1	5
254	장국진전	대창(1920①, 1921②), 동아1(1925), 동아2(1916), 박문(1917①, 1925⑧), 세창1(1935), 세창2(1951), 세창3(1952), 세창4(1957), 세창5(1962), 회동1(1925), 회동2(1926)	19	경성서(1921), 영창(미상)	2	동미(1916), 조선서(1916), 태화(1918), 한성(1915)	4	25
255	장끼전	경성서(1925①, 1926②), 대조(1959), 대창(1922), 덕흥(1915), 삼문1(1948), 삼문2(1951), 세창(1952), 영창(1925), 영화(1951), 회동(1925)	11		0		0	11
256	장대장 실기		0		0	영창(1928)	1	1
257	장백전	경성(1925), 대성(1936), 덕흥(1915①, 1924⑨), 보성(1916), 세창1(1952), 세창2(1957), 세창3(1964), 유일(1913①, 1916②),	20	경성서(1921), 영창(미상)	2	이문(1918)	1	23

		태화(1929①, 1948②), 회동(1925)						
258	장비마초 실기	경성서(1925①, 1926②), 광동(1917①, 1919③), 조선(1925)	6	영창(미상)	1	세창(1952)	1	8
259	장익성전	광문1(1922.1), 광문2(1922.3), 박문(1926), 성문(1936), 세창(1952), 영화(1961), 태화2(1928①, 1948②), 화광(1933)	9	경성서1(1921), 경성서2(1921), 경성서3(1921), 영창(미상)	4	대창(1921), 태화1(1918)	2	15
260	장자방 실기	박문(1924), 세창1(1951), 세창2(1952), 유일(1913), 조선서(1913①, 1917③), 회동(1926)	8	경성서(1921), 영창(미상),	2	이문(1918), 한성1(1915), 한성2(1915)	3	13
261	장풍운전	경성서(1916①, 1926⑧), 대창(1920), 동양대2(1929), 박문1(1925), 박문2(1925), 세창1(1951), 세창2(1952), 세창3(1956), 영창(1925), 조선(1916①, 1923⑦), 한성(1916①, 1918②)	25	동양대1(1918)	1	광문책(1916), 태화(1918)	2	28
262	장학사전	세창1(1951), 세창2(1952), 세창3(1961), 신구1(1916①, 1917②), 신구2(1925), 영창(미상), 유일(1912①, 1915②), 한성(1912①, 1917③), 회동(1926)	13	경성서1(1921), 경성서2(1921)	2	이문(1918)	1	16
263	장한절 효기	신명1(1915①, 1917②)	2	경성서(1921)	1		0	3
264	장헌세자 실기	보성서(1938)	1		0		0	1
265	장화 홍련전	경성서(1915①, 1926⑦), 광문책(1915), 대성(미상), 대조(1959), 대창(1923), 덕흥(1925①, 1930⑩), 동명1(1915), 동명2(1917), 동양대1(1915), 동양대2(1929), 박문(1917), 성문(1936), 세창1(1915), 세창2(1952), 세창3(1956), 세창4(1957①, 1961②), 영창(1915①, 1921④),	45		0	유일(1916), 태화(1929)	2	47

		조선(1915①, 1923⑥), 한성(1915①, 1918③)						
266	재생연전	대창(1923), 동양대(1929), 서적(1926)	3		0		0	3
267	적벽대전	경성서1(1916①, 1926⑤), 광동1(미상①, 1917⑤), 광동2(1917①, 1920④), 광문책(1916), 대동(1917), 대창1(1919①, 1921②), 덕흥1(1925), 덕흥2(1930), 동양대(1932), 동양서(1932), 박문1(1926), 성문(1936), 세창1(1936), 세창2(1952), 세창3(1957), 세창4(1962), 세창5(1962), 신구1(1914①, 1917⑤), 영창1(1925), 영창2(1938), 영화(1953), 유일1(1916①, 1926⑤), 조선서(1914①, 1917⑤), 화광(1916①, 1924④), 회동(1925)	52	경성서2(1921), 경성서3(1921), 영창3(미상), 영창4(미상)	4	대창2(1921), 박문2(1921), 박문3(1921), 신구2(1925), 이문(1918), 태화(1918), 한성(1916)	7	63
268	적성의전	박문(1917), 세창1(1915), 세창2(1951), 세창3(1952), 세창4(1962), 영창(1915①, 1921④), 태산(1926), 한성(1915), 회동(1926)	12	경성서1(1921), 경성서2(1921)	2	태화(1918)	1	15
269	전등신화	유일1(1916①, 1919③), 유일2(1920), 조선(1916①, 1928⑥)	10		0		0	10
270	전수재전	대창(1922), 덕흥(1930①, 1936②)	3		0		0	3
271	전우치전	동양서(1929), 동창서(1919), 박문(1925), 보성(1918), 세창1(1952), 세창2(1962), 신문(1914), 영창(1917①, 1918③), 해동(1918), 회동(1926)	12	경성서(1921)	1	태화(1929)	1	14
272	정목란전	유일(1916①, 1919②)	2	경성서(1921)	1	세창(1952), 한성(1916)	2	5
273	정비전	광동1(1917.1), 광동2(1917.2), 신명(1923)	3	경성서1(1921), 경성서2(1921)	2		0	5

274	정수경전	경성서(1924), 광동(미상), 대조1(1959), 대조2(1960), 박문(1913①, 1924②), 세창(1952), 신구(1913①, 1918③), 한성(1915①, 1918④)	14	영창(1918)	1	신구(1914), 유일(1916)	2	17
275	정수정전	광문1(1917①, 1919②), 광문(1922①, 1924②), 광학(1926), 대조(1959), 덕흥1(1925), 덕흥2(1926), 덕흥3(1926), 세창1(1915①, 1916②), 세창2(1952), 세창3(1952), 신구(1914①, 1920③), 영창1(미상①, 1923⑤), 영창2(1936), 조선1(1925.11), 조선2(1925.12), 조선3(1926), 화광(1934), 회동(1925)	27	경성서1(1921), 경성서2(1921), 경성서3(1921)	3	태화1(1918), 태화2(1918)	2	32
276	정시전		0	미상(미상)	1		0	1
277	정영저구전		0	미상(미상)	1		0	1
278	정옥란전		0		0	한성(1915)	1	1
279	정을선전	대창(1920), 덕흥(1925), 동미(1915①, 1917③), 박문(1917①, 1920③), 세창1(1935), 세창2(1952), 영화(1961), 유일(1916), 이문(1934), 회동(1925)	14	영창(미상)	1	태화(1918)	1	16
280	정진사전	동문(1918), 세창1(1952.8), 세창2(1952.12), 세창3(1953), 세창4(1962)	5	경성서(1921)	1	동미(1917), 태화(1918)	2	8
281	정충신	회동(1927)	1		0		0	1
282	정향전		0	회동(1916)	1		0	1
283	제갈량	광익(1915①, 1918③), 박문(1922)	4		0	세창(1952), 신명(1930)	2	6
284	제마무전	경성서2(1925①, 1926②), 대동(1916), 덕흥(1925), 동양대(1929), 박문(1925), 성문(1914), 세창1(1952), 세창2(1961), 신구(1914①, 1923⑥), 신문(1914),	24	경성서1(1921)	1		0	25

		영창(1925), 조선1(1916①, 1922③), 조선2(1925), 태산(1925), 한성(1916), 회동(1925)						
285	제환공	광동(1918), 대창(1918)	2	경성서(1921)	1		0	3
286	조생원전	대성(1925), 박문(1926①, 1927②), 성문(1937), 세창1(1952), 세창2(1953①, 1961②), 신구(1917), 회동(1925)	9	경성서(1921)	1		0	10
287	조씨 삼대록	신구(1917)	1		0		0	1
288	조웅전	경성서1(1917①, 1920⑦), 경성서2(1925①, 1926②), 대성(1928①, 1929②), 대조(1959), 대창1(1916①, 1922⑨), 대창2(1920①, 1922②) 덕흥(1914①, 1923⑩), 동아(1935), 동양서(1925), 박문1(1916 ①, 1921②), 박문2(1916), 보급(1922), 보성(1917), 세계(미상), 세창1(1923), 세창2(1933), 세창3(1952), 세창4(1962①, 1964②), 신문(1925), 영화1(1956), 영화2(1958), 영화3(미상), 조선복(1917), 태화(1928), 향민(1964), 화광(1935), 회동(1925)	55	영창(미상)	1		0	56
289	주봉전	대창(1921)	1		0		0	1
290	주원장창 업실기	대창(1919①, 1921②), 박문(1919)	3	경성서(1921)	1	광문(1922), 태화(1918)	2	6
291	지성이면 감천	대성(1930)	1		0		0	1
292	진대방전	경성서(1917①, 1920②), 세창1(1951), 세창2(1952), 세창3(1953①, 1962②), 신구1(1915①, 1917②), 신구2(1917①, 1922③), 영창(1935), 회동(1925)	13		0	동미(1917), 동양대(1929)	2	15

293	진문공	대창(1918)	1	경성서(1921)	1	태화(1918)	1	3
294	진성운전	경성(1916), 대창(1916), 신명(1916), 영창1(1920), 영창2(1930)	5	경성서(1921)	1		0	6
295	진시황전	신구(미상), 유일(1916), 한성1(1916), 한성2(1917)	4	경성서(1921)	1	광명(1916), 동미(1916), 조선서(1916), 한성1(1916)	4	9
296	창란호연록		0		0	한성(1915)	1	1
297	창선감의록	경성서2(1926), 세창(1952), 신구1(1914), 신구2(1917①, 1923②), 신구3(1926), 조선서(1914①, 1916②), 한남(1917①, 1924③)	11	경성서1(1921), 영창(미상)	2	대창(1921)	1	14
298	채련전		0	미상1(미상)	1	대창(1921)	1	2
299	채봉감별곡	경성서2(1925①, 1926②), 덕흥(1925), 동양서(1925), 박문(1914①, 1917⑤), 세창(1952), 신구1(1913①, 1920⑧), 신구2(1921), 이문(1917①, 1925②)	21	경성서1(1921), 영창(미상)	2	태화(1918), 한성(1915)	2	25
300	천군연의	한남(1917)	1	경성서(1921)	1		0	2
301	천도화	경성(1940), 경성서2(1926), 대성(1928), 덕흥(1916), 성문(1936), 회동(1925)	6	경성서1(1921)	1	대창(1921), 세창(1952)	2	9
302	천리경	조선서(1912)	1		0		0	1
303	천상여인국		0		0	이문(1918)	1	1
304	천정가연	경성서1(1916), 경성서2(1926), 경성서3(1927), 박문(1925), 태화(1923)	5	영창(미상)	1		0	6
305	천추원	동미(1918)	1		0		0	1
306	청구기담	조선서(1912)	1		0		0	1
307	청년회심곡	경성서1(1914①, 1921⑤), 경성서2(1926), 대동(1914), 덕흥(1925), 세창1(1952), 세창2(1962), 신구(1914①,	16	영창(미상)	1		0	17

		1921⑤), 신구2(1916)						
308	청루기연		0		0	대창(1921)	1	1
309	청산녹수	대성(1925①, 1929②)	2		0		0	2
310	청운오선록		0	경성서(1921)	1		0	1
311	청정실기	덕흥(1929)	1		0		0	1
312	청천백일	박문(1913)	1		0		0	1
313	초패왕전	박문1(1918.5), 박문2(1918.6), 세창(1962), 이문(1918)	4	경성서(1921)	1		0	5
314	최치원전	세창(1952), 홍문(1947), 회동(1927①, 1930②)	4		0		0	4
315	최현전	경성(1925), 경성서(1915), 천일(1918)	3		0	대창(1921)	1	4
316	춘향전	경성서1, 2(1926), 경성(1928), 고금(1918), 광동(1925), 광한1(1926), 광한2(1928), 대성(1928), 대조(1959), 대창1(1918.11), 대창2 (1918.11), 대창3(1918.12), 대창4(1920.1①~1922③), 대창5(1920), 대창6(1921), 대창8(1922①, 1925③), 대창9(1923), 덕흥2(1925 ①, 1926②), 동미1(1913), 동미2(1913①, 1916③), 동양서(1913), 동창(1917), 동창서(1917①, 1923②), 문언(미상), 문화(1929), 박문1(1912①, 1921⑰), 박문2(1917), 박문3(1917①, 1918②), 박문4(1921), 박문5(1926), 보급(1912①, 1914⑦), 삼문1(1932①, 1934②), 삼문2(1935), 삼문2(1953), 세창1(1916), 세창2(1926), 세창3(1937), 세창4(1952.8), 세창5(1952. 8), 세창6(1952.12), 세창7 (1952.12), 세창8(1952.12), 세창9(1955), 세창10(1956),	132	경성서1 (1921), 경성서2 (1921), 경성서3 (1921), 경성서4 (1921), 경성서5 (1921), 경성서6 (1921), 경성서7 (1921), 경성서8 (1921), 경성서9 (1921), 경성서10 (1921), 경성서11 (1921), 회동4(1928)	12	대창7(1921), 덕흥1(1915), 성문(1936), 신구3(1914), 신구4(1914), 태화1(1918), 태화2(1918), 태화3(1929), 한성2(1915), 한성31915), 한성4(1915)	11	155

		세창11(1961), 신구1(1913①, 1923⑤), 신구2(1914①, 1923⑬), 신명1(1924), 신명2(1928), 신문(1913), 영창1(1925.4), 영창2(1925.10), 영창3(1925.10), 영창4(1925.11), 영창5(1935), 영창6(1942), 영풍(1914), 영화1(1952), 영화2(1958), 영화3(1930), 유일1(1913), 유일2(1915①, 1920④), 재전(미상), 조선서(1915①, 1917②), 조선총(1924), 창문(1927), 한성1(1915①, 1917②), 한성5(1917.7), 한성6(1917.9), 한성도(1929), 향민1(1962), 향민2(1978), 화광(1934), 회동1(1913①, 1923⑤), 회동2(1925), 회동3(1927)						
317	충효 야담집	광한(1944)	1		0		0	1
318	침향루기		0		0	대창(1921)	1	1
319	콩쥐 팥쥐전	공동(1954), 대창1(1919), 태화(1928①, 1947②)	4	경성서(1921), 세창(미상)	2	대창2(1921)	1	7
320	쾌남아	영창(1924)	1		0		0	1
321	타호무송	광익(1918)	1		0	태화(1918), 회동(1924)	2	3
322	태상 감응편	세창(1952)	1	경성(1926), 신구(1915)	2		0	3
323	태조대왕 실기	덕흥(1926①, 1935⑤), 문정(1946), 성문(1936), 세창(미상), 회동(1928)	9		0	박문(1928), 영창(1942)	2	11
324	토끼전	경성서(1912①, 1920⑤), 대산(1925), 덕흥(1925), 박문1(1912①, 1920⑤), 박문2(1916①, 1918④), 박문3(1925), 세창1(1912), 세창2(1952), 세창3(1952), 세창4(1961), 신구(1913①, 1917④), 영창1(1925.11), 영창2(1925.12),	35		0	대창1(1921), 대창2(1921), 대창3(1921), 이문1(1918), 이문2(1918), 태화(1918), 한성(1915)	7	42

		유일(1912①, 1917④), 조선1(1925), 조선2(1926), 조선서(1915), 중앙인(1937)						
325	퉁두란전	덕흥(1933)	1		0		0	1
326	팔상록	만상(1949)	1		0		0	1
327	평안감사	세창1(1933), 세창2(1952)	2		0		0	2
328	평양 공주전	덕흥(1926)	1		0		0	1
329	포공연의	오거(1915)	1	경성서(1921)	1		0	2
330	하진 양문록	공동(1954), 동미(1915), 동양대(1924①, 1928③), 박문(1915), 신구1(1915①, 1925②), 신구2(1929), 영화(1956)	10		0	조선서(1916)	1	11
331	한몽룡전	한성(1916)	1	경성서(1921)	1		0	2
332	한수대전	대창(1924), 박문(1918), 조선서(1918)	3	경성서(1921)	1		0	4
333	한씨 보응록	오거(1918)	1	경성서(1921)	1	태화(1918)	1	3
334	한후룡전	동양대(1930)	1	경성서(1921)	1	대창(1919)	1	3
335	항장무전	경성서(1926), 박문(1917①, 1919②), 세창(1952), 회동(1916①, 1926⑦)	11		0	태화(1918)	1	12
336	해상명월	신구(1929)	1		0		0	1
337	행화촌	광한(1931)	1		0		0	1
338	현수문전	대산(1926), 세창(1952), 신구(1917①, 1923④), 영창(1926), 오성(1915), 조선서(1915), 태화(1915①, 1918②)	11	경성서(1921)	1	대창(미상), 동미(1917)	2	14
339	현씨양웅 쌍린기	덕흥(1920)	1	경성서(1921)	1		0	2
340	형산백옥	박문(1915①, 1923②), 세창(1952), 신구(1915①, 1923③), 회동(1916)	7	경성서(1921)	1	조선서(1916)	1	9
341	호걸남자	덕흥(1926①, 1935③)	3		0		0	3

342	호랑이 이야기	회동(1917①, 1922②)	2		0		0	2
343	호상몽	대성(1947)	1		0		0	1
344	홍계월전	광동(1916), 대산(1926), 세창1(1952), 세창2(1961), 신구(1916①, 1924⑤), 회동(1926)	10	경성서(1921), 영창(미상)	2	동미(1916), 조선서(1916)	2	14
345	홍길동전	경성(1925), 대조1(1956), 대조2(1959), 대창1(1920), 대창2(1923), 덕흥(1915①, 1925⑪), 동양대(1929), 동양서(1925), 세창1(1934), 세창2(1952.8), 세창3 (1952.12), 세창4(1952.12), 세창5(1960), 신구(1929), 신명(미상), 신문(1913), 영화1(1958), 영화2(1961), 이문(1925), 중앙(1945), 향민1(1964), 향민2(1978), 회동(1925)	33	경성서(1921), 영창(미상)	2	태화(1918)	1	36
346	홍도의 일생	세창(1953), 영화(미상)	2		0		0	2
347	홍도전	성문(1936)	1		0		0	1
348	홍루몽		0		0	세창(1952)	1	1
349	홍백화전	경성서(1926), 박문(1926) 영창(1917)	3		0	세창(1915)	1	4
350	홍안박명	신구(1928)	1		0		0	1
351	홍의동자	회동(1928)	1		0		0	1
352	홍장군전	광학(1926), 오거(1918)	2	경성서(1921)	1	태화(1918)	1	4
353	화도화	회동(1925)	1		0		0	1
354	화산기봉	동아1(1916), 동아2(1917)	2	경성서(1921)	1	태화(1918)	1	4
355	화옥쌍기	광익(1914①, 1918②), 대창(1914)	3		0	유일(1916), 회동(1924)	2	5
356	화월야	태화(미상①, 1931③)	3		0		0	3
357	화향전	대창(미상①, 미상②)	2	경성서(1921)	1		0	3
358	황부인전	세창1(1952.8), 세창2(1952.12), 세창3(1957①, 1962	5	영창(1925)	1		0	6

		②), 신구(1925)						
359	황새결송	동미(1918)	1		0		0	1
360	황운전	동미(1916①, 1917②), 박문(1925), 세창1(1952), 세창2(1961), 신구(1916①, 1924④), 회동(1925)	10	경성서(1921), 영창(미상)	2	조선서(1916)	1	13
361	황월선전	덕흥1(1928), 덕흥2(1931)	2		0		0	2
362	황주목사 계자기	조선서(1913)	1		0		0	1
363	회심곡	향민(1972)	1		0		0	1
364	효종대왕 실기		0	덕흥(미상)	1		0	1
365	후수호지	조선서(1918)	1		0		0	1
366	흥무왕 연의	김재홍(1921), 영창1(1926), 영창2(1936), 영화1(1953 ①, 1954②), 영화2(1961)	6		0	대창(1921), 보급(1918)	2	8
367	흥부전	경성서1(1915①, 1916②), 경성서2(1925①, 1926②), 동양서(1925), 박문1(1917 ①, 1924③), 박문2(1919), 삼문(1953), 세창1(1952.8), 세창2(1952.12), 세창3 (1962), 신구1(1913), 신구2 (1916①, 1922⑤), 신문(1913), 영창(1925), 회동(1913)	22		0	대창(1921), 이문(1918)	2	24
368	흥선대원 군실기		0	덕흥(1930)	1		0	1
합계			2,519		212		219	2,950

〈표 2〉에서 보듯이 360여 종에 이르는 고전소설이 활자본으로 발행된 것으로 추정되며, 그 중에서 실제 발행된 것이 확실한 것은 338종이라고 할 수 있다. 나머지 30종의 작품은 각종 목록과 광고 등에 제시되었는데, 그것의 실제 발행 여부는 확실하지 않다.[4] 한편 활자본 고전소설은 110여 곳의 발행소에서 3,000회 가까이 발행되

었는데,[5] 실제로 발행된 것이 확실한 것은 2,500여 회에 이른다. 이처럼 실제로 발행된 것이 확실한 경우만 2,500회가 넘는다는 것은 활자본 고전소설에 대한 독자의 선호가 매우 높았다는 것을 보여주는 것이라고 하겠다.

한편 1회 이상 실제로 발행된 것이 확실한 작품 328종 가운데 10회 이상 발행된 것이 분명한 작품만도 80종에 이르며, 20회 이상 발행된 것은 36종에 이른다. 그 중에서 발행 횟수 상위 20종을 살펴보면 〈표 3〉과 같다.

---

4 각종 목록이나 광고에만 제시되어 실제 발행 여부를 알 수 없는 30종의 제목은 다음과 같다. 금수기몽, 김부식전, 등하미인전, 명주기봉, 무목왕정충록, 박안경기, 범저전, 부용전, 석중옥, 심향전, 옥난기연, 왕태자전, 육선기, 윤효자, 장대장실기, 정시전, 정영저구전, 정옥란전, 정향전, 창란호연록, 천상여인국, 청루기연, 청운오선록, 침향루기, 홍루몽, 효종대왕실기, 흥선대원군실기, 채련전, 유백아전, 염라왕전.

5 〈옥루몽〉이나 〈삼국지〉와 같이 여러 권으로 구성된 작품들의 경우에는 이를 각각 1회로 계산하였는데, 이를 각 권 단위로 계산한다면 실제의 양은 훨씬 더 늘어날 것이다. 〈표 1〉에서 총 발행 횟수가 3,405회인 것도 바로 이 때문이다. 그리고 향후 연구자에 의해 새로운 작품이 발굴되어 추가될 수도 있다. 때로는 이와는 반대로 활자본 고전소설이 아닌 것으로 밝혀져서 〈표 2〉에서 제시한 작품 가운데에 활자본 고전소설 서지 데이터베이스에서 삭제되는 것이 있을 수도 있다. 실제로도 저자는 2013년에 활자본 고전소설의 총량을 제시한 뒤에도 활자본 고전소설 서지 데이터베이스를 계속 수정, 보완하고 있다. 그 과정에서 작품명을 잘못 제시한 경우에는 수정하여 제시하고(고려강시중전→강감찬실기, 수매청심록→권용선전), 신문 연재물(김봉본전) 등은 삭제하였다. 그리고 새로운 작품이 발견되면 추가하기도 하였다. 2013년에 제시한 것에서 추가, 삭제된 것은 다음과 같다.

추가(9종)	검중화, 공부자동자문답, 금강문, 동서야담, 벽부용, 병자임진록, 사천년야담, 장헌세자실기, 청천백일
삭제(22종)	강상루, 견우직녀, 고려강시중전, 금중화, 김봉본전, 방화수류정, 백룡전, 삼국지후집, 석가여래전, 수매청심록, 수호지후집, 어복손전, 이괄난, 인생여로, 일청전쟁, 조선영웅전, 조선위인전, 주생전, 추월공산, 태조대왕, 호사다마, 황한기봉

〈표 3〉 주요 활자본 고전소설의 발행 횟수

순위	작품명	출판	목록	광고	총수
1	춘향전	132	12	11	155
2	심청전	65	3	4	72
3	조웅전	55	1	0	56
4	유충렬전	53	1	1	55
5	적벽대전	52	4	7	63
6	산양대전	49	1	1	51
7	장화홍련전	45	0	2	47
8	구운몽	43	0	1	44
9	보심록	42	0	2	44
10	옥루몽	40	1	0	41
11	이대봉전	39	1	3	43
12	삼국지	36	2	1	39
13	토끼전	35	0	7	42
14	홍길동전	33	2	1	36
15	옥단춘전	33	0	1	34
16	사씨남정기	32	0	3	35
17	숙영낭자전	31	1	2	34
18	박씨전	30	0	3	33
19	정수정전	27	3	2	32
20	장풍운전	25	1	2	28
	합계	897	33	54	984

〈표 3〉에 볼 수 있는, 발행 횟수가 많은 활자본 고전소설의 목록은 결국 당대 독자들이 선호하였던 작품의 목록이라고 할 수 있다. 그리고 이를 통하여 독자들의 선호도가 수치로도 분명히 드러난다.

그 중에서도 〈춘향전〉의 경우 목록과 광고를 빼고도 132회나 발행됨으로써 왜 그것이 '민족 고전'의 반열에 이르렀는지를 수치로도 잘 보여주고 있다. 이와 같은 사실은 활자본 고전소설의 총량을 제시하기 전까지는 계량화하여 증명할 수 없는 성질의 것이라고 하겠다. 그리고 〈춘향전〉을 비롯하여 〈심청전〉과 〈적벽대전〉, 〈토끼전〉 등의 판소리계 소설의 흥행과 〈삼국지〉와 그것의 파생작의 인기도 상당했음을 〈표 3〉에서 읽을 수 있다. 또한 활자본 고전소설의 발행 순위를 방각본 고전소설의 그것과 대비한다면, 당대 독자의 선호도가 더욱 분명하게 드러날 것이다. 또한 〈표 2〉와 〈표 3〉에서 보는 바와 같이 활자본 고전소설의 활발한 출판은 신소설이나 현대소설의 출판에 견주더라도 비교 우위를 차지할 것으로 생각된다.

V
활자본 고전소설의 유형

1. 유형 분류의 기준

Ⅳ장에서 살펴본 바와 같이 20세기 초에 수천 회에 걸쳐 활자본 고전소설이 발행된 것은 문학사에 있어 이례적인 현상이라고 할 수 있다. 이때는 고전문학이 종언(終焉)을 고하고 신문예가 들어오던 시기였기 때문에 활자본 고전소설이 활발하게 발행된 것은 어찌 보면 시대를 역행하는 것이라고 할 수 있기 때문이다. 이처럼 활자본 고전소설이 근대에 들어서도 당대의 문학시장에서 활발하게 소비될 수 있었던 것은 전래의 고전소설을 포함하여 다양한 레퍼토리를 가지고 독자의 요구에 부응하였기 때문이라고 할 것이다.

그렇다면 활자본 고전소설은 어떻게 하여 다양한 레퍼토리를 생성할 수 있었을까? 선행 연구에서 이미 밝혀졌듯이 활자본 고전소설 가운데에는 전래의 고전소설을 활자본으로 발행한 것도 있지만, 그것의 개작이나 변용, 파생작 등도 적지 않다. 이처럼 다양한 경로를 통하여 형성된 활자본 고전소설의 전반적인 특성을 이해하기 위해서는 그것의 소종래(所從來)와 관련한 문학사적 관점에서의 접근이 필요하다. 그리고 각각의 형성과 관련하여 유형을 나누어 볼 때 이전과는 다른 활자본 고전소설의 특성이 드러날 것이다.

그렇다면 문학사적 관점에서 활자본 고전소설의 소종래와 관련하여 그것의 유형을 나눌 때, 그 기준이 되는 것은 무엇일까? 그것은 바로 시간과 공간이라고 할 수 있다. 우리가 인지할 수 있는 모든 사물과 사건은 특정한 시간과 공간을 배경으로 하고 있다. 문학 또한 여기에서 예외는 아니다. 하나의 문학 현상은 그것이 처한 공간과 시간에 따라 그 모습을 달리하여 나타난다. 다시 말해 문학 현상은 시간과 공간의 좌표 위에서 운동하는 하나의 유기체와 같다고 할 수 있다. 이런 점에서 볼 때, 시간과 공간은 문학 현상이라는 유기체의 운동 궤적을 그리는 데에 유용한 도구가 된다고 하겠다. 이처럼 문학 현상의 공시적, 통시적 흐름을 이해하는 데에 유용한 시간과 공간이라는 지표는 활자본 고전소설의 소종래와 관련한 유형을 분류하는 데에도 유용하게 이용할 수 있다. 즉 활자본 고전소설이 시간과 공간으로 이루어진 좌표 위에 자리하여 형성된 군집, 바로 그것이 시간과 공간의 상호 관계에 의해 형성된 활자본 고전소설의 유형이라고 할 수 있을 것이다.

그럼 시간과 공간으로 구성된 좌표에서 먼저 시간의 축을 살펴보기로 하자. 여기서 시간은 해당 작품이 창작된 시기를 말하는데, 시간의 축은 19세기말을 기준으로 '전근대(前近代)'와 '근대(近代)'로 나뉘게 된다. 따라서 '전근대'에 창작되었다는 것은 해당 작품이 근대 이전, 즉 대략 19세기 말까지로 규정되는 고전문학의 시대에 창작되었다는 것을 의미한다.[1] 그리고 '근대'는 20세기 이후를 의미하는 것으로, 근대의 작품은 20세기 들어 새롭게 창작된 작품을 말한다. 이에 따라 이전 시기에는 없다가 20세기 들어 의고적(擬古的) 취향으로 창작된 것은 근대의 산물로 본다.

다음으로 공간의 축을 살펴보기로 하자. 여기서의 공간은 작품의 창작, 향유가 이루어진 물리적인 공간이기도 하다. 그렇지만 여기서 더욱 중요하게 생각하는 것은 그 작품이 특정 국가, 혹은 민족 문학에서 차지하는 영역으로서의 공간이다. 즉 여기서의 공간은 작품의 국가적, 혹은 민족적 정체성과 관련된 문화적 개념이다. 따라서 공간의 축은 민족문학과 관련하여 '한국'과 '외국'으로 나뉘게 된다. 이렇게 할 때 '한국'이라는 것은 해당 작품이 본래적 의미의 한국 문학에 해당한다는 것을 의미한다. 그리고 '외국'은 해당 작품이 외국 문학의 영역에 속한다는 것을 의미한다. 우리나라 독자들이 한국 문학과 외국 문학을 구분하지 않거나, 때로는 외국 문학 작품을 더 선호하였다고 해도 외국문학(작품)이 한국 문학(작품)일 수는 없다.

이와 같이 시간과 공간이라는 기준으로 축을 삼고, 각 축의 지향점을 전근대와 근대, 한국과 외국으로 나눈 좌표에 활자본 고전소설을 배치하면 다음과 같은 4개의 유형으로 나뉘게 된다.

---

1 물론 전근대 시기에 창작되었다가 근대에 들어 약간의 변개를 거쳐 형성되어 전래의 작품과 이본 관계에 있는 것 또한 전근대의 작품으로 간주한다. 이는 비록 근대에 들어 활자화되었더라도 그것의 기본적인 특성은 전근대 시기의 작품을 그대로 물려받았기 때문이다.

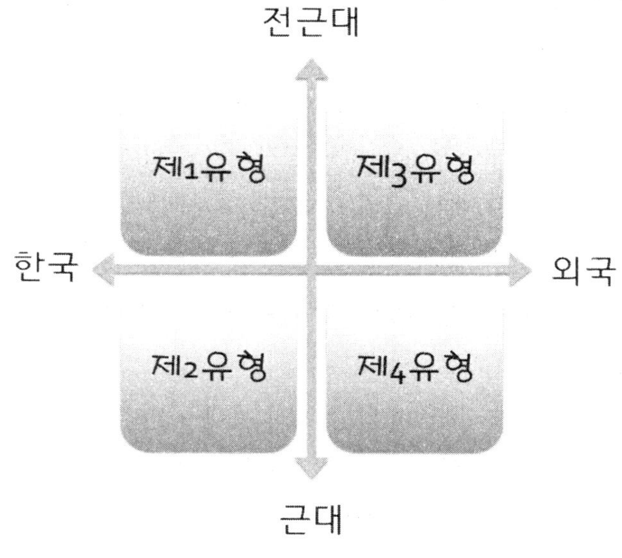

〈그림 1〉 활자본 고전소설의 유형 분류

2. 활자본 고전소설의 유형

1) 제1유형

〈그림 1〉에서 보듯이 제1유형은 '전근대'와 '한국'이라는 두 가지 지표를 모두 충족하는 작품을 말한다. 앞에서도 언급하였듯이 여기서 '전근대'란 고전소설이 창작된 시기를 말하므로, 제1유형의 첫 번째 조건은 서구의 신문화가 들어와 한국 문학에 영향을 주기 전인 19세기 말 이전에 창작된 작품이어야 한다는 것이다. 물론 활자본 고전소설의 출판 자체는 20세기에 이루어진 것이지만, 그것의 원 텍스트가 전근대 시기에 형성된 작품이어야 제1유형에 속할 자격이 있

다고 하겠다. 이때 각 작품의 작가나 창작 시기를 분명하게 밝히는 것이 어렵기는 하지만, 본고에서는 전근대 시기의 독서 기록이나 필사기, 각종 목록 등을 통해 작품이 전근대에 창작된 것으로 밝혀진 작품을 일단 가려냈다.

제1유형의 두 번째 조건은 그 작품이 '한국'문학의 영역에 속한 작품, 즉 우리 민족이 창작한 고전소설이어야 한다는 것이다. 앞에서도 언급하였듯이 '한국'이라는 지표는 작품의 최종 귀속지를 가리는 것이므로, 제1유형의 작품은 한국 문학의 영역에 속해 있어야 한다. 일찍부터 우리 민족이 외국 문학 작품을 아무리 즐겨 읽었다 하더라도 그것은 한국 문학이 아니라, 외국 문학일 수밖에 없다. 특히 조선시대부터 중국의 고전소설이 많이 읽혔으며, 중국 문학이 한국 문학에 영향을 끼친 바가 크지만 중국의 고전소설이 한국 문학의 영역에 있을 수는 없는 것이다.

이와 같이 '전근대'와 '한국'이라는 두 가지 지표를 이해할 때, 제1유형의 범위가 정해진다. 즉 '전근대'라는 지표는 20세기 들어 활자본 고전소설이 대중의 인기를 끌며 독서 시장에서 활발하게 소비되자 이를 모방하여 의고적인 형태로 창작된 소위 '신작 구소설'이나 이 시기 들어 전대의 고전소설을 새롭게 개작한 작품 등을 제1유형에서 제외하는 근거가 된다. 그리고 '한국'이라는 지표는 외국 고전소설 및 그것의 번역물을 제외하는 근거가 된다. 그리고 번안이나 개작의 경우는 '한국'과 '외국'의 가운데에 있는 중간적인 존재라고 할 수 있지만 결국 작품의 정체성이나 독창성 등에서 외국 고전소설의 자장(磁場)에서 벗어날 수 없기 때문에 제1유형에서 제외하는 것이 좋을 것이다.

결국 활자본 고전소설의 제1유형에는 〈표 1〉에서 제시한 것과 같이 작가가 뚜렷하게 밝혀져 창작 시기를 추정할 수 있으며 한국 문학임이 분명한 김만중의 〈구운몽〉과 〈사씨남정기〉, 이정작의 〈옥린몽〉, 남영로의 〈옥루몽〉 등을 우선적으로 제시할 수 있다. 그리고 그 외에 〈최장군전〉이라는 제목으로 유통된 〈최현전〉[2]을 비롯하여, 〈수매청심록〉[3], 〈형산백옥〉,[4] 〈삼문규합록〉 등[5] 비록 작가가 누구인지는 모르지만 우리 민족이 창작한 것이 분명한 대부분의 전통적인 고전소설이 제1유형에 해당한다.[6]

제1유형에 속하는 작품을 들면 〈표 1〉과 같다.

---

2 조희웅은 〈최장군전〉을 표제로 내세웠으나, 오윤선은 활자본 고전소설인 〈최장군전〉이 〈최현전〉의 이본이라고 하였다. 따라서 여기에서는 〈최장군전〉의 표제로 〈최현전〉을 내세웠다. 기록하였다. 오윤선, 「구활자본 〈최장군전〉의 발굴과 그 의미」, 『고소설연구』 34, 한국고소설학회, 2012.

3 차충환은 활자본 고전소설인 〈수매청심록〉이 전 시기 작품인 필사본 〈수매청심록〉과 이본 관계에 있다고 하였다. 차충환, 「〈수매청심록〉의 性格과 傳承樣相에 대한 硏究」, 『어문연구』 153, 한국어문교육연구회, 2012, 154~155면.

4 이은숙은 〈형산백옥〉이 신작구소설 작품이라고 하였으나, 서정민은 〈형산백옥〉이 18세기 향유 작품인 필사본 〈석중옥기연록〉의 이본이라고 하였다. 서정민, 「〈석중옥기연록〉과의 비교를 통해 본 구활자본 〈형산백옥〉」, 『정신문화연구』 34권 1호, 한국학중앙연구원, 2011, 66면.

5 〈삼문규합록〉은 활자본으로 간행되었을 뿐만 아니라 모리스 꾸랑의 책에도 제목이 기록되어 있기 때문에 전래의 고전소설로 생각된다. 모리스 꾸랑, 『한국서지(증판)』, 일조각, 1997, 304면.

6 여기서 제시하는 표는 최근 활자본 고전소설에 대한 연구 성과에 힘입은 바가 크다. 필자는 각 작품의 유형을 밝히기 위하여 조희웅의 연구를 바탕으로 하여 최근의 연구 성과를 반영하였다. 이때 조희웅의 연구에 각 작품의 유형과 관계가 있는 서술이 있는 경우에는 이를 활용하였으나, 그 내용을 일일이 밝히진 않았다. 이에 대한 양해를 바란다. 조희웅, 『고전소설이본목록』, 집문당, 1999; 『고전소설작품연구총람』, 집문당, 2000; 『고전소설연구보정』 上·下, 집문당, 2006.

〈표 1〉 제1유형의 활자본 고전소설

순번	작품제목	순번	작품제목	순번	작품제목
1	곽해룡전	27	사각전	53	옥낭자전
2	구운몽	28	사대장전	54	옥단춘전
3	권익중전	29	사대춘추	55	옥련몽
4	권장군전	30	사씨남정기	56	옥루몽
5	금방울전	31	삼문규합록	57	옥린몽
6	금산사몽유록	32	삼설기	58	옥주호연
7	금송아지전	33	서대주전	59	용문전
8	김원전	34	서동지전	60	운영전
9	김인향전	35	석화룡전	61	유문성전
10	김진옥전	36	설홍전	62	유충렬전
11	김희경전	37	섬동지전	63	육미당기
12	꼭두각시전	38	섬처사전	64	이대봉전
13	남정팔난기	39	소대성전	65	이진사전
14	노처녀가	40	수매청심록	66	이춘풍전
15	녹처사연회	41	숙녀지기	67	이태경전
16	당태종전	42	숙영낭자전	68	이학사전
17	동상기	43	숙향전	69	이해룡전
18	동선기	44	신미록	70	인현왕후전
19	명주기봉	45	심청전	71	임경업전
20	박씨전	46	쌍렬옥소삼봉	72	임진록
21	박태보전	47	쌍주기연	73	임호은전
22	반씨전	48	양주봉전	74	임화정연
23	배비장전	49	양풍전	75	장경전
24	백학선(전)	50	어룡전	76	장국진전
25	부설전	51	옥난기연	77	장끼전
26	부용전	52	옥난빙	78	장백전

79	장익성전	92	조웅전	105	한당유사
80	장풍운전	93	주봉전	106	현수문전
81	장한절효기	94	진대방전	107	현씨양웅쌍린기
82	장화홍련전	95	진성운전	108	형산백옥
83	적성의전	96	창란호연록	109	홍계월전
84	전우치전	97	창선감의록	110	홍길동전
85	정비전	98	천군연의	111	홍백화전
86	정수경전	99	최치원전	112	화산기봉
87	정수정전	100	최현전	113	황운전
88	정을선전	101	춘향전	114	황월선전
89	정진사전	102	토끼전	115	황한기봉
90	정향전	103	팔상록	116	흥부전
91	조씨삼대록	104	하진양문록		

2) 제2유형

활자본 고전소설의 제2유형은 '근대'와 '한국'이라는 두 가지 지표를 모두 충족하는 작품을 말한다. 여기서 '근대'란 서구의 신문화가 들어와 우리 문학에 영향을 끼치기 시작한 19세기 말 이후를 의미한다. 따라서 제2유형의 첫 번째 조건은 19세기 말 이후에 새롭게 창작된 작품이어야 한다는 것이다. 활자본 고전소설에서 '근대'라는 지표의 충족 여부는 작품의 이본 상황을 살펴볼 때 그리 어렵지 않게 확인할 수 있다. 즉 작품이 모두 활자본으로만 존재하거나 필사본이 활자본에 비하여 희소한 경우에는 근대 이후에 생산된 것이라고 보아도 무방할 것이다. 그리고 제2유형의 두 번째 조건은 제1유형과 마찬가지로 '한국'문학의 영역에 속한 작품이어야 한다는 것이다.

이와 같이 제2유형의 활자본 고전소설은 '근대'와 '한국'이라는 두 가지 지표를 충족해야 하므로, 외국의 고전소설은 제1유형과 마찬가지로 제2유형에서도 제외된다. 그리고 전근대 시기부터 창작, 향유되다가 20세기 들어 활자본으로 정착된 작품 또한 제2유형에서 제외된다.

한편 제2유형의 작품들은 20세기 들어 새롭게 창작된 것이 대부분으로, 이것들은 근대를 경험하면서 근대의 다양한 사상(事象)을 문학에 반영하여 문학의 내용을 풍성하게 하였으며, 다른 한편으로는 문학 외적인 역사서 등에서도 소재를 찾아 이를 문학에 적극적으로 활용하였다. 또한 종래 고전소설의 서사문법을 따르면서도 나름대로 새로운 내용을 보충하여 독자들의 호응을 유도하였다. 그리고 작품의 소종래와 관련하여 제2유형의 작품을 살펴보면 전래하던 고전소설의 개작이나 파생작, 이 시기 들어 새롭게 등장한 서사적인 역사 전기물과 실기류, 의고적 취향으로 고전소설을 모방하여 창작된 신작 구소설 등을 찾을 수 있다.

제2유형의 활자본 고전소설 중 최근 들어 새롭게 밝혀진 신작 구소설의 예로는 〈병인양요〉[7], 〈이두충렬록〉[8], 〈연화몽〉[9]을 들 수 있다.

---

7 이민희는 〈병인양요〉가 1920년대에 창작된 신작고소설이라고 하였다. 이민희, 「구활자본 고소설 〈丙寅洋擾〉 연구」, 『語文硏究』 56, 어문연구학회, 2008, 164~165면.

8 차충환은 〈이두충렬록〉이 신작구소설이라고 하였다. 차충환, 「신작구소설 〈이두충렬록〉의 형성과정과 그 의의에 관한 연구」, 『국제어문』 50, 국제어문학회, 2010, 143~145면.

9 차충환・김진영은 〈연화몽〉이 단종 사건을 주요 제재로 하여 1920년대에 새롭게 창작된 고전소설이라고 하였다. 차충환・김진영, 「活字本 古小說 「蓮花夢」 硏究」, 『語文硏究』 155, 한국어문교육연구회, 2012, 242~243면.

그리고 전래의 고전소설을 개작하거나 변용한 것으로는 〈최호양문록〉을 개작한 〈월영낭자전〉[10], 〈창선감의록〉을 변용한 〈강남화〉[11], 〈태아선적강록〉을 개작한 〈유황후(전)〉[12], 〈수매청심록〉을 적극적으로 변개한 〈권용선전〉[13], 〈종옥전〉을 개작한 〈미인계〉[14] 등을 들 수 있다. 그리고 작품의 이름만으로도 〈옥루몽〉의 파생작임을 알 수 있는 〈강남홍〉과 〈벽성선(전)〉, 역사 전기물과 실기류에 속하는 〈강감찬실기〉, 〈개소문전〉, 〈단종대왕실기〉 등이 제2유형에 속한다.

제2유형에 속하는 작품을 들면 〈표 2〉와 같다.

---

10 김재웅은 〈월영낭자전〉이 필사본 〈최호양문록〉의 개작본이라고 하였다. 김재웅, 「〈최호양문록〉의 구조적 특징과 가정소설적 위상」, 『정신문화연구』 33, 한국학중앙연구원, 2010, 97~98면.

11 차충환과 김진영은 〈강남화〉가 〈창선감의록〉을 변용한 작품이라고 하였다. 차충환·김진영, 「활자본 고소설 〈江南花〉 연구」, 『고전문학과 교육』 22, 한국고전문학교육학회, 2011, 551~552면.

12 김진영·차충환은 〈유황후전〉이 필사본 〈태아선적강록〉의 개작이라고 하였다. 김진영, 차충환, 「〈태아선적강록〉과 〈유황후전〉의 比較 硏究」, 『語文硏究』 146, 한국어문교육연구회, 2010, 265~268면.

13 김정녀는 필사본 〈수매청심록〉이 활자본인 〈권용선전〉의 이본으로 소개되었으나, 활자본에 선행하는 필사본에서 〈수매청심록〉이라는 이름이 압도적으로 많으므로 이 작품의 표제는 〈수매청심록〉으로 해야 한다고 하였다. 그리고 〈권용선전〉은 〈수매청심록〉을 적극적으로 변개하였다고 하였다. 김정녀, 「〈수매청심록〉의 창작 방식과 의도」, 『한민족문화연구』 36, 한민족문화학회, 2011, 241~242면.

14 박상석은 〈미인계〉가 한문소설인 〈종옥전〉의 개작이라고 하였다. 박상석, 「한문소설 〈종옥전(鍾玉傳)〉의 개작, 활판본소설 〈미인계(美人計)〉 연구」, 『古小說 硏究』 28, 한국고소설학회, 2009, 261면.

〈표 2〉 제2유형의 활자본 고전소설

순번	작품제목	순번	작품제목	순번	작품제목
1	가실전	25	단종대왕실기	49	삼쾌정
2	강감찬실기	26	대원군전	50	생육신전
3	강남홍전	27	도깨비말	51	서산대사전
4	강남화	28	동명왕실기	52	서화담전
5	강상월[15]	29	만강홍	53	선죽교
6	개소문전	30	무릉도원	54	성삼문
7	견우직녀	31	무학대사전	55	성종대왕실기
8	고려태조	32	미인계	56	세종대왕실기
9	광해주실기	33	미인도[16]	57	숙종대왕실기
10	권률장군전	34	박문수전	58	신계후전[17]
11	권용선전	35	박효낭전	59	신랑의 보쌈[18]
12	금강취유(기)	36	발해태조	60	신립신대장실기
13	금상첨화	37	벽성선(전)[19]	61	신숙주부인전
14	금옥연	38	병인양요	62	신유복전
15	김덕령전	39	병자록	63	십생구사
16	김부식전	40	병자임진록	64	약산동대
17	김씨열행록	41	보심록	65	연화몽
18	김응서실기	42	봉선루기[20]	66	영웅호걸
19	김학공전	43	부용상사곡	67	영조대왕야순기
20	난봉기합	44	부용헌[21]	68	오선기봉
21	남강월(전)[22]	45	불가살이전	69	오성과 한음
22	남이장군실기	46	사명당전	70	왕장군전
23	녹두장군	47	사육신전	71	월영낭자전
24	논개실기	48	삼선기[23]	72	유록전

15 차충환은 〈강상월〉이 〈창선감의록〉의 개작이라고 하였다. 차충환, 「강상월과 부용

73	유화기연	78	이두충렬록	83	이화몽
74	유황후(전)	79	이린전	84	인조대왕실기
75	육효자전	80	이봉빈전	85	일지매실기
76	을지문덕전	81	이순신전	86	임거정전[24]
77	음양옥지환	82	이태왕실기	87	임오군란기

헌; 고소설의 개작본」, 『인문학연구』 6, 경희대학교 인문학연구원, 2002, 26~44면.

16 김귀석은 〈미인도〉가 신작구소설의 성격과 함께 전형적인 고전소설의 모습을 담고 있다고 하였다. 김귀석, 「〈미인도〉 연구」, 『한국언어문학』 48, 2002, 15면.

17 1913년에 필사된 것이 〈신계후전〉 이본 가운데 가장 앞선 것으로 보아 〈신계후전〉은 근대에 들어 새롭게 형성된 것으로 보인다. 조희웅, 『고전소설 연구보정』 상, 집문당, 2006, 521면.

18 차충환은 〈정수경전〉이 신소설적인 성격인 강한 〈옥중금낭〉으로 개작되었다가, 다시 고전소설적 성격이 강한 〈신랑의 보쌈〉으로 개작되었다고 하였다. 차충환, 「〈신랑의 보쌈〉의 성격과 개작양상에 대한 연구 : 〈정수경전〉과의 대비를 통하여」, 『語文硏究』 71, 어문연구학회, 2012, 254~255면.

19 〈벽성선전〉은 〈옥루몽〉의 주요 인물인 벽성선의 형상에 기초하여 창작한 작품이다. 고전문학실 편, 『고전소설해제』, 보고사 영인, 『한국고전소설해제집』 상, 1997, 322~323면.

20 이은숙은 〈봉선루기〉가 〈소양정〉의 개작본이라고 하였다. 이은숙, 「신작구소설 〈소양정〉·〈소양명긔〉·〈봉선루〉에 나타난 신·구소설의 관련양상」, 『고전문학연구』 8, 한국고전문학회, 1993, 352~386면.

21 차충환은 〈부용헌〉이 〈홍백화전〉의 개작본이라고 하였다. 차충환, 「강상월과 부용헌; 고소설의 개작본」, 『인문학연구』 6, 경희대학교 인문학연구원, 2002, 44~51면.

22 이주영은 〈남강월〉이 방각본 〈징세비태록〉의 이류계 이본이라고 하여, 개작 관계에 있음을 시사하였다. 그리고 조희웅도 〈남강월〉과 〈징세비태록〉을 각각 표제작으로 제시하여, 〈남강월〉이 〈징세비태록〉의 영향을 받았으면서도 독립적인 작품임을 시사하였다. 이주영, 「구활자본 고전소설과 방각본의 관련 양상」, 『한국고전소설과 서사문학』 상, 집문당, 1998, 357~358면.

23 이상구는 〈삼선기〉가 1910년대에 급증한 고전소설 독자의 요구에 부응하기 위하여 상업적 목적으로 지어진 의고적 창작물이라고 하였다. 이상구, 「〈삼선기〉 연구」, 『어문논집』 29, 고려대 국어국문학연구회, 1992, 102면.

24 곽정식은 〈임거정전〉이 실록과 야사의 단편적인 기록들과 선행 작품인 〈한씨보응

88	장학사전	94	콩쥐팥쥐전	100	홍도(전)
89	정충신	95	태조대왕실기	101	홍의동자
90	천정가연	96	퉁두란전	102	화옥쌍기
91	청년회심곡	97	평안감사	103	효종대왕실기
92	청루기연	98	평양공주전	104	흥무왕연의
93	청산녹수	99	한후룡전	105	흥선대원군실기

3) 제3유형

제3유형의 활자본 고전소설은 '전근대'와 '외국'이라는 두 가지 지표를 모두 충족하는 작품을 말한다. 그런데 제3유형에서의 '전근대'는 제1유형에서의 '전근대'와는 달리 작품의 창작 시기만을 의미하는 것이 아니라, 우리나라에서 해당 작품이 향유되던 시기까지 포함하는 것이다. 즉 제3유형은 전근대에 살던 우리나라의 독자들이 읽었던 외국의 고전소설 가운데 활자본으로 발행된 것을 말한다. 따라서 제3유형의 작품들은 제1유형과 같이 활자본 고전소설 가운데 전근대 시기의 독서 기록이나 필사기, 각종 목록 등을 통해 해당 작품이 전근대 시기에 읽힌 것이 분명한 것으로 그 대상을 간추렸다. 이와 같은 제3유형의 작품들은 일찍이 제1유형의 작품들과 같이 전근대시기부터 우리나라에서 읽혀졌으며, 때로는 제1유형의 작품보다 가치가 있는 것으로 여겨지기도 하였다. 그러나 그것은 한국 문학의 영역에 해당하지 않는다는 점에서 제3유형으로 분류하는 것이 옳을 것이다.

록〉을 적극 수용하여 이루어졌다고 하였다. 곽정식, 「활자본 고소설 〈林巨丁傳〉의 창작 방법과 洪命憙 〈林巨正〉과의 관계」, 『語文學』 111, 한국어문학회, 2011, 187~188면.

제3유형의 작품으로는 〈삼국지(연의)〉나 〈서유기〉 등의 중국 4대 기서(奇書)와 같이 한문 원문 그대로의 작품이거나 원문의 충실한 번역본, 〈전칠국지손방연의〉를 편역한 〈손방연의〉[25]와 같은 편역본을 들 수 있다. 그리고 〈봉신연의〉를 번안한 〈강태공전〉과 〈달기전〉[26] 등, 외국 고전소설의 번안작 또한 이에 해당하다고 생각한다. 물론 이에 대하여 번안의 주체가 우리 민족이라는 것을 강조하여 이를 제1유형에 넣자고 할 수도 있다. 그렇지만 그것을 번안하거나 개작한 사람이 우리 민족이라고 해도 그것의 원천적인 사고나 모본 자체는 외국의 문학과 역사에 있다고 할 것이다. 따라서 이를 제3유형에 넣는 것이 우리 문학의 독창성과 정체성을 분명하게 하는 데에 도움이 될 것이다.

제3유형의 활자본 고전소설로는 〈표 3〉에 제시한 작품을 들 수 있다.

〈표 3〉 제3유형의 활자본 고전소설

순번	작품제목	순번	작품제목	순번	작품제목
1	강태공전	8	삼국지	15	손방연의
2	곽분양전	9	서상기	16	수당연의
3	금고기관	10	서유기	17	수호지(전)
4	금향정기	11	서한연의	18	양산백전
5	달기전	12	설인귀전	19	열국지
6	무목왕정충록	13	소약란직금도	20	열녀전
7	박안경기	14	소운전	21	왕경룡전

25 이은영은 〈손방연의〉가 중국소설 〈전칠국지손방연의〉의 편역본이라고 하였다. 이은영, 「列國題材 소설작품과 한국 구활자본의 개역현상」, 『中國小說論叢』 24, 한국중국소설학회, 2006, 299~302면.

26 손홍은 〈강태공전〉과 〈달기전〉이 중국 소설 〈봉신연의〉의 번안작이라고 하였다. 손홍, 「강태공 소재 소설의 번안 양상과 그 의미」, 서강대학교 석사논문, 2009.

22	울지경덕전	27	재생연전	32	한수대전
23	월봉기	28	적벽대전	33	홍루몽
24	월왕전	29	전등신화	34	후수호지
25	유백아전	30	제마무전		
26	장자방실기	31	포공연의		

4) 제4유형

활자본 고전소설의 제4유형은 '근대'와 '외국'의 지표를 모두 충족하는 작품을 말한다. 이 유형의 작품은 본래적 의미의 활자본 고전소설이라고 할 수 있는 제1유형과는 공간과 시간에 있어 대척점에 있는 유형이다. 즉 전근대에 창작된 한국 고전소설인 제1유형과는 달리 제4유형은 근대에 들어와서 외국 작품을 새롭게 번역, 번안하거나 개작한 작품을 말한다.

한편 제3유형의 작품들이 근대 이전부터 우리나라에 들어와 향유되었다면, 제4유형의 작품은 근대에 들어 우리나라에 소개되었다는 점에서 차이가 있다. 따라서 〈삼국지(연의)〉와 같은 외국의 유명한 고전소설은 당연히 제3유형에 해당하지만, 그 작품에 등장하는 주요 인물의 행적이나 사건을 중심으로 내용을 재구성하거나 확대, 부연하여 20세기 들어 활자본으로 간행한 작품은 근대의 산물이기 때문에 제4유형에 해당한다. 그리고 이와 마찬가지로 중국의 역사서 등에 등장하는 인물이나 사건을 근대에 들어 재배열하거나 새로 덧붙인 작품들도 제4유형에 해당한다.

제4유형에 속하는 작품으로는 전근대에 우리나라에 들어온 〈삼국지연의〉를 바탕으로 근대에 들어서 파생된 〈강유실기〉, 〈관운장실기〉 등이 대표적이라 할 수 있다. 그리고 〈수호지〉를 부분 번역, 번안한 〈홍장군전〉[27]과 이를 모방, 답습한 〈원두표실기〉,[28] 〈수호지〉를 부분 번역, 편집한 〈타호무송〉,[29] 〈수호지〉를 번안한 〈한씨보응록〉[30]도 이에 해당한다. 또한 〈신열국지〉를 개역한 〈소진장의전〉,[31] 〈소지현나삼재합〉을 개작한 〈강릉추월〉[32], 〈주춘원소사〉를 번안한 〈쌍미기봉〉[33], 『금고기관』의 〈왕교란백년장한〉을 번안한 〈백년한〉[34]과 〈채

---

27 곽정식은 〈홍장군전〉이 중국소설 〈수호전〉을 부분 번역 및 번안한 작품이라고 하였다. 곽정식, 「활자본 고소설의 〈수호전〉 수용 양상과 그 소설사적 의의」, 『韓國文學論叢』 55, 한국문학회, 2010, 155면.

28 곽정식은 〈원두표실기〉가 중국소설 〈수호지〉를 부분 번역, 번안한 〈홍장군전〉을 모방, 답습한 작품이라고 하였다. 곽정식, 「〈元斗杓實記〉의 창작 방법과 소설사적 의의」, 『韓國文學論叢』 52, 한국문학회, 2009, 51~52면.

29 곽정식은 〈타호무송〉이 중국소설 〈수호전〉을 부분 번역, 편집한 작품이라고 하였다. 곽정식, 「활자본 고소설의 〈수호전〉 수용 양상과 그 소설사적 의의」, 『韓國文學論叢』 55, 한국문학회, 2010, 155면.

30 곽정식은 〈한씨보응록〉이 중국소설 〈수호지〉를 번안한 작품이라고 하였다. 곽정식, 「〈韓氏報應錄〉의 형성 과정과 소설사적 의의」, 『어문학』 105, 한국어문학회, 2009, 131~132면.

31 이은영은 〈소진장의전〉과 〈오자서실기〉, 〈진시황전〉이 중국소설 〈신열국지〉의 개역본이라고 하였다. 이은영, 「列國題材 소설작품과 한국 구활자본의 개역현상」, 『中國小說論叢』 24, 한국중국소설학회, 2006, 290~299면.

32 김재웅은 〈강릉추월〉이 중국소설 〈소지현나삼재합(蘇知縣羅三再合)〉의 개작본이지만, 활자본으로 개작될 때까지 고전소설 및 신소설의 영향을 반영하면서 끊임없이 토착화와 변모를 거듭한 재창작 소설이라고 하였다. 이는 활자본 고전소설로서 〈강릉추월〉은 20세기 들어 신소설의 영향도 받은 외국소설의 개작이라고 하겠다. 김재웅, 『강릉추월전 작품군의 종합적 이해』, 보고사, 2008, 253~254면.

33 최윤희는 〈쌍미기봉〉이 중국소설 〈駐春園小史〉를 1916년도에 번안한 작품이라고 하였다. 최윤희, 「〈쌍미기봉〉의 번안 양상 연구」, 『고소설연구』 11, 한국고소설학회, 2001, 290면.

34 박상석은 〈백년한〉이 중국 소설집인 『금고기관』의 〈왕교란배견장한(王嬌鸞百年長恨)〉을 번안한 작품이라고 하였다. 박상석, 「번안소설 『백년한(百年恨)』연구」, 『淵民學志』 12, 연민학회, 2009.

봉감별곡〉[35] 등이 제4유형에 속한다. 이상의 것은 모두 전근대 시기에 이미 우리나라에 들어왔던 중국 소설이 근대 들어 번역, 번안, 개작한 것이라고 하겠다.

한편 이 시기 들어 일본에서 형성된 작품들의 개작이나 번역도 있었다. 예를 들어 일본에서 편찬된 평전인 〈제갈량〉을 번역한 〈제갈량〉[36], 일본 설화의 한역본(韓譯本)을 번안한 〈박천남전〉[37]도 이 시기에 등장하였다.

제4유형에 속하는 작품을 들면 아래의 〈표 4〉와 같다.

〈표 4〉 제4유형의 활자본 고전소설

순번	작품제목	순번	작품제목	순번	작품제목
1	강릉추월	7	범저전	13	서태후전
2	강유실기	8	봉황금	14	설정산실기
3	계명산	9	산양대전	15	소강절
4	관운장실기	10	삼국대전	16	소진장의전
5	박천남전	11	서시전	17	손오공
6	백년한	12	서정기	18	쌍미기봉

35 박상석은 〈채봉감별곡〉이 중국 소설집인 『금고기관』의 〈왕교란백년장한(王嬌鸞百年長恨)〉을 번안한 작품이라고 하였다. 박상석, 「번안소설 『백년한(百年恨)』 연구」, 『淵民學志』 12, 연민학회, 2009, 103면.

36 김성철은 〈제갈량〉이 제갈량에 대한 평전의 형식을 띤 일본 박문각본 〈제갈량〉(1913)을 고전소설식으로 번역한 것이라고 하였다. 김성철, 「『삼국풍진 졔갈량젼』의 번역 양상과 소설화 방식」, 『우리어문연구』 38, 우리어문학회, 2010.

37 강현조는 〈박천남전〉이 일본 설화인 이와야 사자나미의 〈모모타로(桃太郎)〉을 대본으로 한역(韓譯)한 〈한문일본호걸도태랑전(韓文日本豪傑桃太郎傳)〉의 번안작이라고 하였다. 강현조, 「번안소설 〈박천남전(朴天男傳)〉 연구」, 『국어국문학』 149, 국어국문학회, 2008, 516~522면.

19	악의전	30	이태백실기	41	진시황전
20	양귀비	31	이화정서전	42	채봉감별곡
21	염라왕전	32	장비마초실기	43	천도화
22	오관참장기	33	전수재(전)	44	청정실기
23	오자서전	34	정목란전	45	초패왕전
24	옥소기연	35	정영저구전	46	타호무송
25	왕소군새소군전	36	제갈량	47	한씨보응록
26	우미인	37	제환공	48	항장무전
27	원두표실기	38	조생원전	49	홍장군전
28	월세계	39	주원장창업실기	50	황부인전
29	이여송실기	40	진문공		

앞에서 살펴본 것처럼 시간과 공간이라는 지표를 가지고 활자본 고전소설의 유형을 살펴보는 것은 각 작품의 형성 과정을 이해하는 데에 도움이 된다고 하겠다. 다만 활자본 고전소설 가운데 유형 분류할 때에 제외된 작품도 적지 않고, 활자본 고전소설의 내용과 관련한 지표가 설정되지 않아서 아쉬움이 남는다. 추후 활자본 고전소설 전부를 망라하는 한편 내용과 관련한 지표도 추가로 설정하여 유형을 세분화하는 것이 더 필요하다고 하겠다. 이렇게 한 다음에 전래의 고전소설과 대비한다면 활자본 고전소설의 전반적인 특성이 잘 드러날 것으로 기대한다.

VI

활자본 고전소설의 판본

1. 활자본 고전소설 판본의 종적(縱的) 관계

활자본 고전소설 가운데에는 동일한 작품이 하나의 발행소에서 여러 차례 발행된 것이 많다. 그중에는 선행 판본의 뒤를 이어 2판, 3판 등과 같이 연속되는 관계 속에 발행된 것도 있으며, 때로는 선행 판본과 관계없이 독립적으로 발행된 것도 있다. 그리고 판 차를 이어가는 판본들 중에는 외견상 동일한 것도 있고, 그와는 반대로 외형적으로 차이가 분명한 것도 적지 않다. 여기에서는 이처럼 하나의 발행소에서 2회 이상 발행된 활자본 고전소설 사이의 관계에 대하여 살펴보고자 한다.

1) 판 차를 이어가는 판본들의 관계

활자본 고전소설의 판권지에서는 '판'이라는 용어만 사용하기에 '2판'을 '2쇄'와 동일한 것으로 생각하는 경향이 있다.[1] 이에 따라 '판

1 『표준국어대사전』 인터넷 판(http://stdweb2.korean.go.kr/main.jsp.)에서는 '판(版)'을 "책을 개정하거나 증보하여 출간한 횟수를 세는 단위"로 정의하고 있으며, '쇄(刷)'는 "같은 책의 출간 횟수를 세는 단위"로 정의하고 있다. 이에 따르면 같은

차(版次)'를 이어가는 작품들은 모두 동일한 판본으로 인식하기 쉽다. 특히 작품의 표제와 분량이 같은 경우에 이러한 생각은 틀림없는 것으로 받아들이게 된다. 다시 말해 이 작품들을 '쇄(刷)'의 관계에 있는 것으로 이해한다는 것이다. 그런데 이러한 일반적인 인식과 달리 작품의 제목과 분량이 같고 판 차가 이어지더라도 판본이 다른 경우가 대부분이다. 이에 대하여 덕흥서림에서 발행한 〈섬동지전〉의 사례를 들어 살펴보기로 하자.

〈표 1〉 덕흥서림 발행 〈섬동지전〉의 현황

순서	표제	면수	발행일	판 차	발행자	발행소	인쇄소
1	섬동지전	39면	1914.10.28	1	金東縉	덕흥서림	성문사
2	섬동지전		1915.11.20	2	金東縉	덕흥서림	
3	섬동지전	39면	1916.01.28	3	金東縉	덕흥서림	보성사
4	섬동지전		1917.	4	金東縉	덕흥서림	
5	섬동지전	39면	1918.03.07	5	金東縉	덕흥서림	조선복음인쇄소
6	섬동지전	39면	1920.02.05	6	金東縉	덕흥서림	

〈표 1〉에 보듯이 〈섬동지전〉은 6판까지 발행되었으며, 면수가 확인된 4개의 판본은 모두 39면의 분량으로 발행되었다. 이런 경우에 덕흥서림본 〈섬동지전〉의 1판~6판은 모두 동일한 판본으로 생각하기 쉽다. 그런데 1판, 3판, 5판의 원문을 검토한 결과 이들은 모두가 동일 판본이 아니었다. 〈그림 1〉 ~ 〈그림 3〉을 살펴보기로 하자.

책을 여러 번 발행한 때에는 2쇄, 3쇄 등으로 기록해야 하며, 선행하는 책의 내용이나 외형에 변화를 주어 발행한 때에는 2판, 3판 등으로 기록해야 한다.

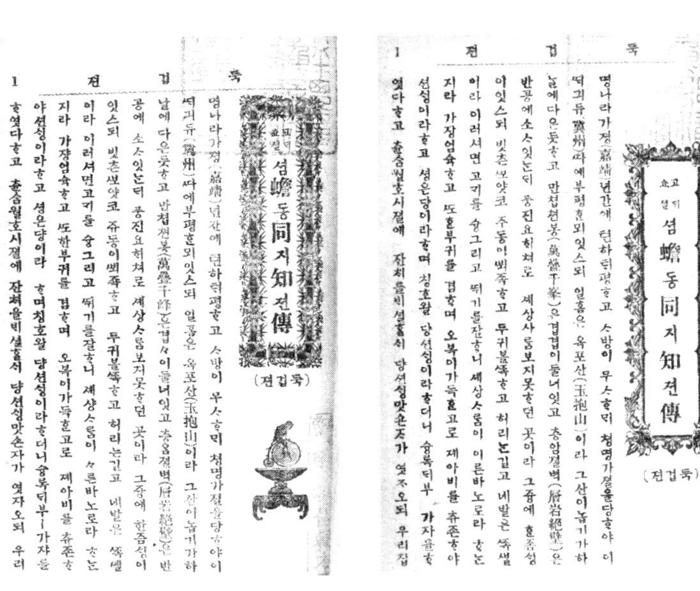

고ᄃᆡ소셜 섬蟾동同지知전傳

(전집뎍)

명나라가졍(嘉靖)년간에 텬하태평ᄒᆞ고 ᄉᆞ방이 무ᄉᆞᄒᆞ미 쳥명가졀을당ᄒᆞ야 이
ᄯᅢ긔쥬(冀州)ᄯᅡ에부평ᄒᆞᆫ뫼잇스되 일홈은 옥포산(玉抱山)이라 그산이놉기가하
날에 다은듯ᄒᆞ고 만쳡쳔봉(萬疊千峰)은겹〃이둘너잇고 층암졀벽(層岩絶壁)은 반
공에 소ᄉᆞ잇논ᄃᆡ 풍진요히쳐로 셰상ᄉᆞ람보지못ᄒᆞ던 곳이라 그즁에 ᄒᆞᆫ즘셩이
잇스되 빗촌색얏코 쥬동이ᄲᅮ족ᄒᆞ고 두귀불쑥ᄒᆞ고 허리논길고 네발은 쏙쎌
이라 이러셔면고기를 숭그리고 ᄯᅱ기를잘ᄒᆞ니 졔샹ᄉᆞ람이 〃른바 노로라 ᄒᆞ논
지라 가쟝엄슉ᄒᆞ고 ᄯᅩᄒᆞᆫ부귀를 겸ᄒᆞ며 오복이가득ᄒᆞᆫ고로 졔아비를 츄존ᄒᆞ
야션셩이라ᄒᆞ고 셩은당이라 ᄒᆞ며칭호왈 당션싱이라ᄒᆞ더니숑뎍ᄃᆡ부ㅣ가쟈를
ᄒᆞ엿다ᄒᆞ고 춘삼월호시졀에 잔치을비셜ᄒᆞᆯ새 당션싱맛손자가 여자오되 우리

뎍 집 젼 1

〈그림 1〉 초판(1914)

고ᄃᆡ소셜 섬蟾동同지知전傳

(전집뎍)

명나라가졍(嘉靖)년간에 텬하태평ᄒᆞ고 ᄉᆞ방이 무ᄉᆞᄒᆞ미 쳥명가졀을당ᄒᆞ야 이
ᄯᅢ긔쥬(冀州)ᄯᅡ에부평ᄒᆞᆫ뫼잇스되 일홈은 옥포산(玉抱山)이라 그산이놉기가하
놀에다은듯ᄒᆞ고 만쳡쳔봉(萬疊千峯)은겹겹이둘너잇고 층암졀벽(層岩絶壁)은
반공에소ᄉᆞ잇논ᄃᆡ 풍진요히쳐로 셰상사롬보지못ᄒᆞ던 곳이라 그즁에 ᄒᆞᆫ즘싱
이잇스되 빗촌색얏코 주동이ᄲᅮ족ᄒᆞ고 두귀불쑥ᄒᆞ고 허리논길고 네발은 쏙쌜
이라 이러서면 고기를 숭그리고 ᄯᅱ기를잘ᄒᆞ니 셰상ᄉᆞ롬이 이른바 노로라 ᄒᆞ논
지라 가장엄슉ᄒᆞ고 ᄯᅩᄒᆞᆫ부귀를 겸ᄒᆞ며 오복이가득ᄒᆞᆫ고로 졔아비를 츄존ᄒᆞ야
션싱이라ᄒᆞ고 셩은당이라ᄒᆞ며 칭호왈 당션싱이라ᄒᆞ더니 숑뎍ᄃᆡ부 가자를ᄒᆞ
엿다ᄒᆞ고 춘삼월호시졀에 잔치를비셜ᄒᆞᆯ시 당셔싱맛손ᄌᆞ가 엿ᄌᆞ오되 우리집

뎍 집 젼 1

〈그림 2〉 3판(1916)

고ᄃᆡ소셜 섬동지젼 古代小說 蟾同知傳

(뎍 집 젼)

명나라가졍(嘉靖)년간에 쳔하태평ᄒᆞ고 ᄉᆞ방이무ᄉᆞᄒᆞ미 쳥명가졀을당ᄒᆞ야 이
ᄯᅢ긔쥬(冀州)ᄯᅡ에부평ᄒᆞᆫ뫼잇스되 일홈은옥포산(玉抱山)이라 그산이놉기가하
놀에다은듯ᄒᆞ고 만쳡쳔봉(萬疊千峯)은겹겹이둘너잇고 층암졀벽(層岩絶壁)은
반공에소ᄉᆞ잇논ᄃᆡ 풍진요히쳐로 셰상사롬보지못ᄒᆞᆫ던 곳이라 그즁에 ᄒᆞᆫ즘셩
이잇스되 빗촌색얏코 주동이ᄲᅮ족ᄒᆞ고 두귀불쑥ᄒᆞ고 허리논길고 네발은 쏙잘
이라 이러셔면 고기를 숭그리고 ᄯᅱ기를잘ᄒᆞ니 셰상ᄉᆞ롬이 이른바노로라ᄒᆞ논
지라 가장엄슉ᄒᆞ고 ᄯᅩᄒᆞᆫ부귀를 겸ᄒᆞ며 오복이가득ᄒᆞᆫ고로 졔아비를 츄존ᄒᆞ야
션싱이라ᄒᆞ고 셩은당이라ᄒᆞ며 칭호왈 당션싱이라ᄒᆞ더니 숑뎍ᄃᆡ부 가자를ᄒᆞ
엿다ᄒᆞ고 춘삼월호시졀에 잔치를비셜ᄒᆞᆯ시 당션싱맛손ᄌᆞ가 엿ᄌᆞ오되 우리집

뎍 집 젼 1

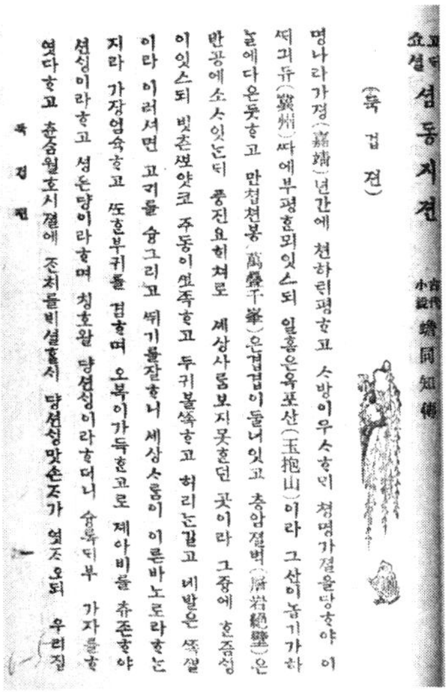

〈그림 3〉 5판(1918)

〈그림 1〉~〈그림 3〉은 덕흥서림본 〈섬동지전〉의 1판과 3판, 그리고 5판의 1면이다. 9행으로 이루어진 세 판본의 1면은 "명나라가정(嘉靖)년간에"로 시작하며, 그 내용 또한 동일하다. 그런데 제목 부분의 편집과 삽화 등에서는 확연한 차이를 드러내고 있다. 그리고 본문 또한 표기와 띄어쓰기, 그리고 행갈이 등에서 각 판본 사이에 차이를 보인다. 먼저 표기의 차이에 대해 살펴보기로 하자. 1판 3행 하단의 '층ᄋᆞᆷ절벽'이 3판과 5판에서는 '층암절벽'으로 표기되었다. 그리고 1판 5행 중간의 '쥬동이ᄲᅬ죡ᄒᆞ고'는 3판에서는 '주동이ᄲᅬ족ᄒᆞ고'로 바뀌었으며, 5판에서는 '주동이 ᄲᅢ족ᄒᆞ고'로 표기와 띄어쓰기도 바뀌었다. 또한 1판 9행의 '당션싱맛손자'는 3판에서 '당션싱맛숀ᄌᆞ'로, 5판에서는 '당션싱맛손ᄌᆞ'로 바뀌었다.

다음으로 띄어쓰기의 차이에 대해 살펴보기로 하자. 1판, 3판 1행의 'ᄉᆞ방이 무ᄉᆞᄒᆞ미'가 5판에서는 'ᄉᆞ방이무ᄉᆞᄒᆞ미'로 바뀌었다. 그리고 1판 4행의 '반공에 소ᄉᆞ잇ᄂᆞᆫᄃᆡ'는 3판과 5판에서 '반공에소ᄉᆞ잇ᄂᆞᆫᄃᆡ'로 바뀌었다. 또한 1판 8행의 '셩은당이라 ᄒᆞ며칭호왈'[셩은 장이라 하며 칭호 왈]은 3판과 5판에서는 '셩은당이라ᄒᆞ며 칭호왈'로 바뀌었다.

마지막으로 행갈이의 차이에 대하여 살펴보기로 하자. 1판 4행은 '공에 소ᄉᆞ잇ᄂᆞᆫᄃᆡ'로 시작하는데, 3판과 5판에서는 '반공에소ᄉᆞ잇ᄂᆞᆫᄃᆡ'로 시작하고 있다. 그리고 1판 5행은 '잇스되'로 시작하는데 3판과 5판에서는 '이잇스되'로 시작하여 행갈이의 차이를 보여주고 있다. 이처럼 3판과 5판은 행갈이에서 일치하는 모습을 보여주고 있다. 8행과 9행에서도 3판과 5판의 행갈이는 일치하는 반면, 1판은 다른 두 판과는 다르게 나타난다.

이처럼 1판, 3판, 5판은 내용에서는 차이가 없지만 표기와 띄어쓰기, 행갈이 등의 판식(版式), 즉 판본의 양식에서 차이를 보인다. 다시 말해 덕흥서림에서 발행한 〈섬동지전〉 1판~6판은 표제와 분량이 같기는 하지만, 실제로는 다른 판본이라는 것을 의미한다고 하겠다. 이와 같은 사례는 외형상 동일 판본으로 보이는 것도, 자세히 살펴보면 각각의 판본이 다르다는 것을 증명한다고 하겠다.

이처럼 동일한 내용을 여러 차례에 걸쳐 발행하면서도 각 판본이 차이를 보이는 이유는 인쇄 과정과 관련이 있다. 20세기 초 인쇄공에 대해 살펴본 방효순에 따르면, 당시 출판사에서 인쇄소로 원고를 넘기면 "인쇄소에서는 문선→식자→정판→교정→지형 및 연판 제작→활판·연판 인쇄→제본→발송의 과정을 거쳤"[2]다고 한다. 그런데 위의 과정에서 지형(紙型)은 연판(鉛版)을 제작할 때에 사용하는 것으로, "중쇄를 염두에 두거나, 신문처럼 많은 부수를 인쇄할 경우에 제작되었다."[3]고 한다. 그렇지만 "인쇄양이 많지 않은 서적은 지형이나 연판을 만들지 않고 식자된 활판을 직접 인쇄기에 올려 수동으로 인쇄했다."고 한다.[4] 활자본 고전소설 또한 1회의 발행 부수가 신문처럼 많지는 못하기에 식자된 활판으로 인쇄하였던 것으로 보인다. 그리고 한번 인쇄가 끝난 다음에는 활판을 흩어버렸기 때문에 동일 작품을 재차 발행하는 경우에도 활판을 새로 조성하였다. 그렇기 때문에 판권지에 '쇄(刷)'라는 용어를 쓰지 않고 '판(版)'이라는 용어를 사용하였던 것이다. 그리고 덕흥서림본 〈섬동지전〉의 1판, 3판, 5판이 각기 다른

---

2 방효순, 「근대 지식의 물적 생산자 인쇄공」, 『근대서지』 제9호, 근대서지학회, 2014, 100~101면.

3 방효순, 앞의 글, 105면.

4 방효순, 같은 글. 그리고 방효순에 따르면 수동식 인쇄기는 보통 4~5대로 1~2일에 4,500~5,000부 인쇄가 가능했고 많은 경우 1만 부까지도 찍었다고 한다.

인쇄소, 즉 성문사, 보성사, 조선복음인쇄소에서 인쇄가 된 것도 발행자나 발행소의 필요에 따라 활판을 그때 그때 만들 수 있었기 때문에 가능한 것이라고 하겠다. 이처럼 한 곳의 발행소에서 발행한 활자본 고전소설의 제목과 분량, 그리고 내용이 동일하다고 하여 판본마저 동일한 것은 아니었다.

그런데 이와는 달리 제목이나 분량에서 차이가 있을 경우에는 어떠한지 살펴보기로 하자.

〈표 2〉 덕흥서림 발행 〈강릉추월〉의 현황

순서	표제	면수	발행일	판 차	발행자	발행소	인쇄소
1	강릉츄월옥소젼	107면	1915.11.09	1	金東縉	덕흥서림	보성사
2	강릉츄월옥소젼		1916.11.11	2		덕흥서림	
3	강릉츄월옥소젼	79면	1917.12.05	3	金東縉	덕흥서림	조선복음 인쇄소
4	강릉츄월옥소젼	79면	1918.03.07	4	金東縉	덕흥서림	조선복음 인쇄소
5	강능츄월옥소젼			5		덕흥서림	
6	강능츄월옥소젼	79면	1922.02.18	6	金東縉	덕흥서림	대동인쇄 주식회사
7	강능츄월옥쇼젼	74면	1924.12.20	7	金東縉	덕흥서림	대동인쇄 주식회사
8	강릉츄월	74면	1928.12.27	8	金東縉	덕흥서림	경성신문사

〈표 2〉에서 보듯이 덕흥서림에서 발행한 〈강릉추월〉의 1판은 107면, 3판~6판은 79면, 7~8판은 74면으로 발행되었다.[5] 이처럼 판 차

5 각 판본의 원문을 확인한 결과, 1판에서는 서문과 목차를 면수에 포함하지 않은 반면, 3판과 8판은 서문과 목차를 면수에 포함하였다. 따라서 이를 감안하면 3판은

가 올라가면서 발행 면수가 많이 줄어들었는데, 특히 3판이 1판에 비하여 그 분량이 30% 가까이 줄어든 것은 매우 이례적인 것으로 보인다. 이러한 차이는 판식뿐만 아니라 내용에 있어서도 많은 차이가 있을 것처럼 보인다. 그렇다면 그 실제는 어떠한지 〈그림 4〉 ~ 〈그림 6〉을 통해 살펴보기로 하자.

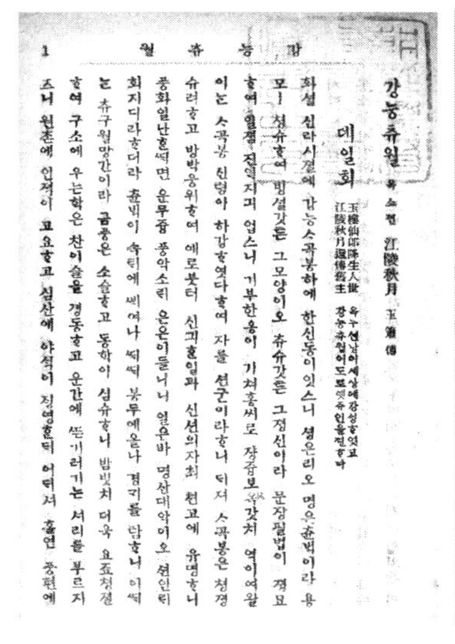

1 강능츄월

강능츄월 옥소젼 江陵秋月 玉簫傳

玉簫仙郞降生人世 옥수션낭이세상에강생ᄒᆞ엿고
江陵秋月還傳舊主 강능츄월이도로녯쥬인을젼ᄒᆞ다

데일회

화셜 신라시졀에 강능스곡봉하에 한신동이잇스니 셩은리오 명은츈범이라 용모ㅣ 쳥슈ᄒᆞ여 빙셜갓튼 그모양이오 츄슈갓튼 그졍신이라 문장필법이 졀묘ᄒᆞ여 일졈 진익지긔 업스니 기부한옹이 가져홍써로 쟝즁보옥갓치 역이여왈 이는 스곡봉 신령이 하강ᄒᆞ엿다ᄒᆞ여 자를 션군이라ᄒᆞ니 디져 스곡봉은 쳥경슈려ᄒᆞ고 방박옹위ᄒᆞ여 예로붓터 신긔ᄒᆞᆫ일과 신션의자최 쳔고에 유명ᄒᆞ니 풍화일난ᄒᆞᆫ써면 운무즁 풍악소리 은은이들니니 일은바 명산대악이오 션인리회지디라ᄒᆞ더라 츈빈이 속티에 ᄲᅧ여나 ᄯᅢᄯᅢ 봉두에올나 경긔를 탐ᄒᆞ니 이ᄯᅢ는 츄구월망간이라 금풍은 소슬ᄒᆞ고 동학이 심슈ᄒᆞ니 밤빗치 더욱 요죠쳥졀ᄒᆞ여 구소에 우는학은 찬이슬을 경동ᄒᆞ고 운간에 ᄯᅳᆫ기러기는 서리를 부르지즈니 원촌에 인적이 고요ᄒᆞ고 심산에 야젹이 징영ᄒᆞᆫ듸 어듸셔 ᄒᆞᆫ연 풍편에

〈그림 4〉 1판(1915, 107면본)

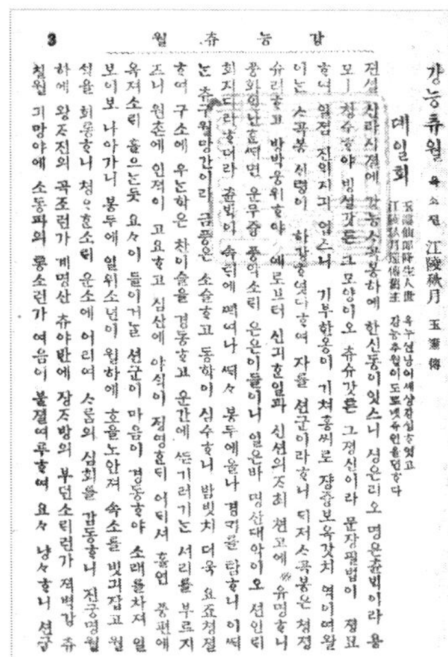

3 강능츄월

강능츄월 옥소젼 江陵秋月 玉簫傳

玉簫仙郞降生人世 옥수션낭이세상잔실ᄒᆞ엿고
江陵秋月還傳舊主 강능츄월이도로녯쥬인을뎐ᄒᆞ다

데일회

젼셜 신라시졀에 강능스곡봉하에 한신동이잇스니 셩은리오 명은츈범이라 용모ㅣ 쳥슈ᄒᆞ야 빙셜갓튼 그모양이오 츄슈갓튼 그졍신이라 문장필법이 졀묘ᄒᆞ녀 일졈 진익지긔 업스니 기부한옹이 기쳐홍써로 쟝즁보옥갓치 역이여왈 이는 스곡봉 신령이 하강ᄒᆞ엿다ᄒᆞ여 자를 션군이라ᄒᆞ니 디저스곡봉은 쳥졍슈려ᄒᆞ고 방박옹위ᄒᆞ야 예로브터 신긔ᄒᆞᆫ일과 신션의ᄌᆞ최 쳔고에 유명ᄒᆞ니 풍화일난ᄒᆞᆫ써면 운무즁 풍악소리 은은이들니니 일은바 명산대악이오 션인리회지디라ᄒᆞ더라 츈빈이 속티에 ᄲᅧ여나 ᄯᅢᄯᅢ 봉두에올나 경긔를 탐ᄒᆞ니 이ᄯᅢ는 츄구월망간이라 금풍은 소슬ᄒᆞ고 동학이 심수ᄒᆞ니 밤빗치 더욱 요죠쳥졀ᄒᆞ여 구소에 우는학은 찬이슬을 경동ᄒᆞ고 운간에 ᄯᅳᆫ기러기는 서리를 부르지즈니 원촌에 인적이 고요ᄒᆞ고 심산에 야식이 징영ᄒᆞᆫ듸 어듸셔 ᄒᆞᆫ연 풍편에 옥져소리 흘으는듯 요요이 들이거ᄂᆞᆯ 션군이 마음이 경동ᄒᆞ야 소래를차져 일보이보 나아가니 봉두에 일위소년이 월하에 호올노안져 옥소를 빗겨잡고 월석을 희롱ᄒᆞ니 쳥아ᄒᆞᆫ소ᄅᆡ 운소에 어리여 ᄉᆞ람의 심회를 감동ᄒᆞ니 진궁명월하에 왕ᄌᆞ진의 곡조런가 계명산 츄야반에 장ᄌᆞ방의 부던소리런가 젹벽강 츄칠월 긔망야에 소동파의 퉁소런가 여음이 불졀여루ᄒᆞ여 요요 냥냥ᄒᆞ니 션군

〈그림 5〉 3판(1917, 79면본)

1판에 비하여 30면이 줄어든 77면이며, 7판은 3판에서 5면이 더 줄어든 72면이 된다고 하겠다.

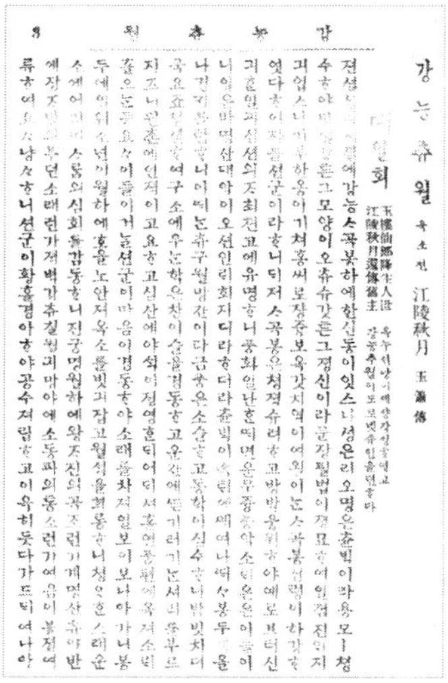

〈그림 6〉 8판(1928, 74면본)

〈그림 4〉~〈그림 6〉은 〈강릉추월〉의 본문이 시작하는 면이다. 필자가 각 판본의 1면과 마지막 면을 확인한 결과 덕흥서림본 〈강릉추월〉 3개 판본의 내용은 거의 동일하였다.[6] 그럼에도 불구하고 초판에는 107면이었던 것이 3판에서는 79면(실제로는 77면)으로 줄어들고, 7판에서는 74면(실제로는 72면)으로 그 분량이 줄어든 것은 편집에 이유가 있다. 먼저 1판과 3판을 비교하여 보자. 1판인 〈그림 4〉의 1면은 10행, 3판인 〈그림 5〉의 3면은 15행으로 편집되었으며, 그 다음 면부터는 각각 13행 18행으로 편집되었다. 그런데 〈그림 4〉과 〈그림 5〉를 자세히 보면 1, 3판의 본문 각 행의 첫 글자가 똑같다는 것을 알 수 있다. 이러한 사실은 3판이 행의 간격을 줄이면서 한 면에 들어가는 행의

6 1판의 첫머리가 '화설'로 시작하는데, 3판과 8판의 첫머리는 '전설'로 시작한다는 것만 다른 것으로 보인다.

수를 늘리는 방식으로 전체 분량을 줄였다는 것을 의미한다.

다음으로 3판과 8판을 비교하여 보자. 〈그림 6〉에 제시된 8판의 3면은 14행으로 되었으며, 4면부터는 17행으로 되어 있다. 이는 18행으로 이루어진 3판보다 1행이 줄어든 것인데, 전체 면수는 오히려 5면이 줄어들었다. 이처럼 8판이 3판에 비하여 1행이 적음에도 불구하고 전체 면수가 줄어든 것은 띄어쓰기와 관계가 있다. 즉 1판과 3판은 나름대로 띄어쓰기를 하였으나, 8판에서는 띄어쓰기를 거의 하지 않으면서 한 행 당 글자 수가 5자 내외가 늘어났다. 결국 한 면당 행의 수는 줄었지만 한 행 당 글자 수가 늘어나면서 전체적으로는 한 면 당 글자 수가 늘어나면서 전체 면수는 줄어들게 된 것이다.

이처럼 덕흥서림에서 발행한 〈강릉추월〉의 판 차가 올라가면서 작품의 전체 면수가 줄어드는 이유로는 재료비의 절감과 관련한 경제적인 이유를 들 수 있다. 즉 작품의 분량이 107면에서 79면으로, 그리고 다시 74면으로 줄어들면 활판이나, 서적 발행에 필요한 용지의 양 또한 줄어들게 될 것이다. 이에 따라 제작비 또한 줄어들고, 이는 이익 상승으로 이어질 수 있을 것이다.

앞에서 살펴본 것처럼 덕흥서림에서 발행한 〈섬동지전〉과 〈강릉추월〉은 판본의 유사성 여부와 관계없이 그 내용은 동일하였다. 그리고 이러한 경향은 다른 작품의 경우에도 대부분 적용된다. 그런데 판 차가 올라가면서 판식(版式)뿐만 아니라 내용마저 달라지는 경우도 있다. 덕흥서림에서 발행한 〈김진옥전〉을 대상으로 하여 이에 대하여 살펴보기로 하자.

〈표 3〉 덕흥서림본 〈김진옥전〉의 현황

순서	표제	면수	발행일	판 차	발행자	발행소	인쇄소
1	김진옥젼	96면	1916.05.08	1	金東縉	덕흥서림	보성사
2	김진옥젼		1917.03.25	2		덕흥서림	
3	김진옥젼	70면	1918.03.07	3	金東縉	덕흥서림	일한인쇄소
4	김진옥젼			4		덕흥서림	
5	김진옥젼			5		덕흥서림	
6	김진옥젼	64면	1922.01.16	6	金東縉	덕흥서림	한성도서주식회사
7	김진옥젼	64면	1923.12.29	7	金東縉	덕흥서림	대화상회인쇄소

〈표 3〉에서 보듯이 덕흥서림에서 발행한 〈김진옥전〉은 판 차에 따라 96면본, 70면본, 64면본의 3개의 판본이 있다. 이것도 덕흥서림에서 발행한 〈강릉추월〉과 마찬가지로 후대로 가면서 면수가 많이 줄어들었다. 그렇다면 이 또한 〈강릉추월〉처럼 판식에만 차이가 있고 내용은 동일한지 〈그림 7〉~〈그림 9〉를 통하여 이에 대하여 살펴보기로 하자.

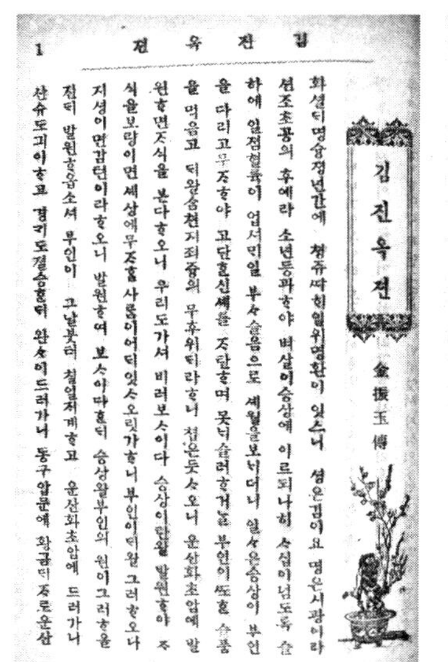
1 김진옥젼

김진옥젼 金振玉傳

화셜대명숭졍년간에 쳥쥬따히일위명환이 잇스니 셩은김이요 명은시광이라 션조츙렬공의 후예라 소년등과ᄒᆞ야 벼살이승샹에 이르되나히 ᄉᆞ십이넘도록 슬하에 일졈혈육이 업서ᄆᆡ일 부ᄉᆞ슬음으로 세월을보니더니 일ᄉᆞ운승샹이 부인을 다리고무료ᄒᆞ야 고단ᄒᆞᆫ신세를 자탄ᄒᆞ며 못니슬려ᄒᆞ거ᄂᆞᆯ 부인이또ᄒᆞᆫ 슬픔을 먹음고 ᄃᆡ왈슴쳔지죄즁의 무후위대라ᄒᆞ니 쳡은듯ᄉᆞ오니 운산화초암에 발원ᄒᆞ면ᄌᆞ식을 본다ᄒᆞ오니 우리도가셔 빌러보ᄉᆞ이다 승샹이ᄃᆡ왈 발원ᄒᆞ야 ᄌᆞ식을보량이면세상에무ᄌᆞᄒᆞᆯ사ᄅᆞᆷ이어ᄃᆡ잇ᄉᆞ오릿가ᄒᆞ니 부인이ᄃᆡ왈 그러ᄒᆞ오나 지셩이면감텬이라ᄒᆞ오니 발원ᄒᆞ여 보ᄉᆞ이다ᄒᆞᆫᄃᆡ 승샹왈부인의 원이그러ᄒᆞ올진ᄃᆡ 발원ᄒᆞ옵소셔 부인이 그날붓터 칠일ᄌᆡ계ᄒᆞ고 운산화초암에 드러가니 산슈도긔이ᄒᆞ고 경ᄀᆡ도졀승ᄒᆞᆫᄃᆡ 완ᄉᆞ이드러가니 동구압문에 황금ᄃᆡ자로운산

〈그림 7〉 초판(1916, 96면본)

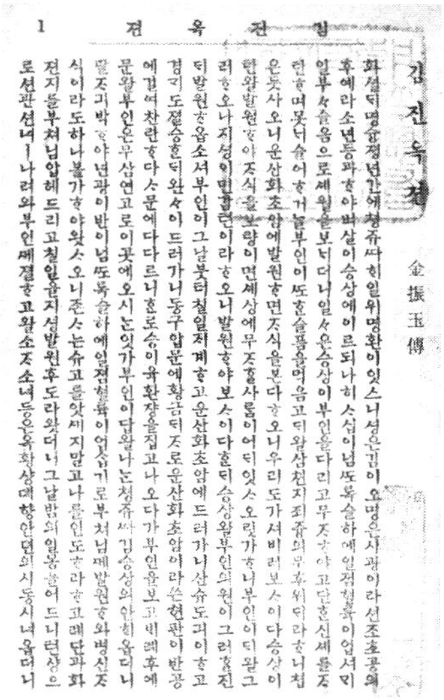

〈그림 8〉 3판(1918, 70면본)

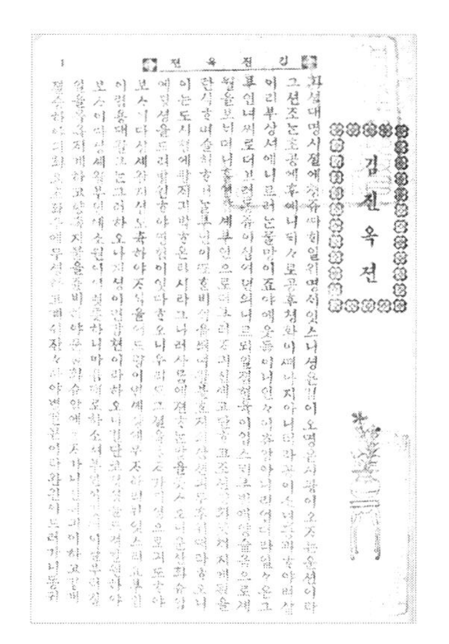
〈그림 9〉 6판(1922, 64면본)

먼저 '화셜ᄃᆡ명슝졍년간에'로 시작하는 초판과 3판은 그 내용은 동일한데 편집이 달라 분량의 차이가 있다. 96면으로 된 초판의 1면은 10행, 2면부터는 13행으로 되어 있으며 부분적으로 띄어쓰기가 이루어졌다. 반면 3판의 1면은 15행, 2면부터는 17행으로 되어 있으며 띄어쓰기가 되어 있지 않다. 이러한 상황은 앞서 제시한 덕흥서림본 〈강릉추월옥소전〉 각 판본의 관계와 같은 것으로, 후행하는 판본인 3판이 1면 당 행의 수와 각 행의 글자 수를 늘리는 방식으로 초판에 비하여 전체 면수를 줄였다고 하겠다.

그런데 6판의 1면은 13행으로 이루어져 편집에서도 차이를 보이지만, 그 내용에서도 적지 않은 차이를 보인다. 〈김진옥전〉은 일반적인 영웅소설과 같이 영웅의 가계(家系)에 대한 소개로 시작하는데, 이 부분에 대하여 두 판본이 어떻게 서술하고 있는지 살펴보기로 하자.

> 화셜ᄃᆡ명슝졍년간에쳥쥬ᄶᅡᄒᆡ일위명환이잇스니셩은김이오명은시광이라션조초공의후예라소년등과ᄒᆞ야벼살이승상에이르되되나히ᄉᆞ십이넘ᄯᅩ록슬하에일졈혈륙이업셔ᄆᆡ일부부슬음으로셰월을보ᄂᆡ더니.
>
> 〈김진옥전〉 3판 1면.

> 화셜대명시졀에쳥쥬ᄯᅡᄒᆡ일위명ᄉᆡ잇스니셩은김이오명은시광이오ᄌᆞ는운션이라그션조ᄂᆞᆫ초공에후예니ᄃᆡᄃᆡ로공후쳥환이ᄧᅥ나지아니터라공이소년등과ᄒᆞ야벼살이리부상셔에니르러ᄂᆞᆫ물망이죠야에웃듬이니인인이츄앙아니리업더라일일은그부인녀씨로더브러동쥬이십여년의니르되일졈혈육이업스ᄆᆡ부뷔매양슬음으로셰월을보ᄂᆡ더니. 〈김진옥전〉 6판 1면

두 인용문 모두 김진옥의 부친인 김시광이 명문가의 후예로 높은 벼슬에 있으나 늦도록 자식이 없어 서러워하고 있다는 내용을 담고 있다. 그런데 동일한 내용을 다루고 있음에도 불구하고 6판은 1판에 비하여 김시광의 가계와 벼슬, 아내 등에 대하여 조금 더 자세하게 서술되고 있다. 이러한 사실은 6판이 형식뿐만 아니라 내용상으로도 이본의 관계에 있다는 것을 의미한다고 하겠다. 즉 덕흥서림에서는 이전에 발행하였던 판본의 내용을 폐기하고 새로운 내용을 가지고 다시 발행하였던 것이다. 이와 같은 사실은 하나의 발행소에서 판 차를 이어가며 발행한 활자본 고전소설의 대부분은 그 내용이 동일하지만 때로는 내용조차 다른 경우가 있기 때문에 각 판본의 내용에 대한 면밀한 검토가 필요하다는 것을 말해 준다.

2) 동일한 작품의 독립 발행

하나의 발행소에서 동일한 작품을 활자본으로 여러 차례 발행하는 경우에는 판 차를 이어가며 발행하는 것이 일반적이다. 그런데 때로는 판 차를 이어가지 않고 독립적으로 발행되는 경우도 있다. 다음의 사례를 들어 살펴보기로 하자.

〈표 4〉 박문서관 발행 〈소대성전〉의 현황

순서	표제	면수	발행일	판 차	발행자	발행소	인쇄소
1	소대성전		1917.02.14	1		박문서관	
2	소대셩젼	31면	1920.01.26	2	朴運輔	박문서관	기독교창문사
3	소대셩젼	50면	1917.09.05	1	盧益亨	박문서관	보성사

〈표 4〉에서 보듯이 박문서관에서는 〈소대성전〉이 3회 발행되었다. 그중 31면으로 된 것은 1917년 2월에 초판이 발행되었으며, 1920년에는 2판이 발행되었다. 그리고 50면으로 된 것으로 1917년 9월에 초판이 발행되었다. 이 두 판본의 관계에 대하여 〈그림 10〉, 〈그림 11〉을 보면서 살펴보기로 하자.

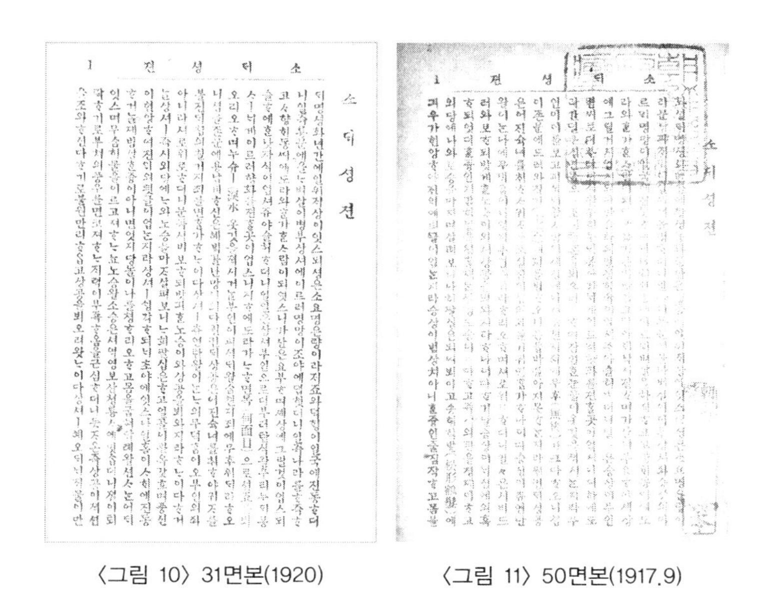
소대셩젼

〈그림 10〉 31면본(1920)　　〈그림 11〉 50면본(1917.9)

〈그림 10〉과 〈그림 11〉은 31면본 2판과 50면본 초판의 1면이다. 그런데 앞서 살펴본 덕흥서림본 〈강릉추월〉과 〈김진옥전〉의 경우에서 보듯이 분량이 줄어드는 것은 흔한 일이기 때문에 1917년에 발행된 50면본이 1920년에 발행된 31면본의 초판일 수도 있다는 의심이 가능하다. 그런데 31면본의 2판에 초판 발행일이 분명하게 기록되었으며, 거기에 기록된 초판 발행일과 50면본의 초판 발행일 사이에는 시간적

거리가 있기 때문에 50면본은 31면본과 아무런 관계없이 독립적으로 발행된 것이라고 하겠다.

일단 두 판본은 분량만 보아도 동일한 판본이 아님을 알 수 있다. 그리고 두 판본의 1면이 모두 15행으로 이루어진 것을 보아 한 면의 글자가 비슷할 것이며, 이는 분량의 차이만큼 내용의 차이 또한 있을 수 있다는 것을 의미한다고 하겠다. 두 판본의 서두를 비교하여 살펴보기로 하자.

ᄃᆡ명셩화년간에일위ᄌᆡ상이잇스되셩은쇼요명은량이라ᄌᆡ죠와덕ᄒᆡᆼ이일국에진동ᄒᆞ더니일즉룡문에올ᄂᆞ벼살이병부상셔에이르러명망이조야에덥혓더니일즉나라를ᄒᆞ즉ᄒᆞ고고향ᄒᆡ동ᄶᅡ에도라와ᄒᆞᆫ가ᄒᆞᆫᄉᆞ람이되엿스니가산은요부ᄒᆞ며셰상에그릴것이업스되슬ᄒᆞ에ᄒᆞᆫ낫자식이업셔쥬야슬허ᄒᆞ더니.

〈소대성전〉(31면본, 2판) 1면.

화셜ᄃᆡ명셩화년간에황셩동화문안은월동에일위ᄌᆡ상이잇스되셩은쇼요명은량이라문장과ᄌᆡ덕이일셰에유명ᄒᆞ더니일즉이룡문에올나벼살이이부상셔좌승상의이르ᄆᆡ명망이일국에진동ᄒᆞ더니나히쇠경에이르ᄆᆡ벼살을하직ᄒᆞ고고향ᄒᆡ동ᄶᅡ에도라와ᄒᆞᆫ가ᄒᆞᆫᄉᆞ람이되야구름가온ᄃᆡ밧갈고달아ᄅᆡ낙시질ᄒᆞ며가산이부요ᄒᆞ야셰상에그릴것이업시되다만슬하의일졈혈육이업셔쥬야슬허ᄒᆞ더니.

〈소대성전〉(50면본, 초판) 1면.

전형적인 영웅소설에 속하는 〈소대성전〉의 두 판본은 모두 가계(家系)를 서술하는 것으로 시작한다. 그런데 소대성의 부친인 소량을 소개하는 장면에서부터 50면본의 서술이 31면보다 더욱 자세함을 확인할 수 있다. 결국 두 판본은 형태적으로도 다를 뿐만 아니라 내용적으로도 다르다고 할 것이다. 그렇기 때문에 두 판본은 독립적으로 발행이 되었다고 할 수 있다.

그렇지만 박문서관에서 발행한 〈소대성전〉의 두 판본이 형태적, 내용적으로 다르다고 하여 다른 작품들 또한 그런 것은 아니다. 판차를 이어가지 않고 독립적으로 발행된 다른 작품들의 사례를 들어 이에 대하여 살펴보기로 하자.

〈표 5〉 박문서관 발행 〈장풍운전〉의 현황

순서	표제	면수	발행일	판 차	발행자	발행소	인쇄소
1	장풍운젼	43면	1925.12.05	1	盧益亨	박문서관, 신구서림	대동인쇄주식회사
2	장풍운젼	31면	1925.12.05	1	盧益亨	박문서관	대동인쇄주식회사

〈표 5〉에서 보듯이 박문서관에서는 43면본 〈장풍운전〉을 신구서림과 공동으로 발행하는 한편 31면본을 단독으로 발행하였다. 그런데 특이하게도 두 판본의 발행일과 인쇄소가 일치하는데 작품의 분량에서 차이가 있다. 이러한 분량의 차이는 어떻게 생긴 것이며, 두 판본의 내용 또한 차이가 있는지 살펴보기로 하자.

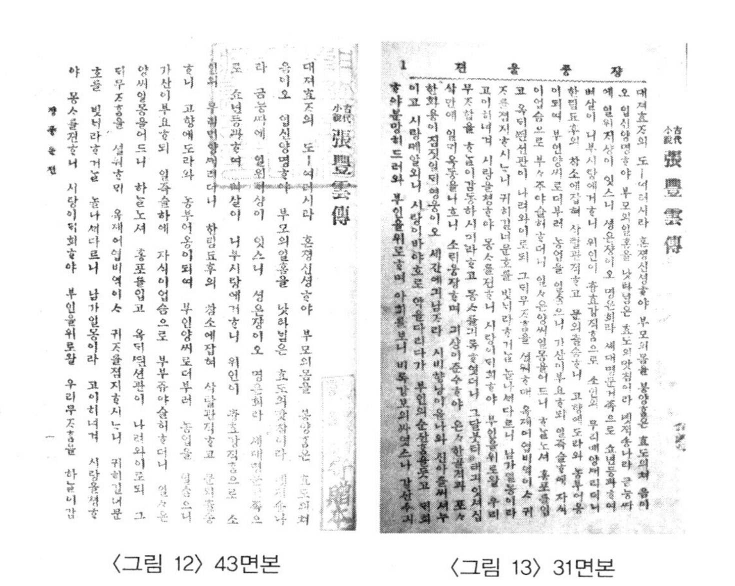

古代小說 張豐雲傳

대져효ᄌᆞ의 도ㅣ 여러시라 혼졍신셩ᄒᆞ야 부모의몸을 봉양ᄒᆞᆷ은 효도의져
음이오 입신양명ᄒᆞ야 부모의일홈을 낫타냄은 효도의맛참이라 [illegible] 송나
라 금능ᄯᅡ에 일위재상이 잇스니 셩은쟝이오 명은회라 세대명문거족으
로 쇼년등과ᄒᆞ여 벼살이 니부시랑에거ᄒᆞ니 위인이 츙효강직ᄒᆞᆷ으로 소
인의 무리배양쎄리더니 한림됴후의 참소에잡혀 삭탈관직ᄒᆞ고 문외츌송
ᄒᆞ니 고향에도라와 농부어옹이되여 부인양씨로더부러 농업을 일삼으니
가산이부요ᄒᆞ되 일족슬하에 자식이업슴으로 부부쥬야슬허ᄒᆞ더니 일ᄉᆞ은
양씨일몽을어드니 하ᄂᆞᆯ노셔 홍포를입고 옥뎌뎐션관이 나려와이로되 그
듸무ᄌᆞᄒᆞᆷ을 셜워ᄒᆞ며 옥재어엽비역이ᄉᆞ 귀ᄌᆞ을졈지ᄒᆞ시ᄂᆞ니 귀히길너문
호를 빗너라ᄒᆞ거ᄂᆞᆯ 놀나셰다르니 남가일몽이라 고이히너겨 시랑을쳥ᄒᆞ
야 몽ᄉᆞ를젼ᄒᆞ니 시랑이듸회ᄒᆞ야 부인을위로왈 우리무ᄌᆞᄒᆞᆷ을 하ᄂᆞᆯ이감

쟝풍운젼 一

〈그림 12〉 43면본

쟝 풍 운 젼 1

古代小說 張豐雲傳

대져효ᄌᆞ의 도ㅣ 여러시라 혼졍신셩ᄒᆞ야 부모의몸을 봉양ᄒᆞᆷ은 효도의져 음이
오 입신양명ᄒᆞ야 부모의일홈을 낫타냄은 효도의맛침이라 ᄯᅢ졍송나라 금능ᄯᅡ
에 일위재상이 잇스니 셩은쟝이오 명은회라 세대명문거족으로 쇼년등과ᄒᆞ여
벼살이 니부시랑에거ᄒᆞ니 위인이 츙효강직ᄒᆞᆷ으로 소인의 무리배양쎄리더니
한림됴후의 참소에잡혀 삭탈관직ᄒᆞ고 문외츌송ᄒᆞ니 고향에도라와 농부어옹
이되여 부인양씨로더부러 농업을 일삼으나 가산이부요ᄒᆞ되 일족슬하에 자식
이업슴으로 부ᄉᆞ주야슬허ᄒᆞ더니 일ᄉᆞ은양씨일몽을어드니 하ᄂᆞᆯ노셔 홍포를입
고 옥뎌뎐션관이 나려와이로되 그듸무ᄌᆞᄒᆞᆷ을 셜워ᄒᆞ매 옥재어엽비역이ᄉᆞ 귀
ᄌᆞ를졈지ᄒᆞ시ᄂᆞ니 귀히길너문호를 빗너라ᄒᆞ거ᄂᆞᆯ 놀나셰다르니 남가일몽이라
고이히너겨 시랑을쳥ᄒᆞ야 몽ᄉᆞ를젼ᄒᆞ니 시랑이듸회ᄒᆞ야 부인을위로왈 우리
무ᄌᆞᄒᆞᆷ을 ᄒᆞᄂᆞᆯ이감동ᄒᆞ시미라ᄒᆞ고 몽ᄉᆞ를긔록ᄒᆞ엿더니 그달붓터 태긔잇셔십
삭만에 일ᄀᆡ옥동을나흐니 소리웅쟝ᄒᆞ며 긔상이쥰수ᄒᆞ야 은ᄉᆞ한셩과 ᄯᅩᄉᆞ
한화용이 집짓일뎌 영웅이오 세간에긔남ᄌᆞ라 시비향낭이운나와 [illegible]
이고 시랑께알외니 시랑이바야흐로 약을다리다가 부인의순산ᄒᆞ믈듯고 [illegible]
ᄒᆞ야분망히드러와 부인을위로ᄒᆞ며 아ᄒᆡ를보니 비록강보의ᄊᆞ엿스나 [illegible]

〈그림 13〉 31면본

〈그림 12〉와 〈그림 13〉은 각각 〈장풍운전〉 43면본과 31면본의 1면인데, '대져효ᄌᆞ의 도ㅣ 여러시라'로 시작하는 두 판본의 내용은 동일하다. 그러나 그것의 판식은 확연한 차이를 보이는데, 한눈에 보기에도 43면본이 성글게 편집되었음을 알 수 있다. 즉 43면본의 1면은 11행이며 띄어쓰기 간격이 넓은 반면, 31면본의 1면은 15행이며 띄어쓰기 간격이 좁다. 결국 31면본이 43면에 비하여 띄어쓰기 간격이 좁아서 한 행 당 글자 수가 더 많고, 또 행도 4행이나 많아서 전체 분량이 길다고 하겠다. 비록 43면본이 박문서관과 신구서림이 공동으로 발행한 것이라고 하여도 동일한 시기에 동일한 인쇄소에서 서로 다른 두 개의 판본으로 동일한 작품을 발행한 이유에 대해서는 연구가 더욱 많이 필요하다고 하겠다.

다음의 사례를 살펴보기로 하자.

〈표 6〉 회동서관 발행 〈봉황금〉의 현황

순서	표제	면수	발행일	판 차	발행자	발행소	인쇄소
1	봉황금			1	高裕相	회동서관	
2	봉황금			2	高裕相	회동서관	
3	봉황금	112면	1918.12.14	3	高裕相	회동서관	보성사
4	봉황금		1922.02.20	1	高裕相	회동서관	
5	봉황금	112면	1923.02.05	2	高裕相	회동서관	대동인쇄주식회사

〈표 6〉에서 보듯이 회동서관에서는 명대소설(明代小說) 소지현나삼재합(蘇知縣羅衫再合)을 번안한 〈봉황금〉을 5회 발행하였다. 그런데 1923년에 발행된 2판의 초판은 1922년에 발행된 것으로, 같은 제목으로 1918년에 발행된 3판과는 독립적인 관계에 있다. 그렇지만 1923년에 발행된 2판은 1918년에 발행된 3판과 표기 등에서만 약간의 차이가 있을 뿐 내용은 동일하다. 그럼에도 불구하고 나중에 나온 판본이 선행하는 것의 판 차를 잇지 않은 이유에 대해서는 고찰이 더욱 필요하다고 하겠다.

그런데 이와는 달리 동일한 판본으로 발행하면서도 판 차를 잇지 않는 경우가 있어 주목된다. 다음의 사례를 살펴보기로 하자.

〈표 7〉 세창서관 발행 〈박씨전〉의 현황

순서	표제	면수	발행일	판 차	발행자	발행소	인쇄소
1	박씨전		1950.08.30	1	申泰三	세창서관	
2	박씨전	47면	1952.01.05	1	申泰三	세창서관	세창인쇄사
3	박씨전	47면	1952.08.30	1	申泰三	세창서관	세창인쇄사
4	박씨전	47면	1952.12.20	1	申泰三	세창서관	세창인쇄사
5	박씨전	47면	1957.12.30	1	申泰三	세창서관	세창인쇄사
6	박씨전	47면	1961.12.30	2	申泰三	세창서관	세창인쇄사

〈표 7〉에서 제시한 것은 세창서관에서 발행한 〈박씨전〉으로, 모두 동일한 판본으로 인쇄된 것이다. 이처럼 동일한 판본으로 여러 차례 발행되는 것은 1950년대 이후에 활자본 고전소설을 발행한 영화출판사, 향민사 등에 흔하게 보이는 현상이다. 그렇다면 이전 시기와 달리 판 차를 잇지도 않으면서 발행한 활자본 고전소설의 판본이 동일한 이유는 소위 '판권지 갈이'와 관계가 있는 것으로 보인다. 즉 초판 물량을 과다하게 생산하여 판매하고 남은 것이 있으면 거기에다가 발행일자만 고친 새로운 판권지를 붙여서 새로 발행한 것처럼 꾸몄던 것이라고 하겠다.

이는 애초에 본문과 같이 제본된 판권지가 있음에도 불구하고, 본문과 다른 종이로 한 장을 덧대서 판권지를 새로 만든 데서도 확인된다. 〈표 7〉에서 저자가 확인한 '5.박씨전'과 '6.박씨전'은 실제로는 한 권의 책이다. 다시 말해 책 한 권에 발행일이 서로 다른 두 개의 판권지가 붙어 있는 것이다. 그런데 저자가 임의로 그중 앞선 날짜의 것을 초판이라고 하고 뒤의 것을 2판이라고 한 것이다. 그런데 그중 이른 시기의 판권지는 애초에 본문과 같은 용지로 제본된 것이고, 늦은 시기의 것은 본문과는 다른 종이로 새로 만든 표지에 기록된 것이다. 이처럼 한 권의 책에 두 개의 판권지가 붙어 있는 것은 이 시기에 세창서관에서 발행한 활자본 고전소설에 그리 어렵지 않게 볼 수 있다. 그리고 이 시기에 세창서관에서 발행한 활자본 고전소설의 판권지에는 대부분 가격이 인쇄되지 않거나 '임시정가'라고 기록되었는데, 이는 판권지에 가격을 기록할 경우 추후 판권지 갈이를 할 때 가격 책정하는 것이 문제가 될 수도 있기 때문에 그런 것으로 보인다.

2. 활자본 고전소설 판본의 횡적(橫的) 관계

활자본 고전소설 가운데에는 동일한 작품이 복수의 발행소에서 발행되는 경우가 매우 많다. 본 장에서 활자본 고전소설 판본의 횡적 관계란 공시적(共時的) 측면에서 바라본 것으로, 동일한 시기에 서로 다른 발행소에서 발행된 동일한 작품들 사이의 관계를 말한다. 여기에는 첫째, 복수의 발행소에서 인쇄와 발행을 공동으로 하는 경우, 둘째, 복수의 발행소에서 인쇄는 공동으로 하지만 발행은 달리 하는 경우를 들 수 있다. 그중 먼저 활자본 고전소설의 공동 발행에 대하여 살펴보기로 하자.

1) 공동 발행

앞서 서술하였듯이 공동 발행이란 복수의 발행소에서 작품의 인쇄와 발행을 공동으로 하는 경우를 말한다. 〈그림 14〉, 〈그림 15〉를 통해 공동 발행의 실제에 대하여 살펴보기로 하자.

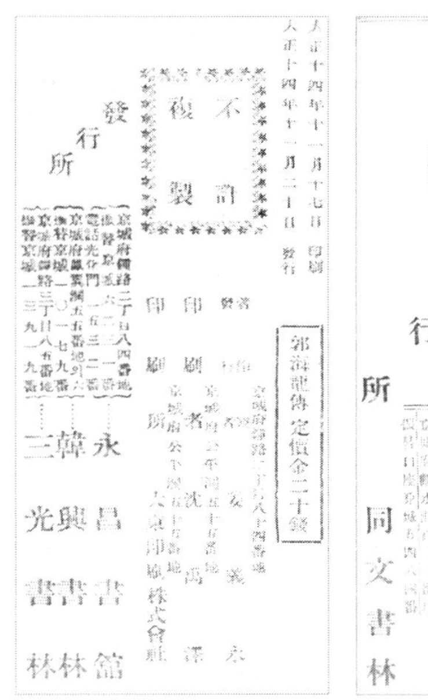
大正十四年十一月十七日 印刷
大正十四年十一月二十日 發行

不許複製

郭海龍傳 定價金二十錢

印刷者 京城府公平洞五十五番地 沈禹澤
印刷所 京城府公平洞五十五番地 大東印刷株式會社

發行所
永昌書館
韓興書林
三光書林

〈그림 14〉 〈곽해룡전〉(1925)

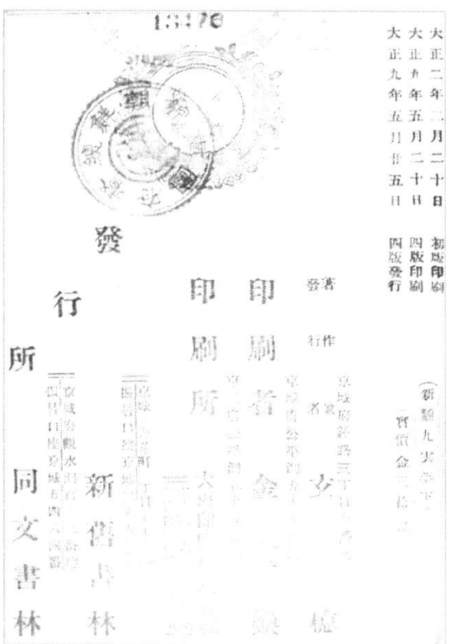
13470

大正九年五月二十日 四版印刷
大正九年五月廿五日 四版發行

發行所
新舊書林
同文書林

〈그림 15〉 〈구운몽(하)〉(1920, 4판)

〈그림 14〉는 영창서관과 한흥서림, 그리고 삼광서림이 1925년에 공동으로 발행한 〈곽해룡전〉의 판권지 부분이다. 판권지에서 볼 수 있듯이 발행소에 영창서관을 비롯한 3개의 출판사가 제시되어 있으며, 출판사 이름 상단에는 주소와 진체 구좌, 전화번호 등이 명시되어 있다. 그리고 〈그림 15〉는 신구서림과 동문서림이 1920년에 공동으로 출판한 〈구운몽(하)〉 4판의 판권지이다. 이 판권지에서도 발행소에 신구서림과 동문서림이 제시되어 있으며, 출판사 이름 우측에는 주소와 진체 구좌가 명시되어 있다. 이처럼 공동 발행은 판권지에 발행소가 둘 이상 기록된 서적의 발행을 말한다.[7]

---

7 방효순은 공동 출판에 두 가지 방식이 있는데, 하나는 서적업조합에 속한 회원

이와 같은 공동 발행은 400회 가까이 있었는데, 이를 발행소 별로 정리하면 〈표 8〉과 같다.

〈표 8〉 발행소 별 활자본 고전소설의 공동 발행 현황

순서	발행소	횟수	공동발행소(횟수)
1	경성서관	1	신명서림(1)
2	광동서국	24	동양서원(2), 박문서관(12), 태학서관(9), 한성도서주식회사(1), 한성서관(11)
3	광한서림	1	신흥서관(1)
4	대동서원	7	광동서국(6), 보급서관(1), 태학서관(5)
5	대창서원	68	덕흥서림(1), 박문서관(1), 보급서관(65), 신구서포(2), 한양서적업조합소(2)
6	덕흥서림	7	광동서국(2), 박문서관(3), 신구서림(1), 조선도서주식회사(1), 한성서관(1), 회동서관(2)
7	동미서시	5	회동서관(5), 광익서관(5)
8	동아서관	1	한양서적업조합소(1)
9	동양대학당	1	대창서원(1), 문화사(1), 보급서관(1)
10	동일서관	1	영창서관(1), 화광서림(1)
11	박문사	1	대동서시(1), 주한영책사(1), 김상만책사(1), 고재홍책사(1), 현개신책사(1), 대동서관(1), 야소교서원(1)
12	박문서관	18	보문관(8), 신구서림(18)

출판사들이 서적업조합의 이름으로 출판하는 방식이고 다른 하나는 협력 관계에 있던 개별 출판사들이 협력하여 출판하는 방식이라고 하였다. 그리고 방효순은 당시 서적업조합에서는 "출판 경쟁이 심한 서적들의 판권을 확보, 회원사들로부터 사전 발매 예약을 통해 자금을 출자 받아 이를 본 조합 명의로 공동발행・발매하였"다고 하였다. 이에 따르면 책마다 출자한 조합원, 즉 발행소가 다르기 때문에 해당 서적의 발행에 직접 참여한 발행소를 특정하기가 어려우며, 서적업조합 자체가 하나의 발행소로 기능하였기 때문에 서적업조합의 서적 발행을 공동 발행으로 보기에는 어렵다고 생각한다. 방효순, 「일제시대 민간 서적발행활동의 구조적 특성에 관한 연구」, 이화여자대학교 박사학위논문, 2001, 73~78면.

13	백합사	2	동흥서관(2)
14	보급서관	12	대창서원(12)
15	세창서관	10	공동문화사(1), 삼천리서관(9)
16	시문당서점	1	해동서관(1)
17	신구서림	37	동문서림(8), 박문서관(13), 우문관서회(5), 조선도서주식회사(5), 한성서관(8), 회동서관(5)
18	신명서림	5	회동서관(5), 삼문사(5), 광한서림(5)
19	신문관	9	광학서포(9)
20	영창서관	89	삼광서림(15), 진흥서관(29), 한양서적업조합소(2), 한흥서림(87)
21	유일서관	32	신구서림(8), 청송당서점(2), 한성서관(31)
22	적문서관	3	보급서관(3)
23	조선도서주식회사	4	박문서관(4), 광동서국(4)
24	조선서관	4	동미서시(2), 유일서관(2), 한성서관(2)
25	중앙서관	20	광동서국(2)
26	진흥서관	1	한성서관(1), 유일서관(1)
27	천일서관	1	한양서적업조합(1)
28	태학서관	5	광동서국(5)
29	한성서관	15	유일서관(14), 조선서관(1)
30	회동서관	11	광익서관(2), 광익서상(1), 대창서원(1), 덕흥서림(1), 삼문사서점(1), 신명서림(5), 영창서관(1), 정직서관(1), 한남서림(1), 홍문당(2), 회동서관지점(1)
	계	396	

〈표 8〉에서 보듯이 30곳의 발행소에서 다른 47곳의 발행소와 함께 활자본 고전소설을 400회 가까이 공동으로 발행하였다.[8] 그중에서도

8 〈표 8〉에서 '발행소'는 판권지에 기록된 발행소 가운데 가장 먼저 이름을 올린 발행소를 의미하는데, 이는 해당 서적의 발행자가 '발행소'의 대표인 경우가 대부

영창서관이 활자본 고전소설을 89회나 공동으로 발행하였는데, 한흥서림은 영창서관의 공동 발행 89회 가운데 87회나 공동 발행소로 이름을 올렸다. 그리고 대창서원(68회), 신구서림(37회), 유일서관(32회), 광동서국(24회) 등이 공동 발행을 많이 하였다. 그리고 영창서관과 한흥서림의 관계처럼 각 발행소 별로 특정 발행소와 공동 발행을 많이 하는 경향이 있음을 알 수 있다. 이처럼 출판사들이 활자본 고전소설을 공동으로 발행한 원인은 "단독 출판에서 오는 제작 비용 및 판매의 부담을 줄이기 위한 것"[9]이라고 하겠다.

2) 공동 인쇄

한편 활자본 고전소설의 횡적 관계와 관련하여 주목할 만한 또 하나의 현상으로는 공동 인쇄를 들 수 있다. 공동 인쇄는 둘 이상의 발행소에서 동일한 판본으로 하나의 인쇄소에서 동일한 시기에 인쇄하는 것을 말한다. 이에 대하여 〈표 9〉를 가지고 살펴보기로 하자.

분이기 때문이다. 그리고 '공동발행소'는 '발행소' 다음에 이름을 올린 발행소를 의미한다. 그런데 공동발행소가 3곳 이상인 경우도 적지 않은데, 각 공동 발행소 별로 발행 횟수를 합하면 발행소 별 공동 발행 횟수보다 더 많게 된다. 참고로 활자본 고전소설 가운데 공동 발행소가 제일 많은 것은 박문사에서 1906년에 발행한 〈서상기〉로, 이 책의 공동 발행소는 〈표 8〉에서 제시한 7곳이다.

9 방효순, 앞의 글, 77면. 또한 그는 지명도가 낮은 출판사들이 출판물의 판로를 확보하는 차원에서 경성의 출판사들과 공동 출판의 방법을 채택하였다고 하였다.

〈표 9〉 공동 인쇄 현황

순서	표제	면수	인쇄일	발행일	판 차	발행자	발행소	인쇄소
1	강남홍젼	105면	1926. 12.18	1926. 12.20	2	洪淳泌	경성서적 업조합	대동인쇄 주식회사
	강남홍젼	105면	1926. 12.18	1926. 12.20	2	洪淳泌	조선도서 주식회사	대동인쇄 주식회사
2	대월 셔상긔	176면	1923. 10.05	1923. 11.10	4	朴健會	박문서관	대동인쇄 주식회사
	대월 셔상긔	176면	1923. 10.05	1923. 11.10	4	朴健會	신구서림	대동인쇄 주식회사
3	불로초	40면	1920. 01.20	1920. 01.26	5	南宮濬	경성서적 업조합	조선복음 인쇄소
	불로초	40면	1920. 01.20	1920. 01.26	5	南宮濬	박문서관	조선복음 인쇄소
4	월봉산긔	189면	1924. 01.10	1924. 01.15	4	朴健會	박문서관	대동인쇄 주식회사
	월봉산긔	189면	1924. 01.10	192. 01.15	4	朴健會	신구서림	대동인쇄 주식회사
5	조자룡젼	49면	1926. 01.05	1926. 01.15	1	洪淳泌	박문서관	대동인쇄 주식회사
	조자룡젼	49면	1926. 01.05	1926. 01.15	1	洪淳泌	조선도서 주식회사	대동인쇄 주식회사

〈표 9〉는 서로 다른 발행소에서 발행한 작품 중에서 인쇄일과 발행일이 동일한 작품의 현황을 정리한 것이다. 〈표 9〉에서 보듯이 같은 제목의 작품끼리는 인쇄일과 발행일 외에도 작품의 분량, 판 차와 발행자, 그리고 인쇄소 등의 서지 정보가 일치한다. 그렇다면 두 판본의 내용과 형식마저 동일한지 〈그림 16〉과 〈그림 17〉을 통하여 살펴보기로 하자.

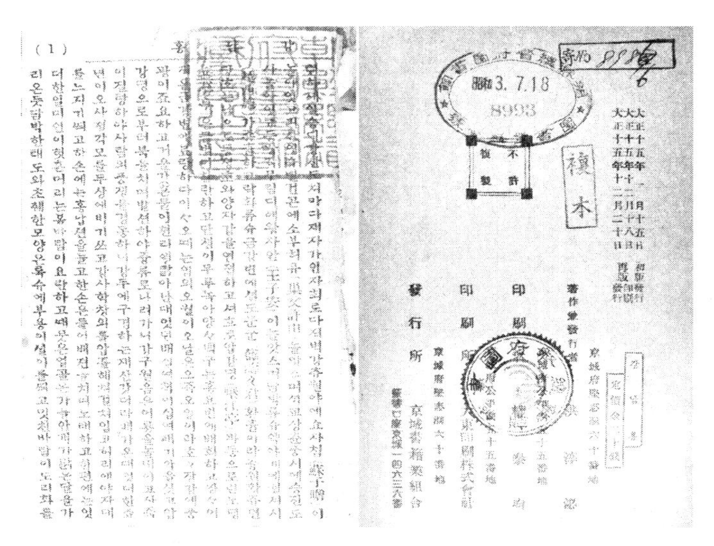

〈그림 16〉 〈강남홍전〉(경성서적업조합, 1916, 2판)

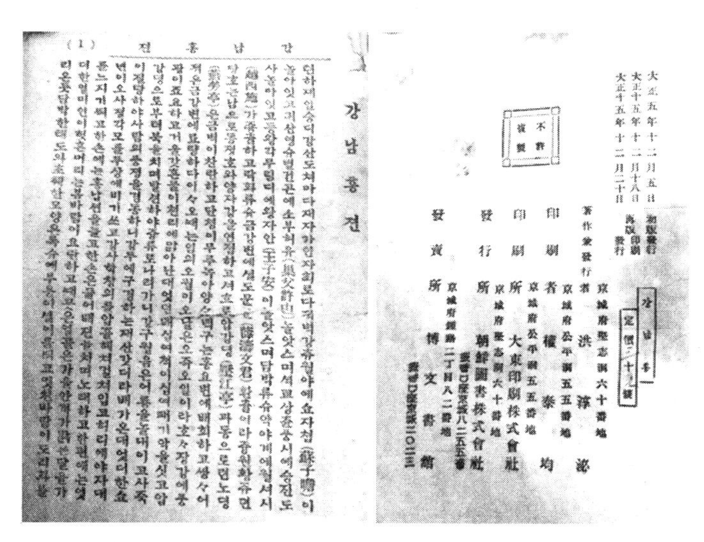

강남홍전

大正五年十二月五日 初版發行
大正十五年十二月十八日 再版印刷
大正十五年十二月二十日 再版發行

不許複製

著作兼發行者 京城府堅志洞六十番地 洪淳泌
印刷者 京城府公平洞五五番地 權泰均
印刷所 京城府公平洞五五番地 大東印刷株式會社
發行所 京城府堅志洞六十番地 朝鮮圖書株式會社
發賣所 京城府鍾路二丁目八二番地 博文書館

〈그림 17〉 〈강남홍전〉(조선도서주식회사, 1916, 2판)

〈그림 16〉과 〈그림 17〉은 각각 경성서적업조합과 조선도서주식회사에서 1926년에 발행한 〈강남홍전〉 2판의 1면과 판권지 부분이다. 〈강남홍전〉은 〈옥루몽〉의 여주인공인 강남홍을 중심으로 개작한 것인데, 각 서적의 1면을 보면 내용뿐만 아니라 띄어쓰기, 맞춤법 등 모두가 동일하다. 그리고 판권지에서 보듯 두 서적의 인쇄일과 발행일, 그리고 인쇄소까지 동일하다. 이러한 사실은 두 서적이 동일한 판본으로 인쇄된 것이라는 것을 의미한다. 이처럼 공동 인쇄란 여러 발행소에서 동일한 시기에 동일한 판본으로 동일한 인쇄소에서 인쇄한 것을 말한다. 이때 각 발행소에서는 본문은 공동으로 인쇄하고, 광고와 판권지 부분만 따로 인쇄하였던 것으로 보인다. 이와 같은 공동 인쇄는 제작비를 절감하는 중요한 수단 중의 하나였으며, 각 출판사의 발행 서적의 종수(種數)를 늘리는 편리한 수단이기도 하였다고 하겠다.

그리고 이와 같은 공동 인쇄는 초판부터 계획되기도 한 것으로 보인다. 〈표 9〉에 제시한 작품 가운데 〈강남홍전〉을 제외한 나머지 작품의 초판 발행일이 일치하기 때문이다.[10] 그리고 각 작품의 판권이나 저작권을 소유하고 있는 발행자가 모두 일치한다는 점에서도 애초부터 공동 인쇄를 계획하였던 가능성이 높다고 하겠다.

---

10 각 작품의 초판 발행일은 다음과 같다. 〈(대월)서상긔〉 1913년 12월 1일, 〈불로초〉(=〈토끼전〉) 1912년 08월 10일, 〈월봉산긔(=월봉기)〉 1916년 1월 24일. 다만 〈강남홍〉의 경우 경성서적업조합에서의 초판 발행일은 1926년 1월 15일, 조선도서주식회사의 초판 발행일은 1916년 12월 5일로 되어 있어 초판부터 공동 인쇄를 한 것은 아니었던 것으로 보인다.

VII 활자본 고전소설의 인쇄소와 인쇄인

서적의 출판 과정에 있어 '인쇄'라는 공정은 매우 중요한 한 축을 차지하고 있다. 이는 방각본이나 활자본 고전소설의 간행에 있어서도 마찬가지라고 할 수 있다. 그렇지만 그간 학계에서는 방각본이나 활자본 고전소설의 발행소(출판사)와 발행자(출판업자)에 대한 연구는 꾸준히 있어 왔으나 인쇄소나 인쇄인에 대한 관심은 많지 않았다.

일찍이 하동호가 계문사(啓文社)를 비롯한 개화기 소설의 인쇄소 44곳의 목록과 강복경(姜福景)을 비롯한 인쇄인 42명의 근무처와 인쇄 횟수에 대하여 간략히 소개하였으며,[1] 조성출은 한국의 인쇄 출판을 역사적으로 개관하면서 20세기 이후 주요 인쇄소와 인쇄인에 대하여 살펴보았다.[2] 이후 이주영은 활자본 고전소설의 인쇄소 10여 곳의 이름과 인쇄 횟수에 대하여 살펴보는 한편, 2곳 이상의 인쇄소에서 인쇄인으로 기재된 김교찬, 김성표 등 8명의 이름과 근무처를 제시하였다.[3] 그리고 최호석은 판권지와 제적등본의 기록을 토대로 대구 재전당서

1 하동호, 「개화기소설의 발행소・인쇄소・인쇄인」, 『출판학』 12, 한국출판학회, 1972, 9~15면.

2 조성출, 『한국인쇄출판백년』, 주식회사 보진재, 1997.

3 이주영, 『구활자본 고전소설 연구』, 도서출판 월인, 1998, 49~53면.

포의 인쇄인 중 이재수와 김경발의 가족 관계 및 생몰 연대 등에 대하여 살펴보았다.[4] 한편 방효순은 다양한 자료를 통해 20세기 초의 인쇄소와 인쇄공의 현황, 그리고 인쇄공의 업무와 그들이 당대 문화 창출에 끼친 영향을 심도 있게 살펴보는 한편, 주요 인쇄인에 대해서도 살펴보았다.[5] 이와 같은 연구는 당대 인쇄소와 인쇄인에 대한 전반적인 이해를 돕는다는 점에서 중요한 성과라고 하겠다. 그렇지만 아직 그 대상이 되는 인쇄소와 인쇄인에 대한 자료가 충분히 제시되지는 못한 듯하다.

이에 본장에서는 필자가 작성하고 있는 활자본 고전소설 서지 데이터베이스에서 인쇄소와 인쇄인 등과 관련된 기록이 있는 1,000여 건의 판권지 기록을 대상으로 하여 인쇄소와 인쇄인에 대해 살펴보고자 한다. 비록 본장에서는 활자본 고전소설이라는 특정 부류의 서적에 기록된 판권지만을 대상으로 하지만 그것의 인쇄소와 인쇄인은 여타의 서적도 인쇄하였다는 것을 감안할 때, 본장에서 대상으로 삼은 활자본 고전소설의 판권지 기록은 당대 인쇄소와 인쇄인에 대한 기초 자료로서의 가치가 있다고 하겠다.

1. 활자본 고전소설의 인쇄소

Ⅳ장에서 서술하였듯이 20세기 이후 360여 종의 고전소설이 3,000여 회에 걸쳐 활자본으로 발행되었으며, 그것의 발행소는 110곳을

4 최호석, 「대구 재전당서포의 출판 활동 연구」, 『어문연구』 132, 한국어문교육연구회, 2006, 239~240면.

5 방효순, 「근대 지식의 물적 생산자 인쇄공」, 『근대서지』 제9호, 근대서지학회, 2014, 87~120면.

상회하였다. 이에 상응하여 활자본 고전소설을 인쇄한 인쇄소 또한 60여 곳에 이르는데, 먼저 활자본 고전소설의 인쇄 횟수에 따라 인쇄소의 현황을 제시하면 〈표 1〉과 같다.

〈표 1〉 활자본 고전소설의 인쇄소

순위	인쇄소	인쇄 횟수	인쇄 시기
1	대동인쇄주식회사	234	1913~1938
2	세창인쇄사	172	1933~1969
3	성문사	146	1913~1920
4	보성사	129	1912~1919
5	신문관인쇄소	105	1912~1928
6	조선복음인쇄소	63	1913~1920
7	영창서관인쇄부	43	1925~1936
8	한성도서주식회사인쇄부	43	1921~1930
9	일한인쇄소	35	1918~1919
10	영신사인쇄부	34	1953~1961
11	경성신문사	27	1919~1928
12	보명사	23	1918~1929
13	덕흥서림인쇄부	22	1925~1938
14	선명사	22	1915~1917
15	계문사	19	1921~1922
16	광성인쇄소	18	1926~1944
17	창문사	18	1912~1930
18	동아인쇄소	16	1923~1937
19	동문관	12	1912~1913
20	신구서림인쇄부	12	1924~1935
21	망대성경급기독교서회인쇄부	10	1923~1926

22	조선인쇄주식회사	10	1920~1923
23	중앙인쇄소	10	1922~1942
24	박문관인쇄소	9	1920, 1921
25	중성사인쇄부	9	1929
26	경북인쇄소	7	1962~1972
27	문명사	7	1913
28	박문서관인쇄소	7	1926~1929
29	광문사	6	1915~1917
30	대화상회인쇄소	6	1923~1927
31	법한회사인쇄부	6	1913~1915
32	선광인쇄주식회사	6	1929~1950
33	조선인쇄소	5	1912~1913
34	주식회사대동출판사	5	1942
35	공동문화사인쇄부	4	1954
36	동양대학당	4	1924~1932
37	문화인쇄소	4	1922~1928
38	성문당인쇄부	4	1934, 1936
39	신명서림인쇄부	4	1921~1924
40	태화서관인쇄부	4	1947~1948
41	홍문관인쇄소	4	1933~1945
42	희문관	4	1926~1928
43	융문관인쇄소	3	1923~1925
44	해영사인쇄소	3	1925~1926
45	경성서관인쇄부	2	1925, 1928
46	서울합동사	2	1947~1948
47	휘문관	2	1913
48	개풍인쇄소	1	1976
49	경성합동인쇄소	1	1947

50	대건인쇄소	1	1950
51	문정당인쇄부	1	1946
52	박문사	1	1906
53	백합사인쇄부	1	1937
54	산본인쇄소	1	1945
55	삼영사인쇄소활판부	1	1922
56	서울인쇄사	1	1946
57	세계서림인쇄부	1	1925
58	신생활사인쇄부	1	1924
59	신소년사인쇄부	1	1932
60	신흥서관인쇄부	1	1936
61	영남인쇄주식회사	1	1922
62	이문당인쇄부	1	1936
63	조광인쇄주식회사	1	1929
64	조선박문관인쇄소	1	1920
65	주식회사형문사	1	1936
66	총무국인쇄소	1	1914
67	해동서관인쇄부	1	1928
	계	1,360	

〈표 1〉[6]에서 보듯이 활자본 고전소설은 67곳의 인쇄소에서 1,360회가 인쇄되었다. 이를 평균하면 한 인쇄소 당 20.3회를 인쇄한 셈이 된다. 그런데 67곳의 인쇄소 가운데 평균치보다 많이 인쇄한 곳은 14곳에 불과하며, 나머지 53곳은 평균치에 미달하였다. 이는 소수의

6 〈표 1〉에서 '인쇄 횟수 1,360'은 판권지에서 확인한 인쇄소에 대한 기록을 말한다. 판권지에 인쇄소와 관련된 기록이 없거나 부분적으로 훼손되어 인쇄소에 대한 기록을 확인할 수 없는 것은 제외하였다.

대형 인쇄소에 활자본 고전소설의 인쇄가 집중된 것에 그 원인이 있는 것으로 보인다. 즉 234회나 인쇄한 대동인쇄주식회사를 비롯하여 상위 5곳에 속한 인쇄소의 인쇄 횟수는 총 786회로, 이는 전체 인쇄 횟수의 57.8%를 차지한다. 반면에 개풍인쇄소와 같이 활자본 고전소설을 1번만 인쇄한 곳은 20곳이나 되었다. 이처럼 활자본 고전소설의 인쇄소는 소수의 인쇄소에 집중된 경향을 보이고 있다.

그리고 인쇄소의 지역별 쏠림 현상도 두드러진 현상 중의 하나라고 할 수 있다. 최근 방효순은 1941년 서울에 있는 인쇄소가 136개로, 이는 1940년 전국 인쇄소 수 316개소의 약 43% 이상[7]을 차지한다고 하였다. 그런데 활자본 고전소설 인쇄소의 서울 편중 현상은 이보다 더욱 심하다. 즉 〈표 1〉에서 제시한 인쇄소 가운데 서울 이외의 지역에 있는 인쇄소는 대구의 경북인쇄소와 평양의 광문사 2곳에 불과하며, 인쇄 횟수로는 13회밖에 되지 않는다. 이를 비율로 따지면 서울을 제외한 지역에 있는 활자본 고전소설의 인쇄소는 3%가 채 되지 않으며, 인쇄 횟수는 그 보다도 더 적어 1%도 안 된다. 이를 거꾸로 계산하면 경북인쇄소와 광문사를 제외한 65곳의 인쇄소가 서울에 있으며, 비율로는 97%를 상회하고 있다. 그리고 서울에 있는 인쇄소가 활자본 고전소설을 인쇄한 횟수는 1,347회이며, 그 비율은 99%가 넘는다. 이처럼 활자본 고전소설의 인쇄소와 인쇄 횟수는 서울에 심하게 편중되었는데, 이는 발행소가 서울에 편중된 것과 직접적인 관계가 있다고 할 수 있을 것이다.

한편 〈표 1〉에서 제시한 인쇄소 가운데에는 신문사나 잡지사, 출판사 등에서 설립한 부설 인쇄소나, 출판사가 확대되면서 한 부서로

7 방효순, 「근대 지식의 물적 생산자 인쇄공」, 『근대서지』 제9호, 근대서지학회, 2014, 117면.

자리한 출판사의 인쇄부 등이 있었다. 그리고 이와는 달리 독립된 회사로서 인쇄만을 전문으로 하는 전문 인쇄소도 있었다. 그중에 인쇄 횟수가 많았던 전문 인쇄소로는 대동인쇄주식회사, 성문사, 보성사, 조선복음인쇄소, 일한인쇄소 등을 들 수 있다. 이와 같은 전문 인쇄소에서는 소수의 특정 발행소와 거래를 많이 하기보다는 다수의 발행소와 거래 관계를 맺는 경우가 많았다. 그리고 출판사나 신문사 등의 부설 인쇄소에서는 모기업에 해당하는 신문사나 출판사의 신문이나 서적을 주로 인쇄하는 한편, 다른 출판사의 서적도 많이 인쇄하였다. 이는 신문관 인쇄소와 조선복음 인쇄소가 활자본 고전소설의 인쇄와 관련하여 각각 18, 19곳이나 되는 출판사와 거래하였다는 데서 확인할 수가 있다. 한편 특정 출판사의 인쇄부 경우에는 해당 출판사의 서적만을 인쇄하기도 하지만, 때에 따라서는 부설 인쇄소와 같이 다른 출판사의 서적을 인쇄하는 경우도 적지 않았다. 전자의 예로는 세창인쇄사[8]와 영창서관 인쇄부[9]를 들 수 있는데, 이 두 곳에서 인쇄한 활자본 고전소설은 각각 세창서관과 영창서관에서 발행한 것뿐이었다. 그리고 후자의 예로는 한성도서주식회사 인쇄부를 들 수 있는데, 한성도서주식회사 인쇄부에서는 활자본 고전소설을 43회 인쇄하였다. 그중에 한성도서주식회사에서 발행한 작품을 인쇄한 것은 1회에 불과하며, 나머지 42회는 모두 다른 출판사에서 발행한 것을 인쇄한 것이었

8 세창서관에서 1938년 이전에 발행한 활자본 고전소설의 인쇄소는 모두 '세창서관 인쇄부'로 되어 있으며, 1952년 이후에는 '세창인쇄사'로 되어 있다. 그런데 '세창인쇄사'는 판권지에 '인쇄소'가 아닌 '인쇄부'란에 기재되어 있어, 세창인쇄사가 세창서관의 한 부서임을 보여 준다.

9 영창서관에서 발행한 활자본 고전소설의 판권지에는 '영창서관 인쇄부'와 '영창서관 인쇄소'가 혼용되었다.

다. 이처럼 한성도서주식회사 인쇄부에서 한성도서주식회사 발행 활자본 고전소설 인쇄가 적었던 것은 한성도서주식회사가 근대 문학서적 출판에 집중하였기 때문인 것으로 보인다.[10] 즉 활자본 고전소설은 한성도서주식회사의 주력 사업 영역이 아니었기에 발행 숫자 자체가 매우 적었으며, 이로 인해 한성도서주식회사 인쇄부의 활자본 고전소설 인쇄 횟수 또한 적을 수밖에 없었던 것이다.

〈표 1〉에서 제시한 인쇄소 가운데 대동인쇄주식회사에 대하여 조금 더 살펴보기로 하자. 대동인쇄주식회사는 활자본 고전소설을 234회 인쇄하였는데, 대동인쇄주식회사에 활자본 고전소설의 인쇄를 의뢰한 발행소는 모두 27곳에 달하였다. 그중에 특별히 거래 수량이 많은 곳을 꼽자면 경성서적업조합(37회), 박문서관(42회), 신구서림(48회), 조선도서주식회사(32회)를 들 수 있다. 그리고 덕흥서림(12회)를 제외한 나머지 발행소는 10회 미만의 거래를 맺었다.

이처럼 대동인쇄주식회사가 활자본 고전소설의 인쇄 횟수에 있어 다른 인쇄소를 압도하는 한편, 특정 발행사와 유독 거래가 많은 것은 대동인쇄주식회사의 설립과 관계가 깊다. 주지하다시피 대동인쇄주식회사는 보문관의 홍순필, 신구서림의 지송욱, 박문서관의 노익형을 비롯한 주요 출판인과 권태균, 심우택 등의 인쇄인들이 힘을 합쳐 자본금 35만원을 가지고 1920년 11월 17일에 창립한 회사였기 때문이다.[11] 즉 지송욱은 20세기 초부터 신구서림을 경영하는 한편 1913년 설립된

---

10 김종수는 한성도서주식회사가 『서울』, 『학생계』 등의 잡지를 발간하고 근대 문학서적 출판에 심혈을 기울였다고 하였다. 김종수, 「일제 강점기 경성의 출판문화 동향과 문학서적의 근대적 위상 – 한성도서주식회사의 활동을 중심으로」, 『서울학연구』 35, 서울시립대학교 서울학연구소, 2009, 267면.

11 『매일신보』, 1920.12.10, 2면.

성문사의 소유주였으며, 이후 성문사가 대동인쇄주식회사로 통합되자 대동인쇄주식회사의 이사를 맡았다.[12] 따라서 신구서림의 사주이자 대동인쇄주식회사의 이사[13]인 지송욱이 신구서림에서 발행하는 서적을 대동인쇄주식회사에서 인쇄하는 것은 당연한 일이라고 하겠다. 한편 박문서관의 사주인 노익형은 1922년 10월에 조선도서주식회사의 대표이사에 취임하여 1941년까지 재직하였다.[14] 그리고 1926년 중반에 지송욱으로부터 신구서림을 인수하여 동생인 노익환에게 맡겼다. 한편 지송욱과 노익형은 경성서적업조합의 주요 멤버였으며 노익형은 1930년부터 경성서적업조합장을 맡기도 하였다. 이렇게 볼 때 대동인쇄주식회사는 신구서림과 조선도서주식회사, 박문서관과 경성서적업조합 등과 밀접한 관련이 있음을 알 수가 있다. 그렇기 때문에 4곳의 출판사로부터 대량의 서적 인쇄를 맡을 수 있었던 것이다.

한편 VI장에서 살펴보았듯이 활자본 고전소설의 발행소와 인쇄소의 관계는 일정한 것이 아니었다. 즉 한 작품의 초판을 인쇄한 인쇄소라고

---

12 최호석은 지송욱이 공평동에 있던 성문사를 인수하였으며, 노익형·홍순필 등과 함께 대동인쇄주식회사를 발족시키는 한편 대동인쇄주식회사의 경영에도 깊이 간여한 것으로 보았다. 방효순 또한 지송욱이 성문사의 실 소유주였으며, 그것이 대동인쇄주식회사로 통합될 때 일정한 지분을 가지고 인쇄소 운영에 참여하여 그가 설립 초기 대동인쇄주식회사의 사장이었다고 하였다. 그러나 『매일신보』를 보면 대동인쇄주식회사의 창립총회에서 홍순필이 사장, 권태균이 전무취체역, 상무취체역 심우택, 지송욱과 노익형 등이 취체역으로 피선되었다고 하였다. 『매일신보』, 1920.12.10, 2면; 최호석, 「지송욱과 신구서림」, 『고소설연구』 19, 275면, 한국고소설학회, 2005; 방효순, 앞의 글, 89~90면.

13 취체역(取締役)은 예전에, 주식회사의 이사(理事)를 이르던 말이었다.

14 노익형은 1920년 2월에 조선도서주식회사를 발기하고 6월에 회사를 설립하여 이사를 맡았으며, 1920년 11월에 창립된 대동인쇄주식회사의 이사로 활동하였다. 편찬위, 『친일인명사전』, 민족문제연구소, 2009, 800~801면.

하여 2판도 반드시 그 인쇄소에서 반드시 인쇄하는 것은 아니라는 것이다. 〈그림 1〉과 〈그림 2〉의 사례를 들어 이에 대해 살펴보기로 하자.

강상련(江上蓮)

大正元年十一月十三日印刷
大正元年十一月二十五日發行

不許複製

강상련 定價金三十錢

編輯者 李海朝
發行者 李鍾楨
印刷者 崔誠愚
印刷所 新文館印刷所
總發行所 光東書局

〈그림 1〉 〈강상련〉(광동서국, 1912, 초판)

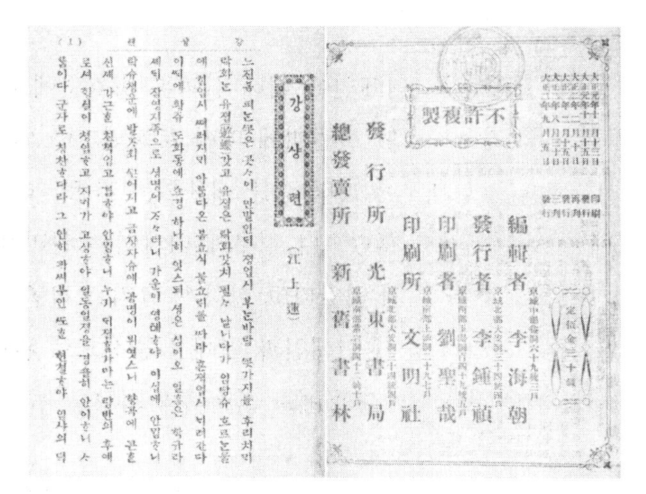

강상련 (江上蓮)

不許複製

編輯者 李海朝
發行者 李鍾楨
印刷者 劉聖哉
印刷所 文明社
發行所 光東書局
總發賣所 新舊書林

〈그림 2〉 〈강상련〉(광동서국, 1913, 3판)

〈그림 1〉과 〈그림 2〉는 이해조가 개작하여 광동서국에서 발행한 『강상련』(=심청전)의 초판과 3판의 판권지이다. 이를 보면 인쇄소가 신문관인쇄소(新文館印刷所)에서 문명사(文明社)로 바뀌었으며, 이에 따라 인쇄자 또한 최성우(崔誠愚)에서 유성재(劉聖哉)로 바뀌었다. 이처럼 동일한 작품의 초판과 3판의 인쇄소가 바뀐 이유는 당시의 인쇄 환경과 관련이 있다. 당시에는 활판을 제작하여 서적을 인쇄한 다음에는 활판을 해체하며, 2판을 발행할 경우에는 새로 제작한 활판으로 인쇄하는 것이 일반적이었다. 즉 서적을 발행할 때마다 활판을 제작하였기 때문에 판 차를 이어서 발행한다고 하여 특정 인쇄소에서 계속 인쇄할 필요가 없었다. 그렇기 때문에 대부분의 발행소에서는 이전 판본의 인쇄 여부와 관계없이 인쇄소를 선택하였던 것으로 보인다.

2. 활자본 고전소설의 인쇄인

최근 일제 강점기 시대 인쇄인에 대해 살펴본 방효순에 따르면, 당시 일제에 의해 강요되었던 출판법에 따라 부착되거나 인쇄되었던 판권지에 기록된 인쇄자는 '인쇄소를 대표하는 자'로, 대부분은 인쇄소 경영자가 인쇄자로 올랐으나 경우에 따라서는 관리자나 인쇄공이 기재되는 경우도 적지 않았다고 한다.[15] 그리고 각종 기록을 토대로 인쇄자를 관리직 출신 인쇄인과 인쇄공 출신으로 관리직에 오른 사람들로 나눈 뒤에, 전자의 예로 심우택과 최성우, 노기정을,

15 방효순, 「근대 지식인의 물적 생산자 인쇄공」, 『근대서지』 제9호, 근대서지학회, 2014, 88~89면.

후자의 예로 김교찬, 김성표, 김중환, 김홍규, 박인환, 신영구, 신창균, 정경덕, 조병문을 들고는 각각에 대하여 간단히 살펴보았다.[16] 이는 당대 출판 문화의 한 축을 담당하였던 인쇄자에 대한 문화사적 의의를 인정한 결과라고 할 것이다. 다만 1920년대 중반에 이미 20에 가까운 인쇄직공회가 있었으며, 7,000~8,000여 명에 이르는 인쇄공이 있었다[17]는 것을 감안하면 그가 거론한 인쇄인이 너무 적다는 것은 아쉬운 일이라고 하겠다.

한편 당대에 발행되었던 서적의 판권지에는 인쇄와 관련해서 인쇄인과 인쇄소, 그리고 인쇄일 등에 대한 기록이 담겨 있다. 따라서 판권지의 기록은 인쇄인에 대한 가장 기본적인 자료가 된다고 할 수 있을 것이다. 이런 점에서 볼 때, 활자본 고전소설의 판권지를 통하여 당대의 인쇄인에 대하여 살펴보는 것은 의미가 있는 시도라고 할 것이다. 이에 여기에서는 활자본 고전소설 서지 데이터베이스에 입력된 판권지 기록을 토대로 활자본 고전소설의 인쇄자에 대해 살펴볼 것이다. 먼저 인쇄 횟수를 기준으로 필자가 파악한 인쇄인 전원과 그들의 인쇄 활동에 대하여 정리하면 〈표 2〉와 같다.

〈표 2〉 활자본 고전소설의 인쇄인

순위	인쇄자	인쇄소	인쇄년도	인쇄 횟수	
1	심우택(沈禹澤)	대동인쇄주식회사	1919~1931	99	211
		성문사	1915~1920	111	
		신문관	1924	1	

16 방효순, 앞의 글, 88~93면.

17 「인쇄직공총동맹」, 『동아일보』, 1925.11.24, 2면.

2	김중환(金重煥)	대동인쇄주식회사	1920~1923	60	114
		보성사	1915~1916	38	
		성문사	1920	2	
		신명서림인쇄부	1924	1	
		신생활사인쇄부	1924	1	
		조선복음인쇄소	1920	3	
		중성사인쇄소	1929	9	
3	김익수(金翼洙)	신문관	1925~1926	74	89
		조선복음인쇄소분점	1915	5	
		창문사	1913	10	
4	김홍규(金弘奎)	대동인쇄주식회사	1913	1	63
		보성사	1917~1919	62	
5	김성표(金聖杓)	계문사	1921~1922	19	61
		박문관인쇄소	1920~1921	9	
		보명사인쇄소	1924~1925	2	
		성문사	1914~1915	29	
		융문관인쇄소	1924~1925	2	
6	정경덕(鄭敬德)	대동인쇄주식회사	1915	1	58
		조선복음인쇄소	1915~1919	49	
		창문사	1920~1930	8	
7	박인환(朴仁煥)	경성신문사	1919~1928	27	50
		대동인쇄주식회사	1924~1937	15	
		신명서림인쇄소	1922	1	
		융문관인쇄소	1923	1	
		조선박문관인쇄소	1920	1	
		중앙인쇄소	1941~1942	5	
8	권태균(權泰均)	대동인쇄주식회사	1923~1927	47	

<table>
<tr><td>9</td><td>구게 츠네에
(久家恒衛)</td><td>일한인쇄소</td><td>1918~1919</td><td colspan="2">35</td></tr>
<tr><td rowspan="4">10</td><td rowspan="4">김교찬(金教瓚)</td><td>보성사</td><td>1916~1917</td><td>20</td><td rowspan="4">31</td></tr>
<tr><td>문화인쇄소</td><td>1922~1928</td><td>4</td></tr>
<tr><td>신명서림인쇄소</td><td>1924</td><td>1</td></tr>
<tr><td>신문관</td><td>1928</td><td>6</td></tr>
<tr><td>11</td><td>노기정(魯基禎)</td><td>한성도서주식회사</td><td>1921~1927</td><td colspan="2">28</td></tr>
<tr><td>12</td><td>남창희(南昌熙)</td><td>영창서관인쇄부</td><td>1925~1936</td><td colspan="2">24</td></tr>
<tr><td>13</td><td>최성우(崔誠愚)</td><td>신문관인쇄소</td><td>1912~1917</td><td colspan="2">23</td></tr>
<tr><td rowspan="3">14</td><td rowspan="3">윤기병(尹琦炳)</td><td>광성인쇄소</td><td>1926~1938</td><td>12</td><td rowspan="3">20</td></tr>
<tr><td>성문당인쇄부</td><td>1934, 1936</td><td>4</td></tr>
<tr><td>영창서관인쇄부</td><td>1925~1929</td><td>4</td></tr>
<tr><td>15</td><td>신성균(申晟均)</td><td>세창인쇄사</td><td>1952</td><td colspan="2">17</td></tr>
<tr><td rowspan="2">16</td><td rowspan="2">박한주(朴翰柱)</td><td>동아인쇄소</td><td>1923~1937</td><td>14</td><td rowspan="2">17</td></tr>
<tr><td>희문관</td><td>1927~1928</td><td>3</td></tr>
<tr><td>17</td><td>신동섭(申東燮)</td><td>덕흥서림인쇄부</td><td>1925~1936</td><td colspan="2">14</td></tr>
<tr><td rowspan="2">18</td><td rowspan="2">신영구(申永求)</td><td>광성인쇄소</td><td>1932~1935</td><td>5</td><td rowspan="2">14</td></tr>
<tr><td>보성사</td><td>1913~1915</td><td>9</td></tr>
<tr><td>19</td><td>한양호(韓養浩)</td><td>선명사</td><td>1916~1917</td><td colspan="2">14</td></tr>
<tr><td>20</td><td>와다 시게카즈
(羽田茂一)</td><td>조선인쇄주식회사</td><td>1920~1923</td><td colspan="2">10</td></tr>
<tr><td>21</td><td>김현도(金顯道)</td><td>대동인쇄주식회사</td><td>1935~1938</td><td colspan="2">9</td></tr>
<tr><td>22</td><td>김종헌(金鍾憲)</td><td>보명사인쇄소</td><td>1924~1925</td><td colspan="2">8</td></tr>
<tr><td>23</td><td>신태삼(申泰三)</td><td>영창서관인쇄부</td><td>1925~1931</td><td colspan="2">8</td></tr>
<tr><td>24</td><td>김성운(金聖雲)</td><td>선명사</td><td>1915</td><td colspan="2">7</td></tr>
<tr><td rowspan="2">25</td><td rowspan="2">김은영(金銀榮)</td><td>보명사</td><td>1923~1929</td><td>6</td><td rowspan="2">7</td></tr>
<tr><td>해동서관인쇄부</td><td>1928</td><td>1</td></tr>
<tr><td>26</td><td>유성재(劉聖哉)</td><td>문명사</td><td>1913</td><td colspan="2">7</td></tr>
<tr><td>27</td><td>이규봉(李圭鳳)</td><td>세창서관인쇄부</td><td>1936~1938</td><td colspan="2">7</td></tr>
</table>

<table>
<tr><td>28</td><td>이영구(李英九)</td><td>망대성경급기독교
서회인쇄부</td><td>1925~1926</td><td colspan="2">7</td></tr>
<tr><td>29</td><td>이종태(李鍾汰)</td><td>덕흥서림인쇄부</td><td>1926~1938</td><td colspan="2">7</td></tr>
<tr><td>30</td><td>임기연(林基然)</td><td>신구서림인쇄부</td><td>1926~1932</td><td colspan="2">7</td></tr>
<tr><td rowspan="2">31</td><td rowspan="2">김용규(金容圭)</td><td>주식회사대동출판사</td><td>1942</td><td>5</td><td rowspan="2">6</td></tr>
<tr><td>주식회사형문사</td><td>1936</td><td>1</td></tr>
<tr><td>32</td><td>김재섭(金在涉)</td><td>한성도서주식회사</td><td>1927~1929</td><td colspan="2">6</td></tr>
<tr><td>33</td><td>박치록(朴致祿)</td><td>광문사</td><td>1915~1917</td><td colspan="2">6</td></tr>
<tr><td rowspan="2">34</td><td rowspan="2">신창균(申昌均)</td><td>조선복음인쇄소</td><td>1913~1914</td><td>4</td><td rowspan="2">6</td></tr>
<tr><td>휘문관</td><td>1913</td><td>2</td></tr>
<tr><td>35</td><td>신태화(申泰和)</td><td>세창서관인쇄부</td><td>1933~1935</td><td colspan="2">6</td></tr>
<tr><td>36</td><td>이주환(李周桓)</td><td>법한회사인쇄부</td><td>1913~1915</td><td colspan="2">6</td></tr>
<tr><td>37</td><td>조병문(趙炳文)</td><td>동문관</td><td>1912~1913</td><td colspan="2">6</td></tr>
<tr><td>38</td><td>최문환(崔文煥)</td><td>박문서관인쇄부</td><td>1926~1928</td><td colspan="2">6</td></tr>
<tr><td>39</td><td>송태오(宋台五)</td><td>중앙인쇄소</td><td>1922~1924</td><td colspan="2">5</td></tr>
<tr><td>40</td><td>윤우성(尹禹成)</td><td>조선인쇄소</td><td>1912~1938</td><td colspan="2">5</td></tr>
<tr><td>41</td><td>전경우(全敬禹)</td><td>동문관</td><td>1913</td><td colspan="2">5</td></tr>
<tr><td>42</td><td>강복경(姜福景)</td><td>보명사인쇄소</td><td>1912~1926</td><td colspan="2">4</td></tr>
<tr><td>43</td><td>신태영(申泰榮)</td><td>영창서관인쇄부</td><td>1925~1930</td><td colspan="2">4</td></tr>
<tr><td>44</td><td>조인목(趙仁穆)</td><td>한성도서주식회사</td><td>1941</td><td colspan="2">4</td></tr>
<tr><td>45</td><td>김중배(金重培)</td><td>보명사</td><td>1918~1928</td><td colspan="2">3</td></tr>
<tr><td>46</td><td>김진호(金鎭浩)</td><td>한성도서주식회사</td><td>1929~1930</td><td colspan="2">3</td></tr>
<tr><td rowspan="2">47</td><td rowspan="2">방희영(方熙榮)</td><td>경성서관인쇄부</td><td>1925</td><td>1</td><td rowspan="2">3</td></tr>
<tr><td>해영사인쇄소</td><td>1925</td><td>2</td></tr>
<tr><td>48</td><td>신상호(申相浩)</td><td>동양대학, 당인쇄부</td><td>1924~1930</td><td colspan="2">3</td></tr>
<tr><td rowspan="2">49</td><td rowspan="2">이근택(李根澤)</td><td>선광인쇄주식회사</td><td>1929</td><td>2</td><td rowspan="2">3</td></tr>
<tr><td>조광인쇄주식회사</td><td>1929</td><td>1</td></tr>
<tr><td>50</td><td>이상현(李相賢)</td><td>홍문서관인쇄소</td><td>1933~1936</td><td colspan="2">3</td></tr>
</table>

<table>
<tr><td>51</td><td>이와타 카메타로
(岩田龜太郎)</td><td>대화상회인쇄소</td><td>1923~1925</td><td colspan="2">3</td></tr>
<tr><td>52</td><td>이용진(李容振)</td><td>신구서림인쇄부</td><td>1934~1935</td><td colspan="2">3</td></tr>
<tr><td rowspan="2">53</td><td rowspan="2">이의순(李義淳)</td><td>성문사지부인쇄소</td><td>1917</td><td>2</td><td rowspan="2">3</td></tr>
<tr><td>동아인쇄소</td><td>1923</td><td>1</td></tr>
<tr><td>54</td><td>박기연(朴基然)</td><td>신구서림인쇄부</td><td>1924~1932</td><td colspan="2">2</td></tr>
<tr><td>55</td><td>박민준(朴旼濬)</td><td>망대성경급기독교
서회인쇄부</td><td>1924~1923</td><td colspan="2">2</td></tr>
<tr><td>56</td><td>신태섭(申泰燮)</td><td>영창서관인쇄부</td><td>1925~1935</td><td colspan="2">2</td></tr>
<tr><td>57</td><td>조진주(趙鎭周)</td><td>선광인쇄주식회사</td><td>1930~1931</td><td colspan="2">2</td></tr>
<tr><td>58</td><td>강환석(姜煥錫)</td><td>망대성경급기독교
서회인쇄부</td><td>1924</td><td colspan="2">1</td></tr>
<tr><td>59</td><td>김동환(金東煥)</td><td>조선복음인쇄소</td><td>1920</td><td colspan="2">1</td></tr>
<tr><td>60</td><td>김성균(金聖均)</td><td>성문사</td><td>1914</td><td colspan="2">1</td></tr>
<tr><td>61</td><td>김세목(金世穆)</td><td>영남인쇄주식회사</td><td>1922</td><td colspan="2">1</td></tr>
<tr><td>62</td><td>김정근(金廷根)</td><td>성문사</td><td>1914</td><td colspan="2">1</td></tr>
<tr><td>63</td><td>김학채(金學采)</td><td>경성서관인쇄부</td><td>1928</td><td colspan="2">1</td></tr>
<tr><td>64</td><td>노영호(魯永浩)</td><td>백합사인쇄부</td><td>1937</td><td colspan="2">1</td></tr>
<tr><td>65</td><td>박상오(朴相五)</td><td>대동인쇄주식회사</td><td>1929</td><td colspan="2">1</td></tr>
<tr><td>66</td><td>박용창(朴容昶)</td><td>박문서관인쇄부</td><td>1929</td><td colspan="2">1</td></tr>
<tr><td>67</td><td>박진구(朴鎭九)</td><td>신흥서관인쇄부</td><td>1936</td><td colspan="2">1</td></tr>
<tr><td>68</td><td>박필용(朴弼龍)</td><td>세창서관인쇄부</td><td>1933</td><td colspan="2">1</td></tr>
<tr><td>69</td><td>송경환(宋敬煥)</td><td>동양대학당</td><td>1932</td><td colspan="2">1</td></tr>
<tr><td>70</td><td>심경택(沈慶澤)</td><td>희문관</td><td>1926</td><td colspan="2">1</td></tr>
<tr><td>71</td><td>야마모토 신사쿠
(山本甚作)</td><td>야마모토인쇄소</td><td>1945</td><td colspan="2">1</td></tr>
<tr><td>72</td><td>오태환(吳台煥)</td><td>박문사</td><td>1906</td><td colspan="2">1</td></tr>
<tr><td>73</td><td>이병화(李炳華)</td><td>신소년사인쇄부</td><td>1932</td><td colspan="2">1</td></tr>
<tr><td>74</td><td>이양형(李錫瀅)</td><td>해영사인쇄소</td><td>1926</td><td colspan="2">1</td></tr>
</table>

75	이종철(李種哲)	삼영사인쇄소활판부	1922	1
76	정영식(鄭英植)	문정당인쇄부	1946	1
77	조용균(趙容均)	이문당인쇄부	1936	1
78	조종창(趙鍾昌)	세계서림인쇄부	1925	1
79	지덕화(池德華)	선명사	1916	1
80	차순영(車順永)	한성도서주식회사	1923	1
81	한규상(韓奎相)	한성도서주식회사	1929	1
82	후쿠다 세이지로(福田正治郎)	신명서림인쇄부	1921	1
83	히라야마 마사아키(平山昌煥)	광성인쇄소	1944	1
	계			1,149

〈표 2〉에서 보듯이 활자본 고전소설의 판권지에서 '인쇄자'로 기록된 인쇄인은 총 83명으로, 그들은 118곳의 인쇄소에서 근무하면서 활자본 고전소설을 1,149회 인쇄하였다.[18] 이를 평균하면 인쇄인들은 1.42곳의 인쇄소에서 활자본 고전소설을 13.68회 인쇄한 셈이 된다. 그런데 인쇄인 가운데 평균치보다 많이 인쇄한 사람은 19명에 불과하며, 나머지 64명은 평균치에 미달하였다. 이는 판권지에 '인쇄자'로 기록될 수 있는 사람은 각 인쇄소를 대표하거나 실무책임자라는 것을 감안하면 이해가 될 것이다. 즉 각 인쇄소를 대표하거나 실무책임을 지는 사람은 소수이기 때문에 당연히 판권지에 인쇄자로 기록된 사람

18 여기에서는 인쇄인을 주된 연구 대상으로 삼았기 때문에 판권지에 인쇄소의 이름은 있으나 인쇄인의 이름이 기록되지 않은 것은 대상 자료에서 제외하였다. 총 1,360회의 판권지 기록 가운데 인쇄인의 이름이 없이 '○○○ 인쇄부'와 같이 부서의 명칭만 제시한 것이 211회이므로, 여기에서는 1,149회의 판권지 기록을 살펴보았다. 한편 방효순이 제시한 인쇄자 12명은 〈표 3〉에 모두 포함되어 있다.

은 소수일 수밖에 없다는 것이다. 그중 심우택은 211회나 인쇄자로 이름을 올렸는데, 이는 전체의 18.36%에 해당하는 것이다. 그리고 상위 10%에 속하는 8명의 인쇄 횟수는 703회로, 이는 전체의 61.18%를 차지하는 것이다. 반면에 5회 미만의 인쇄 기록을 남긴 인쇄인만 해도 전체의 50%가 넘는 42명이나 되며, 1회의 인쇄 기록을 남긴 인쇄인도 26명이나 되었다.

한편 각각 7곳과 6곳의 인쇄소에서 근무한 김중환, 박인환과 같이 활자본 고전소설의 인쇄 횟수가 많은 인쇄인들은 다수의 인쇄소에서 근무하는 경향이 있었다. 이는 인쇄 횟수 상위 10%에 속하는 인쇄인 8명이 30곳의 인쇄소에서 근무하여, 평균 3.75곳의 인쇄소에서 근무한 데서 확인할 수 있다. 이중에는 물론 대동인쇄주식회사 1곳에서만 근무한 권태균과 대동인쇄주식회사와 보성사의 2곳에서 근무한 김홍규도 있지만, 다른 6명의 인쇄인은 3곳 이상의 인쇄소에서 근무하였다. 이는 인쇄인 83명 가운데 66명이나 되는 인쇄인이 1곳의 인쇄소에서 근무한 것과는 대조가 된다고 하겠다.[19] 그리고 2곳 이상의 인쇄소에서 근무했다고 하더라도 그 실질에 있어서는 1곳인 경우도 있었다. 예를 들어 심우택은 대동인쇄주식회사(99회)와 성문사(111회), 신문관(1회)에서 인쇄 활동을 하였지만, 신문관에서의 활동은 다른 곳에 비하면 매우 미미한 편이다. 그리고 성문사가 후에 대동인쇄주식회사로 통합된 것을 볼 때, 결국 심우택의 인쇄 활동은 성문사에서

19 〈표 2〉를 토대로 근무처 수에 따라 인쇄인을 정리하면 다음과 같다.

근무처 수	1	2	3	4	5	6	7	계
인쇄인	66	9	4	1	1	1	1	83
비율(%)	79.52	10.84	4.82	1.20	1.20	1.20	1.20	99.98

대동인쇄주식회사로 이어지는 1곳의 인쇄소에서 이루어졌다고 보는 것이 타당할 것이다. 또한 김홍규의 경우 보성사에서는 62회 인쇄한 반면, 대동인쇄주식회사에서는 1회밖에 인쇄를 하지 않았으므로, 그가 주로 활동한 인쇄소는 보성사 1곳이었다고 할 수 있을 것이다.[20]

한편 인쇄인의 이름이 판권지에 기록된 62곳의 인쇄소 가운데 인쇄인의 이름이 4명 이상 확인된 인쇄소를 들면 〈표 3〉과 같다.

〈표 3〉 주요 인쇄소의 인쇄인

순위	인쇄소명	인쇄인의 활동 시기	인쇄인 수	인쇄 횟수 (순위)
1	대동인쇄주식회사	권태균(1923~1927), 김중환(1920~1923), 김현도(1935~1938), 김홍규(1913), 박상오(1929), 박인환(1924~1937), 심우택(1919~1931), 정경덕(1915)	8	234(1)
2	한성도서주식회사 인쇄부	김재섭(1927~1929), 김진호(1929~1930), 노기정(1921~1927), 조인목(1941), 차순영(1923), 한규상(1929)	6	43(8)
	성문사	김성균(1914), 김성표(1914~1915), 김정근(1914), 김중환(1920), 심우택(1915~1920)	6	146(3)
4	보명사	강복경(1912~1926), 김성표(1924~1925), 김은영(1923~1929), 김종헌(1924~1925), 김중배(1918~1928)	5	23(12)
	영창서관 인쇄부	남창희(1925~1936), 신태삼(1925~1931), 신태섭(1925~1935), 신태영(1925~1930), 윤기병(1925~1929)	5	43(7)
	조선복음인쇄소	김동환(1920), 김익수(1915), 김중환(1920), 신창균(1913~1914), 정경덕(1915~1919)	5	63(6)

20 그런데 이것이 활자본 고전소설의 인쇄만을 대상으로 하였다는 것을 감안한다면 이들이 위에서 제시한 인쇄소 말고도 다른 인쇄소에서 작업을 하였을 가능성이 있다.

7	보성사	김교찬(1916~1917), 김중환(1915~1916), 김홍규(1917~1919), 신영구(1913~1915)	4	129(4)
	세창서관 인쇄부	박필용(1933), 신성균(1952), 신태화(1933~1935), 이규봉(1936~1938)	4	172(2)
	신명서림 인쇄부	김교찬(1924), 김중환(1924), 박인환(1922), 후쿠다 세이지로(1921)	4	4(39)
	신문관 인쇄소	김교찬(1928), 김익수(1925~1926), 심우택(1924), 최성우(1912~1917)	4	105(5)

〈표 3〉에서 보듯이 인쇄인의 이름이 4인 이상 확인된 인쇄소는 총 11곳이었다. 그중에 인쇄인의 이름이 가장 많이 확인된 곳은 8명의 이름이 확인된 대동인쇄주식회사이며, 이어 각각 6명의 이름이 확인된 한성도서주식회사 인쇄부와 성문사가 뒤를 이었다. 그리고 5명의 이름이 확인된 곳으로는 보명사, 영창서관인쇄부, 조선복음인쇄소 등이 있으며, 4명의 이름이 확인된 곳으로는 보성사 등의 4곳이 있다. 그리고 〈표 3〉에서 제시된 인쇄소 가운데 신명서림 인쇄부를 제외한 나머지 인쇄소는 그 인쇄 횟수에 있어 상위를 차지하는 당대의 대표적인 대형 인쇄소라고 할 수 있다.

앞에서도 언급하였듯이 방효순은 판권지에 언급된 인쇄자의 대부분은 인쇄소의 경영자이며, 경우에 따라 관리자나 인쇄공이 기재되는 경우도 적지 않았다고 하였다.[21] 그런데 〈표 3〉에 제시된 인쇄소의 경우에는 판권지에 기재된 인쇄자가 인쇄소의 경영자라고 할 수는 없을 것이다. 인쇄인이 계속하여 다른 인쇄인으로 교체되거나 동일한 시기의 판권지에 인쇄자로 기재되었다는 것[22]은 이들이 인쇄소

21 방효순, 앞의 글, 89면.

22 대동인쇄주식회사의 심우택과 보명사의 김중배는 각각 같은 인쇄소에서 근무했던

의 경영자가 아니었기 때문이다. 즉 이들이 각 인쇄소의 경영자라면 그렇게 자주 교체될 수도 없을 것이며, 또한 동일한 시기에 하나의 인쇄소에 여러 명의 경영자가 존재할 수는 없을 것이기 때문이다. 그렇기 때문에 〈표 3〉에 제시한 인쇄소의 인쇄인은 해당 인쇄소의 경영자라기보다는 실무 책임자 정도로 보는 것이 옳을 듯하다.[23]

한편 인쇄인이 계속하여 교체된 것은 각 인쇄소의 실무 책임자가 좋은 조건을 찾아 이직하거나, 개인적인 이유로 인하여 인쇄업에 종사할 수 없었기 때문인 것으로 보인다. 그리고 동일한 시기에 여러 명의 인쇄인이 기록된 것은 그만큼 해당 인쇄소에 인쇄할 물량이 많았기 때문에 일을 나누어 맡아서 하였기 때문인 것으로 보인다.

다른 인쇄인들과 근무 기간이 겹쳐 있으며, 영창서관 인쇄부의 경우에는 인쇄인 5명의 근무 기간이 서로 겹쳐 있다.

23 이는 판권지에 기록된 인쇄자가 모두 인쇄소의 경영자가 아니었다는 것을 의미하지는 않는다. 20세기 초에 여러 인쇄소에서 근무하다가 1940년대 초에 중앙인쇄소에서 활자본 고전소설을 인쇄한 박인환은 중앙인쇄소를 설립, 경영하였다고 한다. 방효순, 앞의 글, 116면.

Ⅷ 활자본 고전소설에 대한 통계적 고찰

본 장에서는 '활자본 고전소설 서지 데이터베이스'를 활용하여 활자본 고전소설 출판의 시공간적 분포, 가격 분포 등에 대하여 살펴보고자 한다. 이를 위하여 데이터베이스에 수록된 작품 가운데 각각의 분포를 살펴보는 데에 필요한 자료가 입력된 작품만을 대상으로 하였다.

1. 활자본 고전소설의 시간적 분포

여기에서는 활자본 고전소설 출판의 시간적 추이를 살펴보기 위하여 출판된 것이 확실한 작품 가운데 출판 연도가 확인된 2,498작품만을 대상으로 하였다. 즉 실물이 전하거나 후행하는 판본의 판권지를 통하여 출판연도를 확인할 수 있는 작품을 대상으로 하였다. 예를 들어 조선도서주식회사에서는 〈강남홍전〉을 2판까지 발행하였으나, 저자가 직접 확인할 수 있었던 것은 국립중앙도서관에 소장된 〈강남홍전〉의 2판(1926년 12월 20일)뿐이었다. 그러나 2판의 판권지에는 초판의 발행일(1916년 12월 5일) 또한 기록되었기 때문에 여기에서는 조선도서주식회사에서 발행한 〈강남홍전〉의 초판과 2판 모두 대상으로 하였다.

그리고 〈옥루몽(玉樓夢)〉이나 〈삼국지(三國志)〉와 같이 여러 책으로 발행된 작품의 경우에도 각각의 판권지에 출판연도가 기록되어 있는 작품은 모두 대상으로 하였다.

반면 출판연도를 확인할 수 없는 작품은 대상에서 제외하였다. 예를 들어 박문서관에서는 〈강태공전〉을 4판까지 발행하였는데, 그중 〈강태공전〉 4판의 발행일(1925년 9월 15일)을 저자가 확인하였고, 또 4판의 판권지에 초판의 발행일(1917년 11월 7일)이 기록되었다. 그러나 박문서관에서 발행한 〈강태공전〉의 2판과 3판의 출판연도는 확인할 수 없었기 때문에 여기에서는 2판과 3판을 대상에서 제외하였다. 그리고 실물이 분명히 현전하고 있으며 필자가 이를 확인하기도 하였지만 판권지에 출판연도가 없거나 훼손되어 출판연도를 확인할 수 없는 경우에도 대상에서 제외하였다.

그리하여 출판연도가 확인된 2,498회의 발행 기록을 대상으로 활자본 고전소설의 연도별, 판 차별 출판 상황을 정리하면 〈표 1〉과 같다.

〈표 1〉 활자본 고전소설의 연도별, 판 차별 출판 현황

연도	1판	2판	3판	4판	5판	6판	7판	8판	9판	10판 이상	계
1906	1										1
1908	3										3
1912	25										25
1913	102	4	4	1							111
1914	51	15	1	1	1	1	1				71
1915	101	20	8	1							130
1916	119	28	16	4	2	1					170
1917	125	33	12	10	10	1	1	1		1	194

1918	92	41	15	6	2	3	1	2			162
1919	21	13	7	5	1	1		2	2	1	53
1920	37	19	16	17	4	2	2	1	2	2	102
1921	15	25	7	4	4	3		1		2	61
1922	35	4	13	3	4	2	1		1	4	67
1923	30	9	6	8	7	3	4	2		3	72
1924	28	9	4	11	7	1	1	2	1	1	65
1925	195	15	1	1	2	5		1	1	2	223
1926	107	23			2	7	2	2			143
1927	19	3	2		1	1					26
1928	44	11	8	1		1		1			66
1929	58	4		3	2						67
1930	30	1		1		1				1	34
1931	10	2	2		1						15
1932	9	3									12
1933	13	5									18
1934	18	2	1								21
1935	22	4	2		1						29
1936	24	2	1								27
1937	7	2									9
1938	20				3						23
1939	1										1
1940	1	1									2
1941	5		4								9
1942	2	5									7
1944	1										1
1945	5										5
1946	2	1									3

1947	3	3			1						7
1948	5	2									7
1949	1										1
1950	6										6
1951	15										15
1952	138	1									139
1953	18										18
1954	14	1									15
1955	1										1
1956	21	1									22
1957	25										25
1958	14		1	1							16
1959	31										31
1960	7										7
1961	38	7	1								46
1962	45	2									47
1963	3										3
1964	20	2									22
1965	17										17
1966	5										5
1968	2										2
1969	3										3
1971	5										5
1972	2										2
1977	1										1
1978	7										7
계	1825	323	132	78	55	33	13	15	7	17	2498
비율(%)	73.1	12.9	5.3	3.1	2.2	1.3	0.5	0.6	0.3	0.7	100

〈표 1〉에서 우선 눈에 띄는 것은 최초의 활자본 고전소설에 대한 것이다. Ⅱ장에서도 서술하였지만 그간 최초의 활자본 고전소설로 알려진 것은 1912년 8월 10일에 유일서관에서 발행한 〈불로초(=토끼전)〉였다.[1] 그런데 〈표 1〉을 보면 〈불로초〉(유일서관, 1912)보다 먼저 발행된 것이 여럿 보인다. 그중에는 Ⅱ장에서 소개한 〈서상기〉(박문사 외, 1906.1)와 〈강감찬전〉(=강감찬실기))〉(광동서국, 1908.7) 외에도 1908년에 중앙서관에서 발행한 〈우미인〉[2]을 들 수 있다. 또한 1912년에도 〈육효자전〉(신구서림, 1912.2)과 〈소양정〉(신구서림, 1912.7)이 〈불로초〉보다 앞서서 발행되었다.

그리고 판 차별 발행 횟수를 비교하면 초판이 1,825회(73.1%) 발행되었는데, 이처럼 초판 발행 횟수가 Ⅳ장에서 서술한 368종의 5배 가까이 되는 것은 동일한 작품을 다른 발행소에서 경쟁적으로 발행하였기 때문이라고 할 수 있다. 특히 〈춘향전〉의 경우 34곳에서 발행하였기 때문에 활자본 고전소설 전체로 볼 때, 초판의 발행 횟수가 활자본 고전소설의 종수(種數)에 비하여 많을 수밖에 없다. 한편 2판 323회(12.9%), 3판 132회(5.3%), 4판 78회(3.1%) 등으로 판 차가 올라갈수록 발행 횟수가 줄어들었다. 이렇게 판 차가 올라갈수록 발행 횟수가 줄어드는 가장 큰 이유는 독자의 기대에 부응하는 작품을 출판하지 못한 데에 있다고 할 것이다. 그리고 초판과 마지막 판 사이에 발행된 판본의 발행일을 확인하지 못하여 이를 활자본 고전소설 서지 데이터베이스에 기록하지 못한 것도 중요한 이유가 된다고 하겠다.

그러나 2판 대비 3판의 발행 비율은 40.9%이고, 3판 대비 4판의

1 권순긍, 『활자본 고소설의 편폭과 지향』, 도서출판 보고사, 2000, 22면.

2 조희웅, 『고전소설이본목록』, 집문당, 1999, 446면.

발행 비율은 59.1%, 4판 대비 5판의 비율이 70.5%에 이르는 등 판차가 올라갈수록 선행 판본에 대한 발행 비율이 높아지는 경향을 보이고 있다. 이는 특정 작품, 곧 인기 작품에 대한 독자들의 선호도가 높았다는 것을 의미한다고 하겠다.

그 가운데서도 독자들의 폭발적인 호응을 얻어 10판 이상 발행된 작품은 〈표 2〉와 같다.[3]

〈표 2〉 10판 이상 발행된 활자본 고전소설

	작품명	발행소	초판	최종판
1	심청전	광동서국	1915.03.15.	1922.09.08.(10판)
2	강상연(=심청전)	신구서림	1912.11.15.	1923.12.20.(12판)
3	유충렬전	덕흥서림	1913.09.22.	1922.07.20.(13판)
4	장화홍련전	덕흥서림	1925.10.05.	1930.11.10.(10판)
5	조웅전	덕흥서림	1914.01.28.	1923.12.25(10판)
6	춘향가	박문서관	1912.08.17.	1921.12.20.(17판)
7	춘향전	신구서림	1914.04.30.	1923.02.27.(13판)
8	홍길동전	덕흥서림	1915.08.18.	1925.02.15.(11판)

한편 앞서 제시한 〈표 1〉에서 보듯이 활자본 고전소설은 1912~1938년, 1950~1965년 사이에 많이 발행되었다. 그 중에서 1912~1936년의 발행 횟수를 막대그래프로 나타내면 〈그림 1〉과 같다.

3 권순긍은 필자가 제시한 것 외에 회동서관에서 발행한 〈유충렬전〉(1922, 13판)과 박문서관에서 발행한 〈유충렬전〉(1921.10, 13판), 〈심청전〉(1922.9, 10판), 〈조웅전〉(1923. 12, 10판)을 제시하였다. 필자는 위의 자료를 아직 찾지 못하여 이를 논의에 포함하지는 못하였다. 추후에 해당 자료를 확인하게 되면 이를 포함하여 논의하기로 하겠다. 권순긍, 앞의 책, 35~41면.

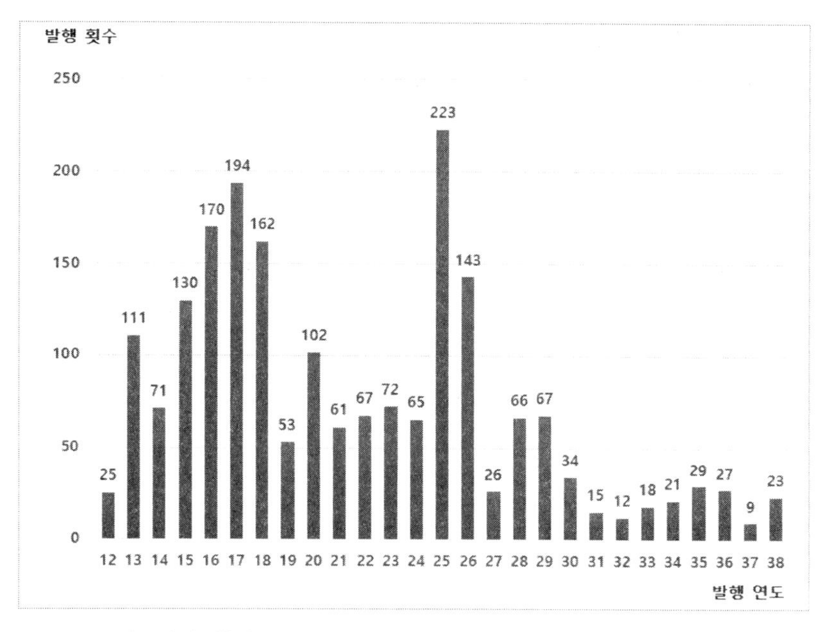

〈그림 1〉 활자본 고전소설의 연도별 발행 횟수 1(1912~1938)

앞서 서술하였듯이 활자본 고전소설의 발행은 1906년 〈서상기〉로부터 시작되었다. 그리고 그것의 본격적인 발행은 1912년부터 시작되었는데, 〈그림 1〉에서 보듯이 그 발행횟수가 1913년에 이미 100회를 넘을 정도로 대폭 증가하였다. 그리고 1915년부터 1918년에 이르기까지 4년 연속 100회 넘게 발행하였다, 이처럼 1913년에서 1918년 사이에 발행 횟수가 급증한 것은 새롭게 활자본 고전소설로 편입된 작품이 많기 때문이라고 하겠다. 다시 말해 이 시기에 신규 발행되는 작품이 많아지면서 활자본 고전소설 출판이 활성화된 것이라고 하겠다.[4] 이후 1925년에 활자본 고전소설의 발행은 223회에 이르러 그 정점을 찍었다. 그리고는 1938년에 이르기까지 꾸준하게 발행되고 있음을 보여 준다.

한편 Ⅳ장에서 제시한 활자본 고전소설 368종 가운데 초판 발행일이 확인된 320종의 신규 발행 현황을 들면 〈표 3〉과 같다.

〈표 3〉 활자본 고전소설의 신규 발행 현황

연도	횟수	연도	횟수	연도	횟수
1906	1	1922	13	1934	4
1908	2	1923	8	1935	1
1912	15	1924	3	1936	1
1913	29	1925	8	1938	2
1914	24	1926	15	1944	1
1915	38	1927	4	1947	1
1916	27	1928	7	1949	1
1917	24	1929	12	1952	1
1918	35	1930	15	1953	1
1919	9	1931	4	1957	2
1920	2	1932	1	1972	1
1921	5	1933	3	계	320

4 '신규 발행'이란 동일한 작품 가운데 활자본으로 처음 발행되는 것을 말한다. 예를 들어 〈강감찬실기〉는 광동서국(1908①, 1914②), 영창서관(1928), 일한주식회사(1908), 조선서관(1913)의 4곳에서 5회 발행되었다. 그중 신규 발행에 해당하는 것은 광동서국에서 발행한 〈강감찬실기〉(1908)이며, 그 외의 것은 이미 발행된 작품을 다시 발행하는 것이므로 중복 출판에 해당한다. 이주영 또한 신규 발행 작품 수를 조사한 바가 있는데, 그가 말한 '신규 발행'은 작품의 표제를 가지고 나눈 듯하다. 그래서 그가 정리한 목록에 따르면 〈춘향전〉은 20종이 넘는다. 그렇지만 저자는 〈춘향전〉 이본 전체를 1종으로 간주하였다. 李周映, 『구활자본 고전소설 연구』, 도서출판 월인, 1998, 36면.

〈표 3〉에서 보듯이 활자본 고전소설의 신규 발행이 20회 이상 있었던 시기는 1913년에서 1918년으로, 이는 〈표 1〉과 〈그림 1〉의 내용과 동일하다. 다만 활자본 고전소설을 가장 많이 발행한 1925년에 신규 발행된 것은 8종에 불과하다. 이는 이미 그전에 많은 작품들이 활자본으로 발행되었기 때문에 새롭게 활자본 고전소설로 편입될 만한 작품이 적었기 때문이라고 하겠다.

활자본 고전소설의 연도별 발행 횟수와 신규 발행 현황을 대비하여 그래프로 나타내면 〈그림 2〉와 같다.

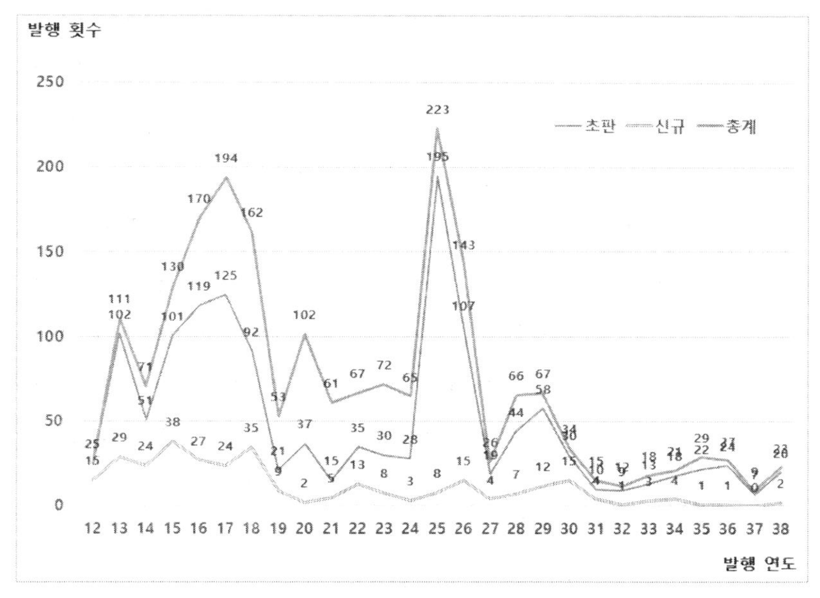

〈그림 2〉 활자본 고전소설의 신규 발행과 총 발행 현황 비교

〈그림 2〉에서 보듯이 총 발행 횟수에서 초판 발행 횟수가 차지하는 비율이 상당하다. 그중에서 80%가 넘는 해만 꼽아도 1913년(91.89%)과

1925년(87.44%)이 발행 횟수도 많고 초판의 비율도 높다. 그리고 발행 횟수는 적지만 1929년(86.57%)과 1930년(88.24%)의 초판 비율도 매우 높다. 그런데 초판의 발행 비율이 높다고 하여 신규 발행이 많은 것은 아니다. 1925년의 경우 총 223회 발행되었는데, 그중에 초판이 195회이지만 신규 발행은 8회에 불과하다. 이는 초판 195회 가운데 8회를 제외한 나머지 187회는 이전에 적어도 한 번은 활자본으로 발행된 적이 있는 작품의 중복 출판이라는 것을 말하며, 초판 가운데 신규 발행이 차지하는 비율은 4.1%밖에 되지 않는다. 이처럼 초판 가운데 신규 발행된 작품이 적은 것은 일찍부터 나타난 현상이기는 하지만, 활자본 고전소설이 가장 많이 발행된 1925년에 그 간극이 더욱 분명하게 드러난 것이다. 그리고 기존에 활자본으로 선보인 작품들의 발행은 활발하지만 새롭게 활자본으로 발행되는 작품이 줄어드는 현실은 활자본 고전소설의 쇠퇴를 불러올 수밖에 없다.

그렇지만 1930년대에도 활자본 고전소설은 꾸준히 발행되었다. 〈표 1〉과 〈표 2〉에서 보듯이 활자본 고전소설은 189회 발행되었으며, 그중 신규 발행은 31회가 되었다. 세창서관(世昌書館)을 경영한 신태삼(申泰三) 또한 1930년대 초까지 고전소설이 잘 팔렸다고 증언(證言)한 바가 있으며,[5] 출판된 것이 분명하지만 아직 행방을 알 수 없는 작품들 또한 상당히 많을 것으로 생각하기 때문이다.[6]

---

5 申泰三은 崔喆과의 면담에서 "1920년대와 1930年初 小說(딱지본)이 잘 팔릴 때에는 5일 동안에 50~60원 분을 메고 다니면서, 많을 때는 20원씩이나 벌었다고 한다. 그때 쌀 한 가마에 4원, 광목 5원이었다"고 증언한 바가 있다. 그런데 인용문에서 '1930年初'는 문맥상 '1930年代初'로 보는 것이 옳을 듯하다. 최철, 「李朝小說 讀者에 關한 硏究」, 『연세어문학』 6, 연세대학교 국어국문학과, 1975, 26면.

6 활자본 고전소설의 뒤편에 실린 서적 광고는 차치하고라도 실제 출판된 것이 분명

한편 선행 연구에서는 해방 이후의 활자본 고전소설 출판에 대한 언급이 거의 없었는데, 해방 이후에도 활자본 고전소설은 478회가 발행이 되었다. 1945년부터 활자본 고전소설이 마지막으로 발행된 1978년까지의 발행 횟수를 막대그래프로 나타내면 〈그림 3〉과 같다.

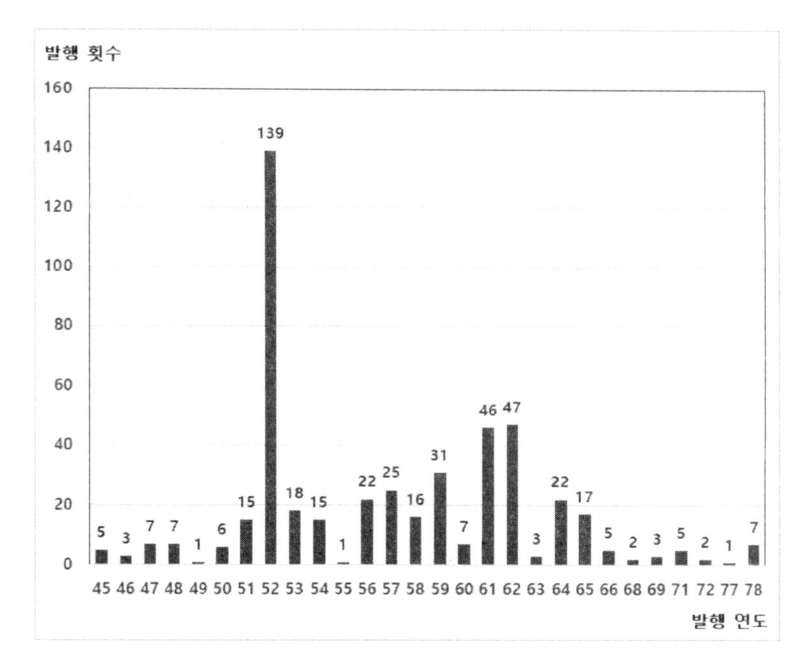

〈그림 3〉 활자본 고전소설의 연도별 발행 횟수 2(1945~1978)

한 작품 가운데 전하지 않는 것도 상당히 있을 것으로 생각한다. 필자의 선행 연구에 따르면 1930년 10월에 日帝 總督府에 納本된 大邱 在田堂書鋪의 고전소설 11종 가운데 현재까지 실물이 확인된 것은 하나도 없다. 납본이라는 것이 실제로 발행된 서적을 대상으로 한 것임에도 불구하고 납본된 11종 전체가 전하지 않는 사례에서 보듯이 멸실되거나 공개되지 않은 자료가 아직도 많다는 것을 의미한다고 하겠다. 최호석, 「大邱 在田堂書鋪의 出版 活動 硏究」, 『語文硏究』 132, 韓國語文敎育硏究會, 2006, 249면.

〈그림 3〉에서 보듯이 활자본 고전소설은 해방 이후에도 꽤 많이 발행되었다. 1952년부터 1965년까지는 연평균 30회에 가까운 409회가 발행되었는데, 그중에서도 특히 1952년에는 139회나 발행되어 전성기 못지않은 인기가 있었음을 확인할 수 있다. 이처럼 활자본 고전소설이 1960년대 초반까지도 꾸준하게 발행되었다는 사실은 1950년대 초반에서 1970년대 초반까지 경북 지역의 장터에서 활자본 고전소설이 많이 팔렸다는 사실[7]과도 일맥상통하는 것이다. 비록 앞에 나온 〈표 3〉에서 보듯이 이 시기 신규 발행된 것은 7작품에 불과하지만, 〈그림 3〉에서 확인할 수 있듯이 종래의 활자본 고전소설에 대한 독자의 요구가 여전하였다는 사실은 활자본 고전소설의 출판과 향유에 대한 새로운 이해의 시각이 필요함을 보여준다고 하겠다.

그런데 그간 선행 연구에서 해방 이후의 활자본 고전소설 출판에 대한 언급이 없었던 것은 〈표 1〉에서 보듯이 1940년대 들어 활자본 고전소설의 발행이 급격하게 침체되었기 때문이다. 게다가 일제 강점기에 활자본 고전소설을 많이 발행한 출판사의 거의 대부분은 해방 이후에 고전소설을 발행하지 않았다. 즉 20세기 전반에 활자본 고전소설을 활발하게 발행하였던 신구서림, 회동서관, 박문서관, 덕흥서림 등의 주요 발행소는 이미 1920년대 말~1930년대 말에 활자본 고전소설 발행을 그만두었던 것이다.

그리고 해방 이후의 활자본 고전소설 출판은 해방을 전후한 시기에 새로 등장한 출판사가 담당하게 되었다. 해방 이후에 활자본 고전소설을 활발하게 발행하였던 발행소와 발행 횟수는 〈표 4〉와 같다.

---

7 권미숙, 「20세기 중반 책장수를 통해 본 활자본 고전소설의 유통 양상」, 『고전문학과 교육』 20, 한국고전문학교육학회, 2010, 400~433면.

〈표 4〉 1945년~1978년 주요 출판사의 활자본 고전소설 발행 횟수

순위	출판사명	발행횟수	발행 시기
1	세창서관	274	1950~1969
2	영화출판사	58	1951~1963
3	향민사	63	1962~1978
4	대조사	32	1956~1960
5	기타	52	
	計	479	

〈표 4〉에서 보듯이 활자본 고전소설은 1945년에서 1978년 사이에 479회 발행되었는데, 세창서관, 영화출판사, 향민사, 대조사의 네 출판사에서 활자본 고전소설을 발행한 것이 427회에 이른다. 이는 전체 발행 횟수의 89.1%에 달하는 양으로, 당대 유통되던 활자본 고전소설의 대부분은 이 네 출판사에서 발행되었다고 해도 과언이 아니다. 한편 세창서관을 제외한 나머지 세 출판사는 1950년 이후에야 활자본 고전소설을 처음으로 발행하기 시작하였는데, 이 출판사들의 창업 자체가 1950년 이후였기 때문인 것으로 보인다.[8]

한편 세창서관은 다른 출판사와 달리 1912년부터 1969년에 이르기까지 활자본 고전소설을 325회나 발행하였다. 그렇지만 오랜 기간과 많은 발행 횟수에도 불구하고 1945년 전에 세창서관에서 발행한 활자

8 이 세 출판사의 창립연도를 알 수는 없었지만, 국립중앙도서관에 소장된 도서 중에 각 출판사에서 가장 이른 시기에 발행한 도서는 다음과 같았다. 馬春曙 著, 李元硅 編, 〈(애정비극)폭풍의 정열〉, 영화출판사, 1952; M. 루부랑 저, 방인근 역, 〈(탐정소설)천고의 비밀〉, 대조사, 1952; 향민사편집부 편, 『(한글주해)명심보감』, 향민사, 1962. 영화출판사에서 발행한 〈장끼전〉(1951)과 같이 국립중앙도서관에 소장된 도서보다 이른 시기에 발행된 서적이 있을 수 있지만, 여기서 제시한 도서의 발행연도는 각 출판사가 출판업을 시작한 때에 근접할 것으로 생각한다.

본 고전소설은 1942년에 발행한 〈수호지〉를 끝으로 43회에 불과하다. 오히려 6·25 전쟁이 한창이던 1950년 8월에 〈박씨전〉 등을 발행하기 시작하여 1952년에 147회를 발행하는 등 1945년 이후에 활자본 고전소설을 274회 발행하였다. 따라서 세창서관에서의 활자본 고전소설 발행은 1950년 이후에 중점이 있다고 하겠다.

이와 같이 일제 강점기에 활자본 고전소설을 많이 발행하였던 출판사들이 1920년대 후반부터 자취를 감추면서 활자본 고전소설은 본격적인 쇠퇴의 길에 들어선 것처럼 보였다.[9] 이로 인해 활자본 고전소설에 대한 연구 또한 해방 이전까지로 제한되는 결과를 낳았으며, 활자본 고전소설의 문학사적 생명력 또한 해방 이전에 이미 끝난 것으로 오해되기도 하였다. 그러나 1950년대 이후에 등장한 출판사들이 활자본 고전소설 발행에 새롭게 참여하는 한편, 해방 이전부터 활자본 고전소설을 발행하였던 세창서관이 이 시기 들어 본격적으로 활자본 고전소설을 발행함으로써 1950년대는 활자본 고전소설의 새로운 전성기라고 해도 무방할 것이다. 이처럼 활자본 고전소설의 발행과 독서는 해방 이후에도 지속되고 있었다.

2. 활자본 고전소설의 공간적 분포

그렇다면 활자본 고전소설은 주로 어디에서 발행되었을까? 발행지

---

9 이주영은 ① 일제의 검열 강화, ② 작가의 부족, ③ 활자본 고전소설의 강한 상품성을 이 시기 활자본 고전소설의 쇠퇴 원인으로 추정하였다. 이주영, 『구활자본 고전소설 연구』, 도서출판 월인, 1998, 178~189면.

를 알 수 있는 2,864회의 발행 기록을 지역에 따라 정리하면 〈표 5〉와 같다.

〈표 5〉 활자본 고전소설의 지역별 발행 현황

	서울	대구	평양	부산	계
횟수	2,864	56	8	1	2,928
비율	97.81	1.91	0.27	0.03	99.99

〈표 5〉에서 보듯이 활자본 고전소설은 거의 대부분이 서울에서 발행되었으며, 대구와 평양에서 일부가 발행되었을 뿐이다. 대구의 경우 재전당서포에서 1929~1934년 사이에 〈권익중전〉을 비롯하여 4종의 고전소설을 발행하였으며, 향민사에서는 1962~1978년 사이에 〈구운몽〉을 비롯한 활자본 고전소설을 37회에 걸쳐 발행하였다.[10]

권미숙은 대구의 대조사 또한 활자본 고전소설을 발행하였다고 하였는데,[11] 이는 다음에 제시하는 책장수 권명숙과의 면담 내용을 오해한 데서 나온 것으로 보인다. 해당 부분을 인용하면 다음과 같다.

---

10 향민사에서 발행한 고전소설은 '울긋불긋한 표지'를 사용하고는 있지만 구활자의 '4호 활자'보다는 신활자를 사용한 것이 많아 '활자본 고전소설'의 전형적인 외형적 특징을 완비하고 있지는 못하다. 그러나 향민사에서 발행한 고전소설이 시장에서 소비될 때에는 기존의 활자본 고전소설과 동류의 것으로 여겨졌다는 점에서 이를 활자본 고전소설로 보는 것이 옳을 듯하다. 한편 1978년에 발행한 「춘향전」, 「명사십리(보심록)」, 「박씨전」의 판권지에는 향민사의 주소가 '서울 성북구'로 되어 있다. 그렇지만 그전까지 책은 대구에서 발행하였으므로, 이 또한 대구 지역 출판 활동의 연장으로 보는 것이 좋을 듯하다.

11 권미숙, 「20세기 중반 책장수를 통해 본 활자본 고전소설의 유통 양상」, 『고전문학과 교육』 20, 한국고전문학교육학회, 2010, 414면.

권미숙 : 할아버지 책은 어디서 구입을 해오셨어요?

권명숙 : 서점에.

권미숙 : 어떤 서점에요?

권명숙 : 대구에 가면 평화서점에 가면~.

권미숙 : 평화서점?

권명숙 : 대구 평화서점이 있어요. 원래는 서울서점. 대구 본역 앞에 무슨 저~. 거 가면 야튼 머이~ 옛날 책이고 신물 책이고 책은 거 다 있으이께. 대조사하고 그 뭐 명문당하고, 명문당, 대조사, 또 머~.

서인석 : 향민산가 뭐~?

권명숙 : 또 뭐~ 향민사. 그 뭐 여러 가지 책전에서 찾어나오이.[12]

위의 대화에서 권명숙의 말은 ① 대구에 있는 평화서점에 가서, ② 대조사와 명문당에서 발행한 책을 샀다는 것으로 요약할 수 있다. 여기에서 평화서점은 대구에 있는 책 도매상이며, 명문당은 해방 이전부터 서울에 있던 출판사이다. 이때 대조사를 대구에 있던 출판사라고 해석할 여지는 없다. 즉 대조사와 명문당은 권명숙이 구입하는 서적의 출판사를 의미할 뿐이다. 또한 단기 4293년(=1960) 1월에 발행한 〈섬동지전〉의 판권지에는 대조사의 주소가 '서울특별시 가회동'으로 기록되어 있다. 이러한 점을 고려할 때 대조사는 대구 지역에 있던 출판사가 아니라 서울에 있던 출판사로 보는 것이 타당하다고 하겠다.

한편 평양에서는 1915~1917년에 동명서관에서 〈장화홍련전〉을 2판까지 발행하였으며, 송기화상점에서는 1914년에 〈옥린몽〉을 발행하였다. 그리고 광문책사에서는 1914~1916년에 「소대성전」 등의 작

---

12 권미숙, 앞의 글, 415~416면.

품을 5회 발행하였다. 그런데 판권지에 광문책사의 발행자가 송기화로 기록된 것으로 보아 광문책사는 송기화상점의 후신으로 보인다.[13]

한편 〈표 4〉에서 두드러진 현상은 활자본 고전소설의 발행이 서울에 집중되었다는 것이다. 물론 서울은 일제 강점기 동안 설립되었던 출판사의 87.7%가 소재한 곳이기도 하였으며,[14] 교통·통신망이 발달하고 독서 계층이 형성되어 있었다는 점 등에서 출판업이 발달하기에 적합한 조건을 갖추고 있었다.[15] 그렇기 때문에 서울에 소재한 출판사에서 활자본 고전소설이 많이 발행되었다는 것은 수긍할 만하다. 그렇지만 그럼에도 불구하고 서울 집중 현상은 그 정도가 매우 심하다고 할 수 있다. 일제 강점기에 출판사의 12.3%가 서울 이외의 지역에 위치하고 있었음에도 불구하고 활자본 고전소설이 서울 이외의 지역에서 발행된 것이 3%도 안 된다는 것은 극심한 문화적 편중이라고 할 수 있을 것이다.

이러한 편중 현상은 방각본 고전소설의 간행과 비교해 볼 때 더욱 두드러진다. 방각본 고전소설의 지역별 발행 현황은 다음과 같다.[16]

---

13 한편 광문책사에서 발행한 「화용도실기」(1915.1.8)의 광고 목록에는 18종의 고전소설이 소개되어 있다고 한다. 그러나 이 광고만으로 그 작품들이 광문책사에서 실제로 발행한 것인지는 확신할 수가 없다. 金聖哲, 「활자본 고소설의 존재 양태와 창작 방식 연구」, 고려대학교 박사학위논문, 2011, 35~36면.

14 방효순에 따르면 일제 강점기 동안 설립되었던 국내 민간 출판사 252곳 중 경성 이외 지역에 소재한 출판사는 31곳으로 전체 출판사의 87.7%(221개)가 경성에 위치하고 있었다고 한다. 방효순, 「일제시대 민간서적 발행 활동의 구조적 특성에 관한 연구」, 이화여대 박사학위논문, 2001, 23면.

15 김종수는 당시 서울에서 출판업이 발달할 수 있었던 조건으로 ① 교통・통신망의 정비, ② 기술력 및 관련 자본의 형성, 발달, ③ 독서 계층의 확대를 꼽았다. 김종수, 「일제 강점기 경성의 출판문화 동향과 문학서적의 근대적 위상」, 『서울학연구』 35, 서울시립대부설 서울학연구소, 2009, 251~253면.

〈표 6〉 방각본 고전소설의 지역별 간행 현황

	서울	전주	안성	계
작품 수	54	22	11	87
비율	62.1	25.3	12.6	100

〈표 6〉은 방각본으로 간행된 고전소설의 종수인데, 이본의 수는 고려하지 않았다는 점에서 이것이 방각본 고전소설의 발행 횟수를 정확하게 반영한 것이라고는 할 수 없다. 그러나 완판과 안성판 내에도 동일한 작품의 여러 이본이 간행되었다는 것을 감안할 때, 서울에서의 방각본 고전소설 간행이 62%를 크게 상회하지는 않을 것이다. 이런 점에서 볼 때 활자본 고전소설 발행의 서울 쏠림 현상은 지나쳤다고 할 수 있다.

사정이 이렇게 된 데에는 출판업의 입지 외에도 활자본 고전소설의 발행소 대부분이 서울에 있었다는 점에서도 찾을 수 있다. 활자본 고전소설의 발행 횟수에 따라 발행소 상위 10곳의 발행 횟수와 발행 시기를 순서대로 정리하면 〈표 7〉과 같다.

〈표 7〉 주요 출판사의 고전소설 발행 횟수 및 시기

순위	출판사명	발행횟수	고전소설 발행 시기
1	세창서관	325	1915~1969
2	신구서림	299	1912~1939
3	박문서관	267	1912~1938

16 최호석, 「안성판과 경판의 거리」, 『洌上古典硏究』 31, 洌上古典硏究會, 2010, 82면을 재구성한 것임.

4	회동서관	252	1912~1937
5	덕흥서림	172	1913~1938
6	영창서관	150	1915~1942
7	경성서적업조합	137	1912~1927
8	대창서원	118	1914~1929
9	조선도서주식회사	95	1914~1929
10	광동서국	83	1908~1931
	계	1,898	

〈표 7〉에서 보듯이 활자본 고전소설 발행 횟수 상위 10개의 발행소는 세창서관, 신구서림, 회동서관, 박문서관 등 모두 서울에 위치한 출판사가 차지하고 있다. 이들 발행소에서 발행한 활자본 고전소설은 총 1,898회에 이르는데, 이는 발행소가 밝혀진 전체 2,927회의 64%를 상회하는 것이다. 이렇게 볼 때 활자본 고전소설 발행이 서울에 치우친 것은 활자본 고전소설의 주요 발행소가 서울에 자리한 것을 반영한 결과라고 하겠다.

3. 활자본 고전소설의 가격 분포

활자본 고전소설 2,498회의 발행 기록 가운데 필자가 그 가격을 확인한 것은 1,169건으로, 이는 46%를 조금 넘는 수준이다.[17] 그런데

17 여기에서는 1938년에 성문당서점에서 4책으로 발행한 〈옥루몽〉처럼 그 가격이 '2원 50전(전4책)'과 같이 책정된 것은 제외하였다. 이는 낱권으로 판매하는 여타의 활자본 고전소설의 가격보다는 책당 가격이 어느 정도 할인되었을 것으로 보이기 때문이다. 다만 여러 책으로 구성된 것이라도 책당 가격이 판권지에 따로 기록

1939년부터 1947년까지 가격에 대한 기록이 없으며, 1950년대부터는 화폐의 단위가 달라졌다. 그래서 여기에서는 1906년에서 1938년 사이에 발행되어 동일한 화폐 단위로 기록된 활자본 고전소설 1,010책의 가격 분포를 살펴보고자 한다.

한편 활자본 고전소설의 가격과 관련하여 이주영은 활자본 고전소설의 가격이 작품 분량의 차이를 반영하고 있다고 하고, 작품 분량에 따라 책당 6전~65전 사이의 분포를 보이며, 20~40전의 것이 주류를 이룬다고 하였다. 그리고 1책의 가격이 가장 비싼 것으로는 65전에 발행된 「현토창선감의록」(1924, 한남서림)을 꼽았다.[18] 그러나 필자의 자료에 따르면 활자본 고전소설의 가격은 6전에서부터 1원 20전에 이르기까지 30가지가 넘는 가격대를 보여준다. 1,010건의 가격 기록 가운데 가격별로 5회 이상 기록된 977사례를 정리하면 〈표 8〉과 같다.[19]

〈표 8〉 활자본 고전소설의 주요 판매 가격과 가격별 발행 횟수

	6	10	15	18	20	25	30	35	40	45	50	55	60	90	계
1908						1									1
1912			2		3	3	1		1	1					11
1913	5		2		1	5	14	7	9	5	3	3			54
1914	3		1		3	9	5	2	7		2	2			34
1915			3		4	21	14	1	1	1	3				48

된 것은 낱권으로 된 다른 활자본 고전소설과 함께 다루었다.

18 이주영, 『구활자본 고전소설 연구』, 도서출판 월인, 1998, 130~132면.

19 4회 이하로 기록된 사례를 들면 다음과 같다.

가격	14	16	19	23	24	26	27	28	32	33	38	65	70	80	100	120	계
건수	2	3	2	3	1	2	1	1	1	1	2	3	4	4	2	1	33

1916			5	1	5	26	19	1	3	2	8	1	2		73
1917			1		15	25	23	7	8	2	4	1			86
1918		2	1	4	7	14	11	15	11	3	4	1	2	1	76
1919		2			3	3	3	1	2	1	1				16
1920			5		10	7	10	5	1	3	4	1	5		51
1921			1		6	10	12	4		2	1				36
1922			2		8	15	8	6	1	1	3	1			45
1923			4		11	13	4	8	1	2	6	1			50
1924			1		7	5	5	1	2	1	1		3	3	29
1925			23		28	44	13	4	3	3	4				122
1926		7	15		15	17	9	5	6	2	4		1		81
1927		1			3	3	1				3				11
1928			1		6	15	4				5	1			32
1929			11		4	8	6	4	2	1					36
1930			2		3	7	2	1	2		1			1	19
1931			1			5					1				7
1932	1				1	2	2								6
1933			2		2	2	2	1							9
1934			2		1	3	5				1				12
1935			1		2	4	3				1		1		12
1936			2		1	6	1		1	1	2				14
1937					1	2			1		1				5
1938							1								1
합계	9	12	88	5	150	275	178	73	62	31	63	12	14	5	977

〈표 8〉에서 보듯이 25전에 발행된 것이 275회로 가장 많았으며, 30전이 178회, 20전이 150회로 그 뒤를 이었다. 그리고 50회 이상

기록된 가격으로는 15전(88회), 40전(62회), 50전(63회)이 있다. 이와 같은 사실로 보아 활자본 고전소설의 주요 가격대는 15전~50전으로 보아야 할 것이다. 활자본 고전소설 가운데 가장 가격이 싼 것은 6전으로, 여기에는 신문관에서 육전소설 시리즈로 발행한 〈심청전〉(1913, 48면) 등과 조선총독부에서 발행한 〈구운몽〉(1914 3판, 95면 내외) 등이 있다. 그리고 가장 비싼 것은 박문사 외 여러 출판사에서 공동으로 1원 20전에 발행한 〈(주해)서상기〉(1906, 216면)이며, 그 다음으로 비싼 것은 덕흥서림에서 1원에 발행한 〈단종대왕실기〉(1925 3판, 280면)였다.

그리고 활자본 고전소설의 연도별 평균 가격을 정리하면 〈그림 4〉와 같다.

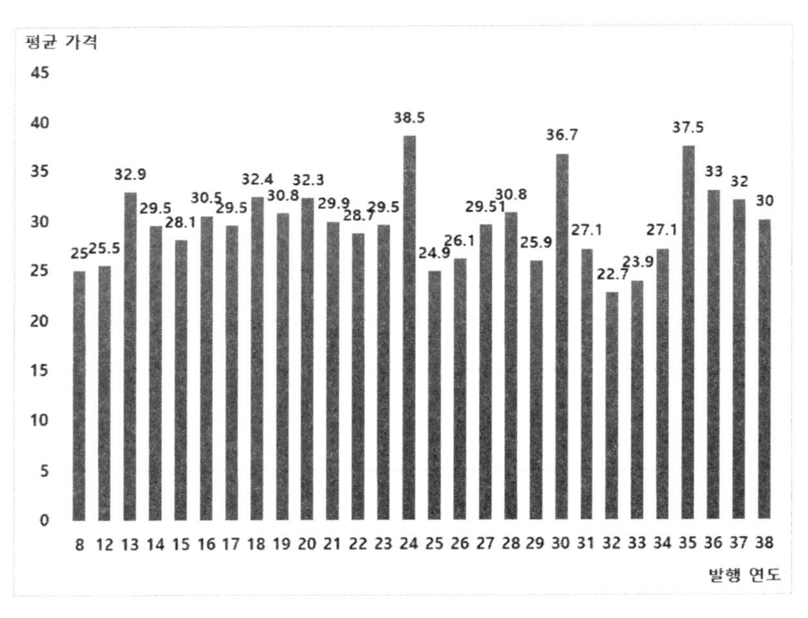

〈그림 4〉 활자본 고전소설의 평균 가격(1908~1938)

〈그림 4〉는 〈표 8〉에서 제시되지 않은 다른 가격의 활자본 고전소설을 포함한 1,009건의 가격을 대상으로 연도별 평균 가격을 정리한 것이다.[20] 〈그림 4〉에서 보듯이 활자본 고전소설의 평균 가격이 가장 높았던 때는 1924년으로, 그해 발행된 활자본 고전소설의 평균 가격은 38.5전이었다. 그리고 37.5전을 기록한 1935년과 36.7원을 기록한 1930년이 그 다음으로 높았다.

한편 활자본 고전소설의 평균 가격과 평균 면수, 그리고 1면당 평균 가격을 제시하면 〈표 9〉와 같다.

〈표 9〉 활자본 고전소설의 평균 가격, 면수, 1면당 가격

발행 연도	평균 가격	평균 면수	1면당 평균가격
1906	120	216.00	0.56
1908	25	33.0	0.76
1912	25.5	106.73	0.26
1913	32.9	149.83	0.22
1914	29.5	123.88	0.26
1915	28.1	97.65	0.31
1916	30.5	103.51	0.32
1917	29.5	88.20	0.36
1918	32.4	87.45	0.39
1919	30.8	108.00	0.28
1920	32.3	97.96	0.37

20 〈그림 4〉에서는 1906년에 1원 20전으로 발행된 〈서상기〉(박문사 외, 216면)의 가격은 제외하였다. 1906년의 발행 기록은 1건인데, 그 분량이 길어서 가격 또한 매우 비싸다. 그런데 이러한 것을 복합적으로 고려하지 않을 경우 1회에 그치는 예외적인 현상을 당대 일반적인 현상으로 오해할 수 있기 때문이다.

1921	29.9	85.73	0.37
1922	28.7	84.33	0.38
1923	29.5	92.72	0.35
1924	38.5	105.30	0.38
1925	24.9	66.72	0.39
1926	26.1	77.51	0.35
1927	29.51	80.64	0.39
1928	30.8	85.27	0.40
1929	25.9	68.38	0.40
1930	36.7	96.50	0.44
1931	27.1	71.43	0.39
1932	22.7	59.33	0.38
1933	23.9	48.22	0.51
1934	27.1	58.08	0.49
1935	37.5	95.50	0.44
1936	33	75.67	0.46
1937	32	68.20	0.64
1938	30	73.00	0.41
평균	29.65	90.55	0.36

〈표 9〉에서 보듯이 활자본 고전소설 전체의 평균 가격은 29.65전, 평균 분량은 90.55면, 그리고 1면당 평균 가격은 0.36전이 된다. 그런데 1906년에 발행된 활자본 고전소설의 평균 면수는 216면인데, 이는 〈서상기〉 1권의 기록이라 예외적인 현상이라고 하겠다. 한편 발행 연도에 따라 평균 가격이 차이가 나는 것은 그 해에 발행한 서적의 평균 면수와 관계가 있다. 즉 평균 가격이 낮은 것은 그 해에 상대적으

로 분량이 적은 저가(低價)의 서적을 많이 발행하였기 때문이며, 그와 반대로 평균 가격이 높은 것은 분량이 많은 고가(高價)의 서적을 많이 발행하였기 때문이라고 하겠다. 즉 평균 가격이 25전이 안 되는 1925년과 같은 해에는 〈옥단춘전〉과 같이 40면 내외의 짧은 작품이 많이 출판된 반면, 평균 가격이 32전이 넘는 1913년에는 각 권 평균 200면이 넘는 신문관본 〈옥루몽(전4권)〉을 비롯하여 각 권 200면을 전후하는 〈삼국지〉와 〈수호지〉 등의 장편소설이 여러 곳에서 발행되었기 때문이라고 하겠다. 이는 활자본 고전소설의 가격이 작품의 분량과 관계가 있다는 종래의 주장을 뒷받침하는 결과라고 하겠다.[21]

그렇다면 이와 같은 활자본 고전소설의 가격은 당대 어느 정도의 가치를 지니는 것일까? 당시 아무런 기술도 없는 보통 인부의 1일 임금과 활자본 고전소설의 평균 가격, 그리고 1면당 평균 가격을 비교하면 〈표 10〉과 같다.[22]

---

21 이주영은 활자본 고전소설의 가격이 작품 분량의 차이를 반영하고 있다고 하였다. 이주영, 『구활자본 고전소설 연구』, 도서출판 월인, 1998, 131면.

22 여기서 제시하는 보통 인부의 1일 임금은 조선인 노동자들이 받는 전국 평균 임금이다. 이 통계 자료는 통계청의 국가통계포털에서 가져왔으며, 그곳의 인터넷 주소는 다음과 같다.
http://kosis.kr/statisticsList/statisticsList_01List.jsp?vwcd=MT_CHOSUN_TI TLE&parmTabId=M_01_03_01#SubCont

〈표 10〉 보통 인부의 1일 임금과 활자본 고전소설의 가격 비교

시기	1일 임금	평균 가격	1면당 평균 가격
1912	44	23.54	0.26
1913		19.92	0.22
1914	42	23.54	0.26
1915	39	28.075	0.31
1916	41	28.98	0.32
1917	46	32.6	0.36
1918	67	35.31	0.39
1919		25.35	0.28
1920	130	33.5	0.37
1921	104	33.5	0.37
1922	100	34.41	0.38
1923	150	31.69	0.35
1924	89	34.41	0.38
1925	93	35.31	0.39
1926	89	31.69	0.35
1927	86	35.31	0.39
1928	90	36.22	0.4
1929	91	36.22	0.4
1930	77	39.84	0.44
1931	66	35.31	0.39
1932	68	34.41	0.38
1933	70	46.18	0.51
평균	79.1	29.65	0.36

〈표 10〉에서 보듯이 조선인 보통 인부의 1일 임금은 1918년부터 오르기 시작하여 1920년에는 1원 20전, 1923년에는 1원 50전까지 올랐다. 그래서 1915년에는 1일 임금이 활자본 고전소설 가격의 1.39배에 불과하였는데, 1923년에는 그것이 4.73배에 이르렀다. 〈그림 5〉는 이러한 보통 인부의 임금과 활자본 고전소설의 가격 차이를 더욱 분명하게 보여주고 있다.

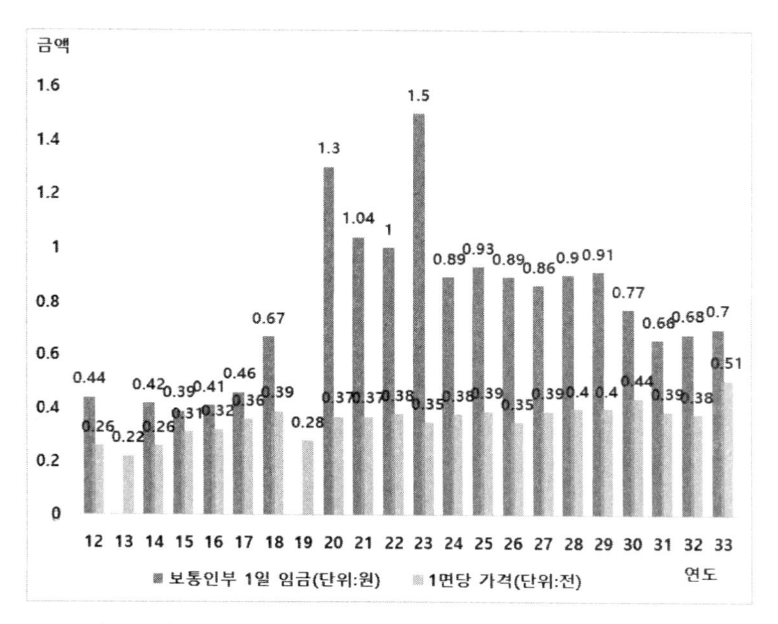

〈그림 5〉 보통 인부 1일 임금과 활자본 고전소설의 가격 비교

다음으로 한글본과 한문본의 가격 관계에 대하여 살펴보기로 하자.

〈표 11〉 한글본과 한문본의 가격 비교

발행연도	평균가격		평균면수		1면당 평균 가격	
	한글본	한문본	한글본	한문본	한글본	한문본
1906		120		216.00		0.56
1908	25		33.00		0.76	
1912	25.45		106.73		0.26	
1913	32.86		149.83		0.22	
1914	29.38	35	124.00	120.00	0.26	0.29
1915	27.6	50	96.70	142.00	0.31	0.35
1916	29.68	45	101.47	140.25	0.32	0.32

1917	29.14	45	87.07	136.00	0.36	0.34
1918	31.94	52.5	85.59	164.50	0.39	0.37
1919	27.37	44	94.78	155.60	0.28	0.28
1920	28.29	57.86	81.38	204.57	0.38	0.29
1921	29.73	35	85.78	84.00	0.36	0.42
1922	27.12	51.67	78.33	170.33	0.38	0.34
1923	28.96	38.33	92.19	101.00	0.34	0.46
1924	31.54	83.75	90.50	201.50	0.38	0.41
1925	24.57	47.5	65.88	168.00	0.39	0.30
1926	26.07		77.51		0.35	
1927	25	50	67.11	141.50	0.40	0.38
1928	30	55	83.06	156.00	0.40	0.35
1929	25.83	30	68.75	55.00	0.39	0.55
1930	36.74		96.50		0.44	
1931	27.14		71.43		0.39	
1932	22.67		59.33		0.38	
1933	23.89		48.22		0.51	
1934	25	50	58.27	56.00	0.45	0.89
1935	37.5		95.50		0.44	
1936	33		75.67		0.46	
1937	32		68.20		0.64	
1938	30		73.00		0.41	
평균	28.68	53.05	87.82	156.80	0.36	0.37

〈표 11〉에서 보듯이 한문본의 가격은 한글본의 2배 가까이 된다. 그러나 그 분량 또한 2배 가까이 되기 때문에 1면당 가격을 따지면 그 차이가 0.01전밖에 되지 않는다. 즉 한글본과 한문본으로 각각

100면 분량의 서적을 발행한다고 할 때, 그 가격은 각각 36전과 37전이 될 것이다. 이러한 사실은 한문으로 된 활자본 고전소설이 한글본보다 비쌀 것이라는 일반적인 예상과는 다른 것이라고 하겠다.

한편 활자본 고전소설의 가격 변동과 관련하여 이주영은 1916~1917년 사이에 분량이 줄거나 가격이 오르는 경우가 많았으나 1920년을 정점으로 하여 이후에는 가격 변화의 폭이 크지 않다고 하였다.[23] 그리고 김준형은 후대로 갈수록 낮아지는 경향이 일반적이라고 하였다.[24] 이와 같은 주장에 대하여 〈유충렬전〉의 사례를 들어 살펴보기로 하자.

〈표 12〉 〈유충렬전〉의 추이

순서	발행소	발행일	판 차	면수	가격(전)	1면당 가격(전)
1	덕흥서림	1915.01.21	2	112	25	0.22
2	동미서시	1915.06.05	3	98	25	0.26
3	덕흥서림	1915.08.31	3	103	25	0.24
4	광동서국	1918.02.10	2	94	35	0.37
5	덕흥서림	1918.03.07	6	94	35	0.37
6	덕흥서림	1919.12.15	9	99	30	0.30
7	대창서원	1920.12.31	1	86	30	0.34
8	대창서원	1921.01.10	2	86	30	0.34
9	덕흥서림	1921.10.20	11	99	30	0.30
10	덕흥서림	1922.07.20	13	99	30	0.30
11	동양서원	1925.09.30	1	99	30	0.30

23 이주영, 『구활자본 고전소설 연구』, 도서출판 월인, 1998, 130~133면.

24 김준형, 「근대 전환기 글쓰기의 변모와 구활자본 고전소설」, 『고전과해석』 창간호, 한국고전문학한문학연구학회, 2006, 82면.

12	회동서관	1925.10.30	1	99	25	0.25
13	태화서관	1928.	1	85	30	0.35
14	광한서림	1929.01.15	1	99	30	0.30
15	대창서원	1929.01.25	5	86	30	0.34
16	삼문사	1932.11.15	2	75	30	0.40
평균				94.56	29.38	0.31

〈표 12〉는 한글본으로 발행된 〈유충렬전〉 가운데 발행 연도와 가격, 그리고 발행 면수가 확인된 것만을 대상으로 한 것이다. 이 표에서 보듯이 〈유충렬전〉의 가격은 25전에서 35전 사이에 분포하고 있다. 특히 1915년에는 25전이던 것이 1918년에는 35전으로 급등하였다가 1919년부터는 30전이 되었다. 그리고 1925년에 한번 25전으로 발행되었을 뿐, 그것을 제외한 나머지 10회는 30전으로 발행되었다. 이러한 사실은 이주영의 주장과는 달리 활자본 고전소설의 가격이 1920년에 정점을 이루지 못하였으며, 또 김준형의 주장과도 달리 후대로 갈수록 가격이 낮아지지 않았음을 보여 주고 있다. 오히려 작품의 분량을 고려하여 1면당 가격을 계산한다면 1918년과 1932년의 가격이 가장 비싸다고 하겠다.

다음으로 〈조웅전〉의 사례를 살펴보기로 하자.

〈표 13〉 〈조웅전〉의 추이

순서	발행소	발행일	판 차	면수	가격(전)	1면당 가격(전)
1	덕흥서림	1914.01.28	1	124	30전	0.24
2	덕흥서림	1915.03.10	2	122	30전	0.25
3	덕흥서림	1916.01.05	3	122	30전	0.25
4	박문서관	1916.11.27	1	114	30전	0.26
5	덕흥서림	1917.11.06	5	114	35전	0.31
6	경성서적업조합소	1920.01.13	7	89	35전	0.39
7	대창서원	1920.12.30	1	89	30전	0.34
8	박문서관	1921.02.21	2	104	30전	0.30
9	대창서원	1922.01.09	9	104	30전	0.30
10	대창서원	1922.02.28	2	89	30전	0.34
11	덕흥서림	1923.12.25	10	104	30전	0.30
12	동양서원	1925.09.30	1	94	30전	0.32
13	회동서관	1925.10.30	1	94	25전	0.27
14	경성서적업조합	1926.12.20	2	104	20전	0.19
15	대성서림	1928.10.18	1	94	30전	0.32
16	대성서림	1929.12.28	2	94	30전	0.32
17	세창서관	1933.09.20	1	79	30전	0.38
18	화광서림	1935.12.15	1	79	30전	0.38
평균				100.72	29.72	0.30

〈표 13〉에서 보듯이 〈조웅전〉의 가격도 〈유충렬전〉과 마찬가지로 20~35전 사이에 분포하고 있다. 〈조웅전〉의 가격은 1914년에 30전으로 시작하여 1917년에 35전으로 잠깐 올랐다가 1920년에 30전으로 돌아온다. 그리고 1925년에 25전, 1926년에 20전으로 급격히 하락하

였다가 1928년에 다시 30전을 기록한다. 그리고 나머지 작품은 모두 30전의 가격을 유지하고 있다. 또 작품의 분량을 고려하여 1면당 가격을 계산한다면 1920년과 1922년에 고점을 찍었다가 다시 내려온 뒤에 1933년과 1935년에 정점을 기록하고 있다.

〈유충렬전〉과 〈조웅전〉의 사례에서 보듯이 활자본 고전소설의 가격이 1920년에 정점을 이룬다고 하거나, 후대로 갈수록 가격이 낮아지는 경향이 있다는 것은 사실에 부합하지 않음을 알 수 있다. 물론 일부 작품의 경우 이러한 사례에 부합하는 것도 있지만, 가격 정보가 많은 경우에는 일정한 경향을 찾기가 어렵다고 할 것이다. 그리고 일반적인 예상과는 달리 한자와 한글이라는 표기문자의 차이와 30면 내외의 분량 차이는 가격 산정에 별로 영향을 끼치지 못한 듯하다.

한편 Ⅵ장에서 덕흥서림본 〈강릉추월〉과 〈김진옥전〉의 사례에서 살펴본 것과 같이 한 곳의 발행소에서 동일한 작품을 거듭하여 발행할 경우 판 차가 올라가면서 분량이 줄어드는 것은 당대의 일반적인 현상이었던 것으로 보인다.[25] 이는 〈표 12〉에서 제시하였던 덕흥서림본 〈유충렬전〉 또한 판 차가 올라가면서 112면(2판, 25전)→103면(3판, 25전)→94면(6판, 35전)→99면(9·11·13판, 30전)으로 분량이 줄어드는 경향을 보이는 데서도 알 수 있다. 그리고 〈표 13〉에서 덕흥서림본 〈조웅전〉 또한 124면(1판, 30전)→122면(2·3판, 30전)→114면(5판, 35전)→104면(10판, 30전)으로 줄어들었다.[26] 그리고 작품의 분량은 줄어드는

---

25 이주영은 발행소와 관계없이 활자본 고전소설의 분량이 줄거나 가격이 오르는 경우가 많았다고 하였다. 이주영, 앞의 책, 133면.

26 한편 경성서적업조합과 대창서원에서 발행한 〈조웅전〉은 이와는 반대의 모습인 것처럼 보인다. 그러나 경성서적업조합본의 2판은 1926년에 발행되었으며 7판은 1920년에 발행된 데서도 알 수 있듯이 두 판본은 서로 계열을 달리하는 것이므로

반면 가격은 그대로인 경우가 많다. 이는 결국 활자본 고전소설 1면당 가격의 인상을 뜻하는 것이므로, 실질적으로는 가격이 인상되었다고 할 수 있을 것이다.

그런데 당대에는 판권지에 기록된 가격과 활자본 고전소설의 실제 판매 가격이 다른 경우가 많았다. 심지어 신문에 "정가에 대ᄒᆞ야 五割引六割引乃至七割引의 價金을 受홈에 至"[27]하는 경우가 많았다는 기사가 난 것으로 보아, 출판사에서는 실제 판매 가격보다 훨씬 높은 가격을 정가(定價)로 책정한 뒤에 실제 거래할 때에는 낮은 가격을 제시함으로써 소비자의 소설 구매를 유도하였을 가능성이 크다. 이러한 사실은 활자본 고전소설의 가격에 상당한 거품이 있었으며, 출판사의 정책이 활자본 고전소설의 가격 책정에 가장 중요한 요소로 작용하였다는 것을 의미한다고 하겠다.[28] 심지어는 동일한 서적에 대하여 다른 가격이 기록된 판권지를 붙이는 경우도 있었다.

뒤로 가면서 분량이 늘었다고 할 수 없다. 대창서원본도 이와 마찬가지다.

27 「社說-書籍界의 弊風」, 『매일신보』, 1916.9.12, 1면.

28 지금도 전집류나 고서의 영인본은 정가와 실제 판매가와의 괴리가 큰데, 이는 출판사의 영업 전략에 기인한 것으로 보인다. 이는 도서 구입비용에 민감한 개인과의 거래에서는 정가보다 낮은 가격에 판매하여 적은 이윤을 얻는 반면, 상대적으로 도서 구입비용에 덜 민감한 각 도서관이나 공공기관에는 정가에 근접한 가격에 판매하여 많은 이윤을 얻는 방법이라고 하겠다.

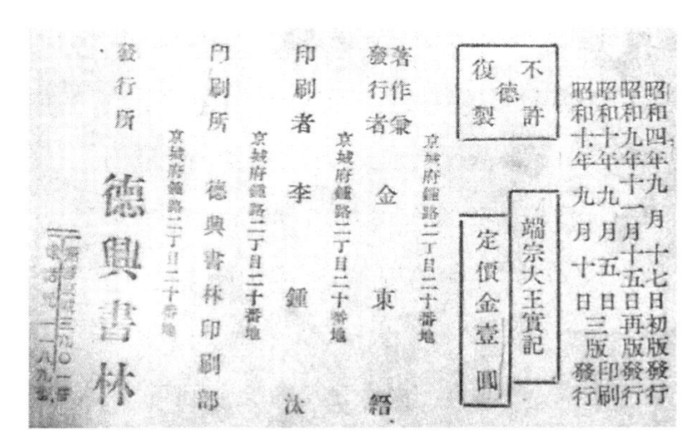

昭和四年九月十七日初版發行
昭和九年十一月十五日再版發行
昭和十年九月五日 印刷
昭和十年九月十日三版發行

不許複製 德

端宗大王實記

定價金壹圓

著作兼發行者 京城府鍾路二丁目二十番地 金東縉

印刷者 京城府鍾路二丁目二十番地 李鍾汰

印刷所 京城府鍾路二丁目二十番地 德興書林印刷部

發行所 京城府鍾路二丁目二十番地 德興書林

〈그림 6〉「端宗大王實記」(고려대 소장본)

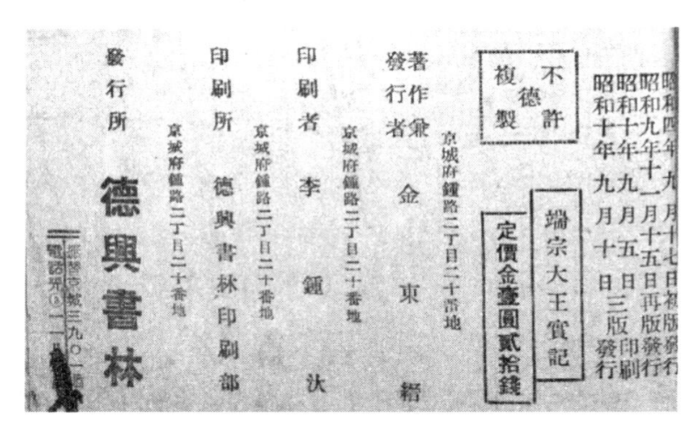

昭和四年九月十七日初版發行
昭和九年十一月十五日再版發行
昭和十年九月五日 印刷
昭和十年九月十日三版發行

不許複製 德

端宗大王實記

定價金壹圓貳拾錢

著作兼發行者 京城府鍾路二丁目二十番地 金東縉

印刷者 京城府鍾路二丁目二十番地 李鍾汰

印刷所 京城府鍾路二丁目二十番地 德興書林印刷部

發行所 京城府鍾路二丁目二十番地 德興書林

〈그림 7〉「端宗大王實記」(개인 소장본)

〈그림 6〉과 〈그림 7〉은 1925년 9월 10일에 덕흥서림에서 발행한 〈단종대왕실기〉(3판)의 판권지이다. 전체적으로 판권지의 내용이 일치하고 있는데 다만 가격과 발행소 부분에서 차이가 있다. 먼저 가격을 기록한 부분을 보면 〈그림 6〉에서는 글자 사이의 간격도 여유가 있으며, '壹'과 '圓' 사이에 한 글자 정도가 들어갈 빈 칸이 있다. 그런데 〈그림 7〉에서는 글자 사이의 간격도 촘촘하게 되어 있으며 '壹'과

'圓' 사이의 빈 칸이 없어지고 뒤에 '이십전(貳拾錢)'이 덧붙었다. 이처럼 〈그림 6〉과 〈그림 7〉은 동일한 출판사에서 동일한 날짜에 발행한 〈단종대왕실기〉(3판)의 판권지이지만, 그 가격만큼은 다르다.[29] 이와 같은 사실은 활자본 고전소설의 가격 결정이 출판사의 판단에 의해 임의적으로 이루어졌음을 의미한다고 하겠다.

---

29 그런데 〈그림 5〉에서 제목과 정가, 발행소인 '덕흥서림'의 자체(字體)가 동일한 명조체 계열인 반면, 〈그림 6〉에서 제목은 명조체이고 정가와 발행소는 고딕체로 되어 있는 것을 확인할 수 있다. 그리고 필자가 덕흥서림에서 발행한 활자본 고전소설의 몇몇 판권지를 확인한 결과 명조체로 제목과 정가를 기록한 것이 대부분이었다. 이런 점을 참고해 볼 때, 〈단종대왕실기〉는 일단 1원의 가격에 발행된 이후에 출판사의 사정에 의해 임의로 1원 20전으로 가격을 올린 것으로 보인다. 이와 같이 동일한 서적의 판권지에 서로 다른 가격이 기록된 경우에는 어떤 것을 취하느냐가 문제가 되기도 한다. 물론 〈그림 6〉의 1원 20전이라는 가격을 무시할 수는 없지만, 그것은 〈그림 5〉의 가격이 먼저 제시된 이후에 수정된 것으로 보인다. 따라서 〈그림 5〉의 〈단종대왕실기〉에 기록된 1원이라는 가격을 이 작품의 가격으로 보는 것이 타당할 것이다.

IX

결론

본 연구는 필자가 작성한 활자본 고전소설 서지 데이터베이스의 분석을 중심으로 하고 있다. 앞에서 서술한 것을 간단히 정리하면 다음과 같다.

먼저 II장에서는 활자본 고전소설을 "20세기 초에 출판 자본가들이 경제적 이익을 얻기 위하여 연활자를 활용하여 대량 출판한 단행본으로, 그 내용은 국내외의 고전소설과 그것의 개작, 고전이나 역사에서 유래한 서사적 이야기를 담고 있는 책"이라고 정의하였다. 그리고 활자본 고전소설은 1906년에 박문사와 대동서시 등이 공동으로 발행한 〈서상기〉에서 시작하였으며, 1978년 향민사에서 발행한 〈박씨전〉 등에서 그 마지막을 장식한다고 하여 활자본 고전소설의 범위를 제시하였다.

III장에서는 활자본 고전소설 서지 데이터베이스의 설계와 구축에 대하여 살펴보았다. 먼저 이 데이터베이스를 작성하는 데에 참고하였던 대상 자료를 소개하고, 데이터베이스의 구체적인 항목 설계와 각각의 내용이 어떻게 구성되었는지 살펴보았다. 이를 위하여 그것의 사례를 제시하면서 데이터베이스를 설명하였으며, 앞으로 남은 과제가 무엇인지 살펴보았다.

Ⅳ장에서는 활자본 고전소설 서지 데이터베이스에 기록된 작품의 총량을 제시하였다. 여기에서는 먼저 각 작품의 현황을 '출판, 목록, 광고'의 셋으로 구분한 뒤에 작품별로 필자가 제시한 순서에 따라 3,000여회에 달하는 활자본 고전소설의 발행 현황을 제시하였다.

Ⅴ장에서는 활자본 고전소설의 소종래와 관련하여 시간과 공간을 기준으로 하여 유형을 분류하였다. 이때 전근대와 근대로 나눈 시간의 축에 한국과 외국으로 나눈 공간의 축을 수직 교차하여 나온 4개의 구역을 제1유형 ~ 제4유형으로 설정하고 각 유형의 조건 및 범위, 그리고 각 유형에 속하는 작품들을 소개하였다.

Ⅵ장에서는 활자본 고전소설 판본간의 관계를 종적인 관계와 횡적인 관계로 나누어 살펴보았다. 이때 종적인 관계는 하나의 발행소에서 여러 차례 발행된 동일한 작품들 사이의 통시적 관계를 말하는데, 여기에서는 판 차를 이어가는 판본들의 관계와 독립적으로 발행된 동일한 판본들의 관계에 대하여 살펴보았다. 그리고 횡적인 관계는 여러 발행소에서 발행된 동일한 작품들 사이의 공시적 관계를 말하는데, 여기에서는 발행소간 활자본 고전소설의 공동 발행과 공동 인쇄에 대하여 설명하였다.

Ⅶ장에서는 그간 활자본 고전소설 연구에서 소외되어 온 활자본 고전소설의 인쇄소와 인쇄인에 대하여 살펴보았다. 여기에서는 활자본 고전소설의 판권지에 기록된 인쇄자와 인쇄소를 대상으로 하여 주요 인쇄소와 인쇄인의 활동에 대하여 살펴보았다.

Ⅷ장에서는 활자본 고전소설 서지 데이터베이스의 통계적 분석을 시도하였다. 활자본 고전소설 서지 데이터베이스는 그 자체로 빅 데

이터이기 때문에 활자본 고전소설의 발행 추이를 이해하는 데에 큰 도움이 되었다. 여기에서는 그것의 시간적 분포와 공간적 분포를 제시, 분석하는 한편 가격 분포에 대하여도 살펴보았다.

활자본 고전소설에 대한 연구는 이제 시작이 아닌가 한다. 특히 활자본 고전소설 서지 데이터베이스와 같이 방대한 자료를 잘 활용하면 활자본 고전소설에 대한 새로운 연구 시각 및 해석이 가능해질 것으로 기대한다.

참고문헌

1. 목록

권순긍, 『활자본 고소설의 편폭과 지향』, 보고사, 2000.

소재영·민병삼·김호근 엮음, 『한국의 딱지본』, 범우사, 1996.

우쾌제, 「구활자본 고소설의 출판 및 연구 현황 검토」, 『고전소설연구의 방향』, 새문사, 1985.

이능우, 「'고대소설' 구활판본 조사목록」, 『논문집』 8, 숙명여대, 1968, 『고소설연구』, 3판, 이우출판사, 1978, 재록.

이주영, 『구활자본 고전소설 연구』, 월인, 1998.

조희웅, 『고전소설 연구 보정』 上·下, 집문당, 2006.

______, 『고전소설 이본 목록』, 집문당, 1999.

W.E.Skillend, Kodae sŏsol : a survey of Korean traditional style popular novels, London : School of Oriental and African Studies, 1968.

2. 작품

김기동 편, 『활자본고전소설전집』 1~12, 아세아문화사, 1976~1977.

김용범 편, 『구활자소설총서』 1~12, 민족문화사, 1983.

대조사편집부, 『고대소설집』 1~4, 대조사, 1959.

신소설전집편집부, 『신소설전집』 1~21, 계명문화사, 1987.

인천대 민족문화연구소편, 『구활자본고소설전집』 1~33, 은하출판사, 1983~1984.

조동일 편, 『조동일소장국문학연구자료』 20~30, 도서출판박이정, 1999.

현실문화 편, 『아단문고 고전총서』 1~10, 현실문화, 2007.

기타 주요 도서관 및 개인 소장본 다수.

3. 논문 및 저서

강현조, 「〈금낭이산(錦囊二山)〉 연구 : 작품의 성립과 그 변화 과정을 중심으로」, 『현대소설연구』 37, 한국현대소설학회, 2008.

______, 「번안소설 〈박천남전(朴天男傳)〉 연구」, 『국어국문학』 149, 국어국문학회, 2008.

곽정식, 「〈元斗杓實記〉의 창작 방법과 소설사적 의의」, 『韓國文學論叢』 52, 한국문학회, 2009.

______, 「〈韓氏報應錄〉의 형성 과정과 소설사적 의의」, 『어문학』 105, 한국어문학회, 2009.

______, 「〈홍장군전(洪將軍傳)〉의 형성과정과 작자의식」, 『새국어교육』 81, 한국어교육학회, 2009.

______, 「활자본 고소설의 수용 양상과 그 소설사적 의의」, 『韓國文學論叢』 55, 한국문학회, 2010.

______, 「활자본 고소설 〈林巨丁傳〉의 창작 방법과 洪命憙 〈林巨正〉과의 관계」, 『語文學』 111, 한국어문학회, 2011.

권미숙, 「20세기 중반 책장수를 통해 본 활자본 고전소설의 유통 양상」, 『고전문학과 교육』 20, 한국고전문학교육학회, 2010.

김교봉, 「구활자본 고소설의 출판과 그 소설사적 의의」, 『고소설사의 제문제』, 집문당, 1993.

김귀석, 「〈미인도〉 연구」, 『한국언어문학』 48, 한국언어문학회, 2002.

김도환, 「〈三國志演義〉의 舊活字本 古典小說로의 改作 樣相」, 『中國小說論叢』 20, 韓國中國小說學會, 2004.

김성철, 「『삼국풍진 제갈량전』의 번역 양상과 소설화 방식」, 『우리어문연구』 38, 우리어문학회, 2010.

______, 「활자본 고소설의 존재 양태와 창작 방식 연구」, 고려대학교 박사학위논문, 2011.

김재웅, 「〈江陵秋月傳〉 研究」, 『한국학논집』 26, 계명대학교 한국학연구원, 1999.

______, 「〈최호양문록〉의 구조적 특징과 가정소설적 위상」, 『정신문화연구』 33, 한국학중앙연구원, 2010.

김정녀, 「〈수매청심록〉의 창작 방식과 의도」, 『한민족문화연구』 36, 한민족문화학회, 2011.

김종수, 「일제 강점기 경성의 출판문화 동향과 문학서적의 근대적 위상 – 한성도서 주식회사의 활동을 중심으로」, 『서울학연구』 35, 서울시립대학교 서울학연구소, 2009.

______, 「일제 식민지 문학서적의 근대적 위상」, 『우리어문연구』 41, 우리어문학회, 2011.

김종철, 「미인도 연구」, 『인문논총』 2. 아주대 인문과학연구소, 1991.

김준형, 「근대 전환기 글쓰기의 변모와 구활자본 고전소설」, 『고전과 해석』 1, 고전문학한문학연구학회, 2006.

______, 「근대전환기 옥소선이야기의 개작 양상과 그 의미」, 『한국고전여성문학연구』 13, 한국고전여성문학회, 2006.

김지연, 「〈芙蓉의 相思曲〉의 근대적 성격」, 『여성문학연구』 12, 한국여성문학학회, 2004.

______, 「〈임화정연〉의 현대적 출판과 개작의 특징 – 1962년 을유문화사 판 최인욱 본 〈임화정연〉을 중심으로」, 『古小說研究』 33, 한국고소설학회, 2012.

김진영·차충환, 「〈태아선적강록〉과 〈유황후전〉의 比較 研究」, 『語文研究』 146호, 한국어문교육연구회, 2010.

김현양, 「1910년대 활자본 군담소설의 변모 양상」, 『연민학지』 4, 연민학회, 1996.

______, 「1910년대 활자본 고소설의 존재 양상과 그 특성 – 〈옥중화〉, 〈봉황대〉, 〈신유복전〉을 대상으로」, 『애산학보』 28, 애산학회, 2003.

김현우, 「〈미인도〉의 변모양상과 그 의미」, 『한국어문연구』 15, 한국어문연구학회, 2004.

박상석, 「번안소설 〈백년한(百年恨)〉 연구」, 『淵民學志』 12, 연민학회, 2009.

______, 「한문소설 〈종옥전(鍾玉傳)〉의 개작, 활판본소설 〈미인계(美人計)〉 연구」, 『古小說 研究』 28, 한국고소설학회, 2009.

______, 「짜깁기방식의 활판본 역사소설 연구」, 『영주어문』 20, 영주어문학회, 2010.

______, 「활판본 고소설 〈무릉도원〉 연구」, 『고소설연구』 34, 한국고소설학회, 2012.

박은희, 「〈삼성기(三聖記)〉 연구」, 한국교원대학교 석사논문, 2007.

박진영, 「일재 조중환과 번안 소설의 시대」, 『민족문학사 연구』 26, 민족문학사학회, 2004.

______, 「신문관의 출판 대장정과 청년 편집자 최남선의 초상」, 『근대서지』 제7호, 근대서지학회, 2013.

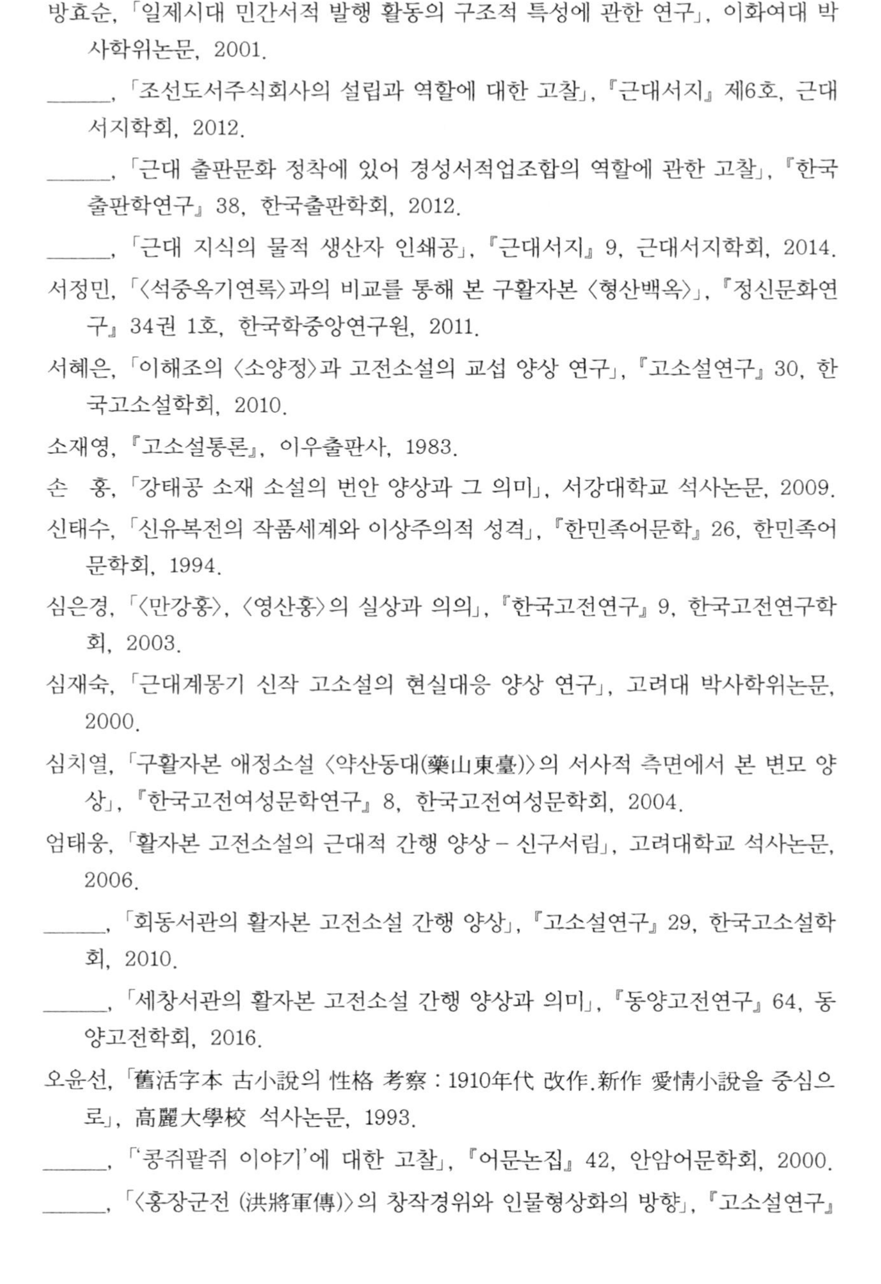

방효순, 「일제시대 민간서적 발행 활동의 구조적 특성에 관한 연구」, 이화여대 박사학위논문, 2001.

______, 「조선도서주식회사의 설립과 역할에 대한 고찰」, 『근대서지』 제6호, 근대서지학회, 2012.

______, 「근대 출판문화 정착에 있어 경성서적업조합의 역할에 관한 고찰」, 『한국출판학연구』 38, 한국출판학회, 2012.

______, 「근대 지식의 물적 생산자 인쇄공」, 『근대서지』 9, 근대서지학회, 2014.

서정민, 「〈석중옥기연록〉과의 비교를 통해 본 구활자본 〈형산백옥〉」, 『정신문화연구』 34권 1호, 한국학중앙연구원, 2011.

서혜은, 「이해조의 〈소양정〉과 고전소설의 교섭 양상 연구」, 『고소설연구』 30, 한국고소설학회, 2010.

소재영, 『고소설통론』, 이우출판사, 1983.

손 홍, 「강태공 소재 소설의 번안 양상과 그 의미」, 서강대학교 석사논문, 2009.

신태수, 「신유복전의 작품세계와 이상주의적 성격」, 『한민족어문학』 26, 한민족어문학회, 1994.

심은경, 「〈만강홍〉, 〈영산홍〉의 실상과 의의」, 『한국고전연구』 9, 한국고전연구학회, 2003.

심재숙, 「근대계몽기 신작 고소설의 현실대응 양상 연구」, 고려대 박사학위논문, 2000.

심치열, 「구활자본 애정소설 〈약산동대(藥山東臺)〉의 서사적 측면에서 본 변모 양상」, 『한국고전여성문학연구』 8, 한국고전여성문학회, 2004.

엄태웅, 「활자본 고전소설의 근대적 간행 양상 – 신구서림」, 고려대학교 석사논문, 2006.

______, 「회동서관의 활자본 고전소설 간행 양상」, 『고소설연구』 29, 한국고소설학회, 2010.

______, 「세창서관의 활자본 고전소설 간행 양상과 의미」, 『동양고전연구』 64, 동양고전학회, 2016.

오윤선, 「舊活字本 古小說의 性格 考察 : 1910年代 改作.新作 愛情小說을 중심으로」, 高麗大學校 석사논문, 1993.

______, 「'콩쥐팥쥐 이야기'에 대한 고찰」, 『어문논집』 42, 안암어문학회, 2000.

______, 「〈홍장군전 (洪將軍傳)〉의 창작경위와 인물형상화의 방향」, 『고소설연구』

12, 한국고소설학회, 2001.

오윤선, 「신소설 서지 데이터베이스의 분석과 그 의미」, 『우리어문연구』 25, 우리어문학회, 2005.

_____, 「구활자본 〈최장군전〉의 발굴과 그 의미」, 『고소설연구』 34, 한국고소설학회, 2012.

우쾌제, 「고소설의 명칭 및 총량의 통계적 고찰」, 『고소설의 저작과 전파』, 고소설연구회 편, 아세아문화사, 1994.

웨인 저, 정기인 역, 「1920년대 한성도서 인쇄인 노기정에 대하여」, 『근대서지』 4, 근대서지학회, 2011.

유춘동, 「활자본 고소설의 출판과 유통에 대한 몇 가지 문제들」, 『한민족문화연구』 50, 한민족문화학회, 2015.

육재용, 「〈삼쾌정(三快亭)〉 연구」, 『고소설연구』 21, 한국고소설학회, 2006.

윤미란, 「〈숙녀지기〉 이본 연구」, 연세대학교 석사논문, 2003.

윤일수, 「〈만강홍〉과 〈영산홍〉의 원본 확정 및 이본 개작 의도」, 『한민족어문학』 23, 한민족어문학회, 1993.

이경선, 「홍장군전 연구」, 『동아시아문화연구』 5, 한양대학교 동아시아문화연구소, 1984.

이경훈, 『속, 책은 만인의 것』, 보성사, 1993.

이기현, 「舊活字本 〈西廂記〉 硏究」, 『우리文學硏究』 제26집, 우리문학회, 2009.

이민희, 「구활자본 고소설 〈셔산대사젼西山大師傳〉 연구」, 『국학연구』 5, 한국국학진흥원, 2004.

_____, 「춘향전 새 이본 〈옥중향(獄中香)〉 개관」, 『민족문학사연구』 38, 민족문학사학회, 2008.

_____, 「구활자본 고소설 〈丙寅洋擾〉 연구」, 『語文硏究』 56, 어문연구학회, 2008.

_____, 「1920-1930년대 고소설 향유 양상과 비평 연구」, 『순천향 인문과학논총』 28, 순천향대학교 인문과학연구소, 2011.

이상일, 「開化期 鉛活字 導入에 관한 一考察」, 『書誌學報』 16, 한국서지학회, 1995.

李玉成·姜順愛, 「〈춘향전〉 刊行本의 系統 및 書誌的 特徵에 관한 硏究」, 『서지학연구』 52, 서지학회, 2012.

이은봉, 「구활자본 〈제갈량전〉의 창작 양상 연구」, 『古小說硏究』 23, 한국고소설학회, 2007.

이은숙, 『신작구소설 연구』, 국학자료원, 2000.

이은영, 「列國題材 소설작품과 한국 구활자본의 개역현상」, 『中國小說論叢』 24, 한국중국소설학회, 2006.

이정원, 「군담소설 양식의 계승으로 본 신작구소설 〈방화수류정〉」, 『古小說 硏究』 31, 한국고소설학회, 2011.

______, 「〈소양정〉에서 새로운 여주인공의 등장과 군담소설 양식의 해체」, 『한국고전여성문학연구』 24, 한국고전여성문학회, 2012.

이주영, 「신문관 간행 〈육전소설〉 연구」, 『고전문학연구』 11, 한국고전문학회, 1996.

이혜순, 「신소설 행락도 연구」, 『국어국문학』 84, 국어국문학회, 1980.

장효현, 「근대 전환기 고전소설 수용의 역사성」, 『근대 전환기의 언어와 문학』, 고려대 민족문화연구소, 1991.

전광용, 「신소설 소양정 고」, 『국어국문학』 10, 국어국문학회, 1954.

조광국, 「〈부용상사곡〉 연구」, 『관악어문연구』 23, 서울대학교 국어국문학회, 1998.

______, 「〈청년회심곡〉의 창작방법에 관한 연구」, 『관악어문연구』 24, 서울대학교 국어국문학과, 1999.

조성출, 『한국인쇄출판백년』, 주식회사 보진재, 1997.

조재현, 「〈삼문규합록〉 연구〉」, 『어문연구』 39권 제4호, 한국어문교육연구회, 2011.

차충환, 「〈강상월〉과 〈부용헌〉 : 고소설의 개작본」, 『인문학연구』 6, 경희대학교 인문학연구소, 2002.

______, 「신작구소설 〈이두충렬록〉의 형성과정과 그 의의에 관한 연구」, 『국제어문』 50, 국제어문학회, 2010.

차충환·김진영, 「활자본 고소설 〈江南花〉 연구」, 『고전문학과 교육』 22, 한국고전문학교육학회, 2011.

____________, 「活字本 古小說 『蓮花夢』 硏究」, 『어문연구』 155, 한국어문교육연구회, 2012.

차충환, 「〈수매청심록〉의 性格과 傳承樣相에 대한 硏究」, 『어문연구』 153, 한국어문교육연구회, 2012.

______, 「〈신랑의 보쌈〉의 성격과 개작양상에 대한 연구 : 〈정수경전〉과의 대비를 통하여」, 『語文硏究』 71, 어문연구학회, 2012.

최윤희, 「〈쌍미기봉〉의 번안 양상 연구」, 『고소설연구』 11, 한국고소설학회, 2001.

______, 「필사본 〈쌍열옥소록〉과 활자본 〈삼생기연〉의 특성과 변모 양상」, 『우리

문학연구』 26, 우리문학회, 2009.

최호석·강신애, 「조선시대 실경산수화의 시공간적 분포와 그 의미」, 『민족문화연구』 42, 고려대학교 민족문화연구원, 2005.

최호석, 「지송욱과 신구서림」, 『고소설연구』 19, 한국고소설학회, 2005.

______, 「대구 재전당서포의 출판 활동 연구」, 『어문연구』 132, 한국어문교육연구회. 2006.

______, 「영창서관의 고전소설 출판에 대한 연구」, 『우리어문연구』 37, 우리어문학회, 2010.

______, 「신문관 간행 육전소설에 대한 연구」, 『한민족어문학』 57, 한민족어문학회, 2011.

______, 「활자본 고전소설에 대한 통계적 고찰」, 『어문연구』 159, 한국어문교육연구회, 2013.

______, 「활자본 고전소설의 총량에 대한 연구」, 『고전문학연구』 43, 한국고전문학회, 2013.

______, 「활자본 고전소설의 유형에 대한 연구」, 『우리문학연구』 38, 우리문학회, 2013.

______, 「활자본 고전소설의 인쇄소와 인쇄인」, 『동양고전연구』 59, 동양고전학회, 2015.

하동호, 「개화기소설의 발행소·인쇄소·인쇄인」, 『출판학』 12, 한국출판학회, 1972.

한국고소설연구회 편, 『고소설의 저작과 전파』, 아세아문화사, 1994.

한기형, 『한국 근대소설사의 시각』, 소명출판, 1999.

최호석(崔皓晳)
고려대학교 국어국문학과 및 동 대학원 졸업
현재 부경대학교 국어국문학과 교수
저서 : 『옥린몽의 작가와 작품세계』, 다운샘, 2004.
『18세기 예술 사회사와 옥소 권섭』, 다운샘, 2007(공저).
『옥소 권섭과 18세기 조선문화』, 다운샘, 2009(공저).

활자본 고전소설의 기초 연구

2017년 4월 24일 초판 1쇄 펴냄

지은이 최호석
펴낸이 김흥국
펴낸곳 도서출판 보고사

책임편집 이순민
표지디자인 오동준

등록 1990년 12월 13일 제6-0429호
주소 경기도 파주시 회동길 337-15 보고사 2층
전화 031-955-9797(대표)
02-922-5120~1(편집), 02-922-2246(영업)
팩스 02-922-6990
메일 kanapub3@naver.com / bogosabooks@naver.com
http://www.bogosabooks.co.kr

ISBN 979-11-5516-669-7 93810

정가 13,000원